이필숙 씨 딸내미
참 잘 키우셨네요

# 이필숙 씨 딸내미 참 잘 키우셨네요

**초판 1쇄 인쇄일** 2021년 10월 15일
**초판 1쇄 발행일** 2021년 10월 24일

**지은이** 강혜빈
**펴낸이** 양옥매
**디자인** 표지혜
**교    정** 조준경
**삽    화** 리지구

**펴낸곳** 도서출판 책과나무
**출판등록** 제2012-000376
**주소** 서울특별시 마포구 방울내로 79 이노빌딩 302호
**대표전화** 02.372.1537    **팩스** 02.372.1538
**이메일** booknamu2007@naver.com
**홈페이지** www.booknamu.com
ISBN 979-11-6752-036-4 (03800)

# 이필숙 씨 딸내미
# 참 잘 키우셨네요

이필숙 씨 딸
**강혜빈** 지음

책나무

## 시작하며

2016년 3월 9일, 엄마를 천국으로 떠나보냈다. 폐암 4기 진단을 받은 엄마가 투병하던 24개월간 내 일기장은 엄마에 관한 내용으로 가득 찼다. 그 후로 5년 넘는 시간이 흘렀고 엄마와의 새로운 에피소드는 생길 일이 없지만, 지금도 나는 엄마에 대한 글을 쓴다. 아마도 내 몸이 그렇듯 내 생각과 삶도 엄마의 조각으로 만들어져 있기 때문일 것이다.

출간을 염두에 두고 일 년 조금 넘도록 써 왔던 글 서른일곱 편을 엮으면서 내 노트와 블로그에 있는 예전 일기들을 부분부분 인용했다. 하지만 힘들었던 시간으로 되돌리는 슬픈 글이나 투병일기를 펴내려고 했던 것은 아니다. 제목과는 다르게 효녀 일기와도 거리가 멀다.

이필숙 씨 딸내미 참 잘 키우셨네요

다만 이 책에는 우리 엄마 이필숙 씨가 얼마나 힘 있는 사람이었는지, 엄마의 그런 유산이 나에게 어떻게 남았는지, 엄마와 함께 보낸 마지막 시간과 그 이후를 살아가는 지난 5년여간의 굳건한 삶에 관한 이야기가 담겨 있다. 상실의 전 과정과 그 가운데 느끼고 배웠던 점, 그를 통해 사람들에게 하고 싶었던 이야기를 차곡차곡 담았다.

　이 책을 통해 우리 엄마 이필숙 씨가 되살아나고, 많은 사람이 엄마를 기억하고, 엄마가 누군가의 책장에 꽂혀서 오래오래 살게 된다면 그것만으로 출간의 일차 목표는 달성한 셈이다. 더불어 상실이라는 보편적인 삶의 경험, 그러나 각자에게 아주 고유한 그 경험에 더 잘 대처할 수 있도록 도와주는 참고 자료이자 전술서로서 이 책이 역할을 한다면 더없이 좋겠다. 그렇게 될 상상을 하며 좋은 사람들과 내내 기쁘게 책을 만들었다. 부디 처음부터 슬퍼할 준비하지 않고 끝까지 즐겁고 가벼운 마음으로 읽어 주었으면 좋겠다.

- 2021년 가을, 강혜빈.

# 차례

# 1장 : **나의 엄마**

1954년 10월 24일 출생 이필숙 씨

## ✳ 엄마의 여권이 수명을 다했다

### 기간 만료일에서 눈길이 멈췄다

참 기이한 일이었다. 잘 준비를 하려다가 아무 이유 없이 책상 서랍을 열어 보고, 벌써 몇 년간이나 그 자리에 그대로 있었던 엄마의 여권을 집어 든 것은.

발급 유효기간 10년을 다 채우지도 못하고 무용지물이 되어 버린 이 종잇조각의 가치는 이제 '엄마의 오십 대 중반 모습을 볼 수 있는 증명사진이 새겨져 있다'는 것만이 유일하다는 생각을 하다가, 기간 만료일에서 눈길이 멈췄다.

2020년 5월 26일.

여권에도 자아가 있어서 자신의 법적 수명이 끝나기 전에 존재감을 드러내고 싶었던 게 아닐까. 그렇다면 만료일 이틀 전 평화로운 주말 밤은 아주 적절한 타이밍이었다. 이 여권을 위해 뭐라도 해 주고 싶은 생각마저 들었으니까.

엄마가 떠난 지 4년 하고도 몇 달이 더 지나는 동안 모든 법적 서류에서 엄마의 존재는 차갑게 지워졌다. 실존하지 않는 인물이라고 이름 위에 표시되거나 아예 그 이름 석 자조차 사라지는 방식으로 공문서는 매정하게 우리 엄마를 밀어냈고 그 문자들의 표현은 너무 딱딱했다. 엄마의 부재를 인정하는 것은 내게 그리 어려운 일이 아니었음에도 그 사실을 확인시켜 주는 서류들은 되도록 보고 싶지 않았다.

이런 감정을 느끼리라고 예상했던 건지, 나는 엄마의 사망 신고를 하기 직전 정신없던 중에도 주민센터에 가서 우리 가족의 주민등록등본과 가족관계 증명서를 발급받아 두었다. 그 서류들은 그때부터 지금까지 우리 집 거실 탁자 유리 밑에 깔려서 방문하는 모든 이들의 궁금증을 사고 있지만 아직까지 누구에게도 자세히 설명한 적은 없다.

이렇듯 공문서가 주는 서운함 속에서 아직 유효기간이 남은 여권이 서랍 속에 몰래 살아 있었다는 사실―물론 여권 주인의 정보가 유효하지 않으니까 무용지물이지만―은 묘한 위로를 주었다. 그건 디즈니 애니메이션 〈코코〉에서 세상을 떠난 누군가에 대한 기억이 다 사라진 줄 알았는데 아직 남아 있었을 때 느꼈던 감정과도 비슷했다.

우리 엄마가 들고 즐겁게 여행을 떠났던 여권, 우리 엄마를 어딘가로 데려다주었던 여권, 그리고 엄마의 고운 모습을 아직도 품고 있는 이 여권이 엄마의 기억을 안고 지금까지 존재해 주었다는 사실에 고마운 마음이 들었다. 내겐 언제나 엄마를 떠올리게 하는 특정한 날이나 물건들이 다른 사람들에게는 더 이상 동일한 연상작용을 일으키지 못한다고 느껴서 더욱 그랬는지도 모른다. 어쩌면 이 여권의 마지막 사명은 엄마가 세상에서 잊힌다는 사실을 함께 아쉬워할 이 없어 슬픈 나를 위로하는 게 아니었을까.

여권을 다시 한번 들어 내지를 한 장 한 장 뒤적여 보았다. 엄마가 건강했을 때 다녔던 곳과, 유독 좋아했던 여행의 기억, 편찮으신 외삼촌을 만나러 엄마의 형제자매들이 사는 나라에 마지막으로 방문했던 때, 그리고 엄마가 탔던 마지막 비행기가 된 나와의 여행까지, 수명을 다하기 직전에 가장 생명력 넘치는 모습을 보여 주고자 작정이라도 한 듯 몇 개의 스탬프가 수없이 많은 추억으로 되살아났다.

시작할 때의 설렘과 아주 비슷한 감정으로 지난 여행을

이필숙 씨 딸내미 참 잘 키우셨네요

돌아보며 마무리하게 되는 여권 생애의 수미상관. 여권의 수명이 애초에 시작과 끝이 같은 날로 정해져 있어서 당연할지도 모른다. 꽉 채운 열 살로 생을 마감하는 여권의 완벽한 임무 완수를 축하하면서 이 글로써 다시 한 번 마지막 감사를 전한다. 여권의 생일이자 기일인 오늘.

＊

엄마에 대한 글은 이미 세상에 너무 많지만
내 글 속에서 생생히 살아 있는 우리 엄마를 보고 싶다

엄마를 떠나보낸 직후에 나는 정말 많은 것을 기록하기 시작했다. 말로 다 할 수 없는 이야기들과, 미처 못했던 말들, 크고 작게 떠오르는 멀고 가까운 기억들, 순간의 감정과 매일의 일상을 틈만 나면 기록했고, 일기뿐만 아니라 다양한 형태의 글에 녹여 냈다. 나는 그저 써 내려갔다. 슬픔도 그리움도 어느 것 하나 그냥 날아가 버리게 두고 싶지 않았고, 글 말고 다른 방식으로는 잡아 둘 방법을 몰랐다.

지금 이토록 생생한 기억들이 차츰 잊혀 간다는 누군가
의 위로에 오히려 더 슬프고 무서운 생각이 들었다. 문득
문득 생각나는 엄마에 대한 모든 것들을 적어 두고 싶다.

정주행만 네댓 번을 했을 정도로 좋아하는 드라마 〈도깨
비〉에서 주인공 지은탁은 "기억해. 기억해야 돼."라고 다급
하게 되뇌며 눈앞에서 사라져 가는 '김신'에 대한 기억을
써 내려간다. 결국 그의 소멸과 함께 세상에 존재했던 그의
흔적은 모두 사라지고 말지만, 은탁이가 수첩에 적은 메모
만은 남아서 자신이 잃어버린 어떤 기억에 대해 계속해서
의문을 품게 한다. 나는 그 장면을 볼 때마다 은탁이의 절
박함이 그대로 느껴지는 듯했다. 물론 존재와 기억이 동시
에 흔적 없이 사라진다는 것은 판타지 드라마에서나 있는
일이다.

현실 세계에서는 누군가를 떠나보낸 뒤 오히려 증폭되는
그 사람에 대한 기억은 함께한 시간이 오래였을수록 더 큰
덩어리로 뭉게뭉게 떠올랐다가, 슬픔이나 그리움의 감정으

로 바뀌기도 했다가, 시간이 지나면 다시 깊은 곳으로 들어가듯 서서히 사라지곤 했다.

애초에 존재와 기억이 동시에 깨끗이 사라지는 거였다면 헤어짐을 두려워하거나 아쉬워할 필요조차 없었을 것이다.

신경증처럼 글을 쓰는 내 행동의 기저에는 남아 있는 기억이 서서히 사라져서 기억하려 해도 잘 기억나지 않는 것에 대한 두려움이 있었다.

그러나 다행히 엄마가 없는 세상에서도 엄마에 대한 글은 계속 써졌다. 생생한 에피소드는 더 이상 업데이트되지 않았지만, 내가 쓰는 글 속에 엄마가 살아 움직였고, 그 속에 있는 엄마를 만나서 내가 또 울고 웃었다. 그리고 엄마의 이야기를 하는 게 이전보다 담담해진 어느 시점에 사람들에게 내가 쓴 글 중 하나를 선보일 기회가 있었다. 엄마에 대한 내 글이 한 콘텐츠 계정에 올려진 것이었다.

그때까지 개인적인 글을 쓰고 친구나 지인들에게 보여 준 적은 있었지만 우리 엄마를 모르는, 정확히는 나를 잘 알지도 못하는 사람들이 우리 엄마에 관한 글에 반응하는 경험은 처음이었다. 이천 명이 훌쩍 넘는 사람들의 '좋아요'를 받고 수많은 공감의 댓글이 달렸다. 우리 엄마의 이야기가 내 일기장을 넘어서 누군가의 마음속으로 건너갔고, 그 무엇보다 강한 생명력을 얻은 것 같았다.

> 2019년 4월 19일 ✳
>
> 기분이 정말 좋다. 엄마에 대한 글을 많이 쓰고 싶다. 더 많이. 내 글 속에서 생생히 살아 있는 우리 엄마를 보고 싶다.

우리 엄마의 존재를 의미 있게 기억하는 사람이 다 사라지기 전에, 내 하찮은 기억력이 엄마에 대한 크고 작은 기억들을 다 지워 버리기 전에, 엄마에 대한 모든 에피소드를 끌어모아 활자로 정리해야겠다는 생각이 들었다. 그게 바로 엄마에 대한 책을 펴내야겠다는 다짐의 시작이었다. 이왕이면 정식 출판 절차를 밟아 종이책으로 만들어서, 되도록 많은 사람들의 책장에 꽂히게 하고 싶었다. 어떤 것들은 시간이 지나면 영영 기회를 잃는다는 것을 이젠 알기에 더 지체하고 싶지 않았다.

엄마를 부르는 다른 어떤 호칭이 아닌 우리 엄마 이름 석 자를 새겨 넣은 책을 선물해 주고 싶었다. 그래서 그 책을 읽은 사람들이 내 이름 석 자는 몰라도 "이필숙 씨 딸내미 정말 잘 키우셨네요."라고 말한다면, 엄마에게 다 해 주지 못했던 것들과 지금 내가 해 줄 수 있는 것 사이 어딘가의 타협점이 되지 않을까 했다. 아주 솔직해지자면 엄마보다는 날 위해서다. 나 자신을 위한 목표만 있었지 어떤 딸이 되어야겠다와 같은 지향점이 없었던 내가, 처음이자 마지막으로 딸로서 세운 목표는 글을 써서 많은 사람들의 마음속에 우리 엄마가 다시 살아나게 하는 것이다.

벌써 몇 년 전이었던 그때의 결심이 무색할 정도로 글은 한 편 한 편 느리게 완성되어 가고 있고, 그사이에 비슷한 주제로 쓴 딸들의 책이 몇 권이나 보인다며 걱정스러운 맘으로 시장조사까지 대신해 주는 친구들도 있다. 그러나 세상에 엄마가 없는 사람이 없는데 그런 책이 한 권도 없었다면 더 이상한 일이 아닐까. 엄마에 대한 글은 이미 차고 넘치지만 그중 어느 것도 우리 엄마에 대한 이야기가 아니니까, 내가 쓴 글이 책으로 완성될 이유가 있다. 읽히는 건 그

다음에 생각할 문제다.

지난해 어느 시인의 30주기 기념 강연회에서 '애도는 상실의 대상에게 주었던 애정을 다른 대상에게 옮겨 갈 때 비로소 완성된다'는 말을 들었다. 그러나 그렇게 쉽게 옮겨 버릴 수 있는 애정이었다면 애초에 상실감을 느낄 이유도 없지 않았을까. 엄마를 향한 내 사랑을 다른 대상으로 결코 옮길 수 없듯이 말이다. 그래서 그 강연자는 덧붙였다. 그렇기 때문에 모든 애도는 실패할 수밖에 없고, 따라서 계속된다고.

엄마를 사랑하는 그 힘을 다해서 글을 쓰고, 의지를 세우고, 삶을 사랑하는 나의 모습이 그가 말했던 애도와 같은 것일까. 그렇다면 이 애도는 한동안 계속될 것이다. 그리고 엄마를 위한 책으로 이어질 것이다. 더하기 없이 뺄 일만 남은 기억이지만 오늘도 이렇게 조각조각 모아서 부지런히 기워 본다. 기록만큼만 남는 게 기억이니까.

## 엄마와 외가에 관한 긴 이야기

마음을 더 표현하지 못했다는 후회는 엄마를 향한 후회와 다르지 않다

우리 엄마는 구 남매 중 여섯째, 여덟 딸내미 중에서는 다섯째로 태어났다. 1970년대에 간호사로 처음 캐나다에 갔던 큰이모를 시작으로 부모와 형제자매 모두가 미주 대륙에 자리를 잡는 동안 엄마는 한국을 떠난 적이 없었다.

언니와 나를 낳고 한참 후인 1994년이 되어서야 엄마는 우리를 데리고 처음으로 친정이라 할 수 있는 캐나다에 갔다. 초등학생이던 나에게도 첫 번째 외갓집 방문이었다. 엄마가 온다는 소식에 미국에 사는 막내 이모를 제외한 모든 이모가 한자리에 모였다. 사촌만 스물. 그때까지 이름만 들었던 이모의 아들과 딸들도 만났다. 외할머니부터 삼 세대를 아우르면 사십 명에 육박하는 대가족의 일원이라는 사실이 처음으로 와 닿았다.

나의 두 번째 캐나다행은 그로부터 13년이 지난 뒤에서야 이루어졌다. 당시 대학생들 사이에서 교환학생, 워킹홀리데

이, 해외 어학연수가 유행이었고, 나는 2년 앞서 밴쿠버에서 어학연수를 했던 언니의 전철을 밟아 엄마의 형제 중 여덟째인 민숙 이모네 집에서 살면서 어학원에 다녔다. 생각보다 어학에 소질이 있었는지 공부에 투입하는 시간보다 빠르게 말이 늘었던 나는 캐나다 안팎으로 신나게 여행을 다녔다. 틈만 나면 친구들이랑 놀러 다니려 하는 나에게 유난히 잦은 우리 외갓집의 가족 모임은 꽤나 귀찮은 것이었다.

한인 교포 사회는 대개 교회를 중심으로 학연이나 지연이 얽힌 강한 연대체이다. 하지만 우리 외가는 대부분 이민 온 지 이삼십 년이 되어 비교적 안정적인 생활 기반을 가지고 있었고, 그래서인지 외부 관계망보다는 모계 중심의 대가족 공동체를 이루고 있었다. 사촌들은 서로에게 이웃이자 친구였고, 어린 시절을 함께 보낸 형제자매와 같았다. 스물몇 해 동안 이렇다 할 교류도 없이 지낸 '한국에 사는 이모 딸'이었던 내가 1년을 가까이 지낸다 한들 그런 단단한 관계에 들어갈 수 있을 리 없었다. 친근하고 따뜻하고 편안한 가족 모임이 가시방석같이 느껴지는 건 당연한 일이었다. 캐나다에서 머무르는 내내 가족 모임을 피하고 싶어서

갖가지 핑계를 댔다. 여행 계획도 되도록 가족 모임 날짜랑 겹쳐서 세웠고, 온 집안 식구 다 모이는 크리스마스 식사에 빠지려고 비행기표가 매진이라는 거짓말을 하며 12월 26일 날 돌아온 적도 있다. 이런 나의 불편함을 누군가는 눈치챘을지도 모르겠다. 그렇지만 여유롭고 행복한 캐내디언들이 그 이유를 정확하게 알기란 어려웠을 것이다. 캐내디언의 정체성이 더 큰 사촌들은 백번 사려 깊어 봤자 내가 영어가 서툰 탓에 자신들이랑 말하기를 어려워한다고 생각했을 것이다.

친척이라는 사람들과의 큰 간극을 일 년간 체험하고 돌아온 뒤에 '엄마의 가족'을 보는 내 시선과 감정은 매우 달라졌다. 다르게 말하면, 우리 엄마가 자신의 원가족과 떨어져 지낸 수십 년의 세월 동안 느꼈을 감정에 대해 처음으로 눈을 돌리는 계기가 되었다.

그전까지는 단 한 번도 엄마가 캐나다에 있는 가족을 그리워하거나 그래서 힘들어할 거라고 생각해 본 적이 없었다. 엄마에게서 그런 기색을 본 적도 없지만, 엄마가 감정을 숨기고 억누를 사람도 아니었으니까. 우리 엄마는 그저 쉽게 행복해하고 작은 것에도 감사하는, 욕심 없고 소녀 같은 사람이었다. 하지만 엄마가 안방 매트 밑에 깔아 둔 수첩 속에 캐나다 식구들 주소와 연락처, 생년월일을 왜 그렇게 빼곡히 적어 놓았는지를, 친정엄마 없이 첫아이를 유산하고 울면서 캐나다에 계신 외할아버지에게 전화했었다는 이야기를 왜 그렇게 거듭 말하는지를, 그리고 나와 함께 캐나다에 있던 한 달 동안 왜 내가 지내던 이모 집이 아니라 외할머니 댁에서 먹고 자고 했는지를, 그제야 아주 어렴풋하게나마 알 것도 같았다. 그건 누군가에게 하소연할 만큼 끓어오르는 감정은 아니었지만, 은근한 불에 오랜 시간 졸인 뭉근한 감정에 가까웠을 것이라 가늠해 본다. 그 감정을 뭐라 이름 붙여야 할지는 아직도 모르겠다.

시간이 지나면서 외가 식구들을 바라보는 감정은 더욱 복잡해졌다. 이전에는 농담인 듯 푸념인 듯 "우리도 조기 유학시켜 줬으면 한국에서 이 고생 안 하고 좋았잖아."라는 말을 엄마에게 한 적도 있었다. 그러나 아홉 남매 중 우리 엄마만 홀로 한국에 남겨 놓은 외가 식구들에게 의아함과 서운함, 그리고 괘씸함을 느낀 나는 언젠가부터 그런 말을 꺼내지 않았다. 아빠와 엄마의 자발적인 선택이었다며 외가를 변호하는 엄마의 말을 더는 듣고 싶지 않았기 때문이다.

몇 년에 한 번씩 한국을 찾는 외가 식구들이나 부모님의 나라를 방문하는 사촌들을 도와주는 것도 엄마는 언제나 자신이 할 수 있는 것 이상으로 정성을 다했다. 한국에 있는 유일한 가족인 엄마는 말로는 귀찮다고 하면서도 언제나 그 일을 기쁨으로, 그리고 헌신적으로 해냈고 적어도 내 눈에는 그 행동에 조금의 귀찮음도 묻어난 적이 없다. 십년이 넘게 한국에 살고 있는 사촌오빠는 이미 마흔을 훨씬 넘긴 데다 고학력, 고액 연봉자임에도 엄마는 어린아이 대하듯 철철이 살피고 마음을 썼다.

그렇게나마 멀리 있는 가족과의 심적인 유대를 이어 갔을 엄마는 어느 해 투병을 시작했다. 외삼촌과 넷째 이모를 떠나보낸 지 얼마 되지 않아 우리 엄마의 소식을 전해 들은 이모들은 많이 슬퍼하고 걱정했다. 하지만 홀로 아픈 자매를 보러 한국에 나오지도 못할 만큼 이모들의 삶은 녹록하지 않았던 것 같고, 연로한 할머니를 위해 엄마라도 캐나다에 갈 수 있을까 했지만 의사는 만류했다.

결국 2년이란 투병 기간 동안 캐나다에 있는 자매들 중 그 누구도 다시 만나지 못한 채 엄마는 우리 곁을 떠났다. 자매들 간의 우애와 사랑을 의심하는 건 결코 아니다. 오히려 서로에게 상처만 내는 우리 언니와 나 같은 건 감히 흉내도 못 낼 만큼의 강한 유대가 엄마 형제들 사이에서는 분명히 있었으니까. 다소 갑작스러웠던 엄마의 마지막을 지키지 못했다는 사실에 엄마와 친했던 손아래 이모들은 며칠 앓아누울 정도로 힘들었다고 들었다.

그렇지만 그 정도로 사랑하는 혈육이었음을 말해 주는 이야기를 들으며 나는 역설적이게도 캐나다와 한국 사이에 놓인 태평양만큼이나 먼 거리를 분명히 확인했다.

물리적인 거리는 삶의 모든 우선순위에서 서로를 멀어지게 만들뿐 아니라 1도 정도의 각으로 벌어져서 무한정 뻗어 나가는 두 개의 선처럼 절대 합쳐질 수 없을 만큼의 차이를 벌려 놓는다. 삼십 년이 넘게 떨어져 살아온 가족에게 애정이란 아직 거기에 존재한다고 믿고 싶은 꿈같은 것일지도 모른다. 이십 대 초반 밴쿠버에서 살면서 느꼈던 이질감은 내가 앞으로 몇 년을 거기서 함께 산다고 해서 없어지는 게 아니라는 점을 나는 그때 확실히 깨달았다. 그리고 엄마라는 약한 유대가 사라진 다음 이 관계는 서서히, 그러나 완전히 끊어진 거라 생각했다.

2019년 3월 30일 ※

그 수두룩한 외가 식구들과 이모들의 시댁과 사돈댁에 이르기까지 수첩에 적어 놓고 관리하던 우리 엄만데, 엄마 장례가 되니 아무도 그 연락처들에 대신 연락해 줄 사람이 없더라. 상주 방에 앉아 울면서 엄마 휴대폰을 뒤져 익숙한 이름들에 부고 문자를 하나하나 치던 언니 모습을 절대로 잊지 않을 거다. 어차피 신경도 안 쓰겠지만 외가 식구들이 엄마에 대해 이러쿵저러쿵 한마디만 더 이야기하면 나도 가만있지 않을 거다. 그렇게 사랑하던 언니와 동생 위해 이모들은 카톡 하면서 꼬치꼬치 캐묻는 거 외에 뭘 하셨냐고 분명히 물을 거다.

엄마가 없다는 것은, 결국 엄마가 애쓰며 돌보았던 그 모든 관계가 함께 사라진다는 것이다. 엄마를 매개로 한 모든 관계 또한 그렇다. 결국, 외갓집은 우리 집 포함해서 한국에 있는 친척들 모두를 잃은 거고, 나 역시 엄마를 포함한 엄마의 가족 모두를 잃은 거다. 난 이제 엄마도 없고 친척도 없다. 원래 없던 거나 마찬가지였지만, 이렇게 말로 똑 부러지게 정의하고 나니 정말 너무너무 서운하고 슬프다. 나한테 안 슬프냐고 물었던 질문을 들었을 때만큼이나 열받는다.

2019년 7월 22일 *

외할아버지와 외삼촌이 계신 공원묘지를 찾았다. 쨍하고 맑은 밴쿠버의 여름을 그 어느 때보다 실감하며, 외삼촌이 돌아가시고 처음으로, 그리고 나 태어나기도 전에 돌아가신 외할아버지께도 처음으로 인사를 드렸다. 엄마도 아빠가 많이 보고 싶었을 것이다. 사는 동안 내내 생각이 났겠지만 우리와 함께 행복하고 씩씩하게 살았던 거겠지. 나도 물론 엄마처럼 살 것이다.

그렇게 또 몇 년이 흘렀다. 남은 가족의 삶은 이전과 같을 수 없는 게 당연했다. 모두가 각기 다른 방식으로 자기의 삶을 정상화했고 내가 취한 방식은 언니와도 아빠와도 어느 정도의 거리를 두고 내 일상을 살아가는 것이었다. 원가족이 빠진 자리의 일부를 채워 준 것은 아이러니하게도 한국에서 일하고 있는 큰이모의 아들과 민숙 이모였다. 먼저 연락하는 일은 절대 없는 나지만 이 둘의 이유 없는 연락을 받을 때마다 나는 미안한 생각이 들었다. 그리고 이들이 캐나다 식구와 나를 잇는 아주 가느다란 연결고리가 되고 있음을 시간이 조금 지나고서야 제대로 돌아볼 수 있었다.

2018년 7월 17일 ⁕

긴 암 투병과 재발을 거쳤던 넷째 이모가 생전에 마지막 희망을 걸고 한국을 방문했던 해, 우리 집에 폐 끼친다고 굳이 반지하 방을 하나 구해서 지내시면서 서울 시내 대학병원들을 돌아다니셨다. 결국 수술이 불가능하다는 말을 듣고서는, 수술하려고 가져온 돈을 전부 우리 엄마에게 주고 다시 캐나다로 돌아가셨던란 말은 그 후로 몇 년이 지난 뒤에 들었고, 그때 엄마랑 이모가 부둥켜안고 많이 울었더란 말은 엄마가 떠난 뒤에 아빠로부터 들었다. 아마도 넷째 이모와 우리 엄마가 그렇게나 친했었기 때문에 2년 차를 두고 나란히 하늘로 갔던 건지도 모른다는 생각을 최근에 해 봤다.

살아온 삶으로 성숙한 인격과 신앙이 무엇인지 알려 주신 넷째 이모, 늘 가족의 중심이 되어 조카들까지 살피는 첫째 이모, 우리 엄마 아빠 다음으로 나를 챙겨 주는 민숙 이모까지, 세상 다른 사람들에게서 느낄 수 없는 종류의 친밀함과 안도감을 외가 식구들에게 느끼며 살아왔다. 하지만 엄마라는 끈이 끊어진 지금은 뭐라 말할 수 없는 이질감과, 이전과는 결코 같을 수 없는 관계의 틀어짐을 느끼는 것도 사실이다. 그리고 아마도 그건 이 관계에 어떤 변화가 있어서라기보다, 내 마음과 생각, 어쩌면 태도가 달라져서일 것이다.

엄마가 떠난 이후로 한 번도 살아 보지 못한 삶을 차곡차곡 살고 있다. 모든 것이 첫 경험이고 매일매일이 새날이

지만, 나이 서른이 넘어서 느끼는 새로움은 대개는 긍정
적으로 작용하지 않는다는 게 참 모든 걸 어렵게 만든다.


　민숙 이모는 내 매일의 삶에 존재감이 큰 사람은 아니었
지만 그렇다고 없어도 되는 사람은 아니었다. 엄마가 돌아
가시고 넉 달쯤 지나서 밴쿠버에 갔을 때에도 나는 민숙 이
모와 가장 많은 시간을 보냈다. 공항으로 가는 차 안에서
이모가 무슨 말을 했었는지는 다 기억나지 않지만 나는 참
많이 울었고, 공항 한편에서 이모가 집에서 싸 온 과일을
먹으며 나는 살면서 내 친지라 말하는 그 어떤 사람에게서
도 느끼지 못했던 사랑을 느꼈다. 민숙 이모는 다른 사람이
하는 것처럼 나를 딱하게 여기거나 힘내서 살아 내라거나
하는 진부한 위로는 하지 않았다. 다만 이모는 딸이랑 여행
가는 게 부러웠는데 한번 같이 가지 않겠냐고 했고, 언제든
연락하라는 말을 했다.
　내가 모르는 엄마의 모습까지도 잘 아는 사람. 우리 엄마
를 평생 잊지 않을 사람. 보고 싶은 우리 엄마와 너무 닮았
는데도 어떤 면에 있어서는 전혀 다른 사람. 그래서 우리 엄

마를 더 고유하고 특별하기 이를 데 없게 만들고, 그런 엄마를 더없이 그립게 하는 사람. 엄마가 될 순 없지만 엄마에 가장 가까운 사람. 가장 생기 넘치던 시절의 나를 곁에서 돌보아 주었던 사람. 멀리 있지만 내게로 향한 마음을 계속해서 주는 사람. 세상에 몇 안 남은, 내게 잔소리하는 사람. 줄곧 그리워했고 앞으로도 계속 그리워할, 사랑하는 이모는 그렇게 여행을 같이 가자는 약속만을 남겨 둔 채 우리 엄마가 있는 곳으로 떠나 버렸다. 너무나 갑작스러운 일이었다. 다음 달에 한국에 오는 비행기 표를 샀다며 우리 집에서 지내도 되겠냐는 연락을 한 지 꼭 일주일 만에 심장마비로 손도 못 써 보고 갔다는 이모의 소식을 들었다.

2019년 8월 30일 ∗

정신을 차리기 힘든 주말을 보내고 월요일 밴쿠버행 티켓팅을 했다. 공유할 것이 아무것도 없어서 나가 버린 사촌들의 카톡방에도 다시 초대되었다. 이모의 장례식 영상에 쓸 사진을 찾기 위해 온 집안에 있는 앨범을 다 뒤졌고, 새벽이 되도록 엄마 사진이며 이모 사진을 보고 엉엉 울었다. 이 감정을 나눌 사람이 아무도 없다는 것은 좋기도 하고 나쁘기도 했다.

그러는 동안 한국에 있는 사촌오빠는 내 감정의 표출구가 되어 주었다. 이미 서른이 훌쩍 넘은 나를 언제나 먼저 챙겨 주는 오빠는 지난 세월 내가 외가에 대한 복잡한 생각들을 털어 낼 때마다 그 마음을 진지하게 받아 준 유일한 사람이었고, 그래서 이모의 죽음 앞에 내가 느낄 충격을 그 누구보다 이해해 주었다. 아무도 신경 쓰지 않는 나에게 가장 먼저 이모의 소식을 전해 주려 했고, 사진을 보며 홀로 우는 내가 더 슬프다고 하면서 밴쿠버 공항에서 장례식이 있는 동네로 가는 길을 살뜰히 챙겨 주었다. 그럼에도 불구하고 외가란 나에게 여전히 너무 먼 곳이어서 나는 이번 방문이 아마도 내 마지막 밴쿠버행이 되지 않을까 조심스럽게 점쳐 본다.

큰 고민 없이 이모의 가는 길을 보려고 결정한 밴쿠버행이었지만 너무나 큰 벽으로 다가오는 사촌들의 모임 앞에서 나는 자꾸만 혈육이란 게 뭔지 생각하게 된다. 내겐 친구보다 못한 사촌들이 날 데리러 공항에 나오는 게 못내 불편하다고 말하니 'family is blood' 라는 큰 사촌언니의 대답에 숨이 턱 막히는 건, 한국인으로 나고 자란 나보다 더 한국인스러운 대답이어서일까. 사촌의 배우자와 아가들까지 모이는 그 정신없는 자리에서 완전한 이방인인 내가 무슨 이야기를 꺼낼 수 있을까. 영어도 못하는 우리 엄마가 한국말을 거의 못하는 친정 조카들 앞에서 어떤 느낌이었고 또 무슨 말을 하고 싶었을까.

자꾸만 엄마 상황에 이입하는 나를 보니 이모를 위해 캐나다를 가면서도 한껏 엄마를 생각하게 될 것만 같다. 혈육이란 결국 연결된 지점들을 거쳐 내가 가장 그리운 사람을 생각하게 하는 걸까. 엄마가 곁에 있다면 내가 어떻게 하기를 바랄까. 사실은 여기까지 생각하지 않아도 될 일인가. 물어보고 싶은 게 너무 많은 나에게는 쉬운 게 하나도 없다. 차라리 모두 남이면 좋으련만. 모르겠다. 엄마가 보고 싶다. 이모가 가서 울 엄마랑 놀아 주세요.

이모의 첫 번째 기일을 맞은 오늘, 다시 한번 이모를 떠올려 본다. '이모가 남긴 정신적 유산' 같은 거창한 말로 추모를 하려는 건 아니다. 그렇지만 이모 덕분에 놓지 않게 된 것들이 분명히 있었기에, 충분히 감사를 전하지 못했다는 아쉬움이 든다. 고맙고 사랑하는 마음을 더 표현하지 못했다는 후회는 엄마를 향한 후회와 다르지 않다. 이런 나를 본다면 이모는 분명 "야, 있을 때 잘했어야지." 하며 타박했겠지.

구 남매 중 가장 잘 통했던 세 자매가 나란히 천국에 간 지금, 셋이 재미있게 놀고 수다 떠느라고 내 이런 모습은 주목해서 지켜볼 겨를이 없었으면 좋겠다. 그럴 리 없겠지만.

✳

## 어쩜 나한테 이런 걸 물려줬어

나 진짜 가끔씩 나 자신에게 감동하잖아

어린 기억 속의 아빠는 병이 많았다. 위장병이 심해서 약을 달고 살았고, 더 젊었을 때는 폐도 좋지 않았다고 했다. 건강이 염려된 까닭이었는지 아빠는 자주 언니와 나를 불러 앉혀 놓고 "아빠가 죽으면…"으로 시작하는 유언 비슷한 말을 했고, 비행기를 타고 어딜 갈 때도 "아빠가 못 돌아오면…"이라는 최악의 가정을 하곤 했다. 일고여덟 살의 나는 그런 말을 들으면 슬퍼서 눈물을 줄줄 흘리는 순진한 딸이었지만 한두 번도 아니고 수년간이나 잊을 만하면 계속되는 아빠의 신파 앞에서 중학생 때쯤에는 이렇게 말한 적이 있다. "내 친구들 중에 아빠 죽은 애들 많아." 당시에도 어이가 없어 헛웃음을 지었던 아빠는 그 말이 충격이었는지 이십 년이 넘은 지금도 종종 그 말을 언급한다.

좋게 말하면 주도면밀하고 나쁘게 말하면 좀 부정적인 아빠와는 정반대 성향인 엄마는 학생 때도 수업 중에 너무 웃어서 손 들고 벌을 설 정도로 장난기 많고 명랑한 사람이었다. 가난한 신학생을 만나 젊을 땐 고생도 많이 했지만 본성에 깔려 있는 긍정의 에너지는 상황에 따라 바뀌는 것이 아니어서 병 앞에서도 엄마가 걱정을 내려놓고 행복을 느끼는 원동력이었다.

이필숙 씨 딸내미 참 잘 키우셨네요

어느 날엔가는 부엌에서 도마질을 하며 갑자기 "하.하.하.하.하.하.하."라고 크게 웃어서 엄마가 정신이 어떻게 된 줄 알고 순간 무서웠던 적이 있었는데, 알고 보니 병원에서 하는 웃음 치료 모임에서 아주 큰 소리로 10초 이상 웃으라고 했다는 거였다. 그것뿐만이 아니었다. 그다음 주에는 웃는 것보다 좋은 게 감사고, 감사보다 좋은 게 감동하는 거랬다며 또 갑자기 일어나 베란다 창문을 열더니 "우~와, 날씨가 느어어어무 좋다아~ 감~사합니다." 하는 발 연기도 서슴지 않았다. 평소에 그런 풍부한 감정 표현에 익숙하지 않았다면 따라 하기 쉽지 않았을 텐데 우리 엄마는 아마도 그 웃음 치료 클래스에서 가장 성실한 학생이었을 것이다.

2016년 4월 5일 ※

괌에 가서 늘 등산바지에 골프 티셔츠 입는 게 싫어서 내 원피스 입혀 놨더니 소녀처럼 포즈 취하며 자기 사진 좀 많이 찍으라고 하던 엄마. 돌아보면 참 아이 같고 착하고 행복한 사람이었다.

30년의 시간이 엄마의 그 아름다운 유산을 물려받기에 충분한 시간이었을까. 내 안에는 엄마에게 있던 그 행복한 에너지가 있는 걸까. 만약에 살다가 살다가 그게 부족해서 어딘가에서 충전해야만 할 때는 어떻게 해야 할까. 지금 웃을 수 있는 건 어쩌면 당연하다. 그러나 엄마의 빈자리는 사는 내내 느낄 것이고, 엄마 없이 살기 한 달도 안 된 초심자인 나는 앞으로 어떤 순간에 어떻게 대처해야 할지 배워야 할 게 참 많을 것 같다. 겪어 보지 않은 일이지만 그런 순간이 많이 다가올 것임은 알 수 있다. 그리고, 자신이 썩 있지는 않지만 그래도 난 잘 해낼 것 같다. 왜냐하면 엄마 딸이니까.

엄마랑 아빠를 반반 섞어 놓은 나는 아빠만큼 철저하지도, 엄마처럼 긍정적이지도 않지만, 가끔씩 도저히 방법을 모르겠는 상황 앞에서 다른 어떤 것도 아닌 엄마의 그 억지웃음과 억지 감동이 생각난다. 엄마는 내게 그 웃음 치료 요법을 강요한 적은 없지만, 꽤 오랫동안이나 그 어색한 노력을 계속하면서 그게 치료에 도움이 될 것을 의심하지

이필숙 씨 딸내미 참 잘 키우셨네요

않았던 순진한 믿음과 성실한 노력은 그 자체로 우리 엄마가 누구인지, 어떤 삶을 살아온 사람인지 말해 주니까. 엄마는 복잡하게 생각하거나 먼 미래의 일로 걱정하지 않았다. 그렇다고 먼 미래에 대한 상상으로 즐거워하는 사람도 아니었다. 그저 하루하루에 기쁘고 감사하고 감격할 뿐.

2016년 4월 27일 *

아침에 94년도에 엄마랑 같이 캐나다 간 사진을 보면서 언니가 말했다. "이때 울 엄마가 '20년 후에 내가 죽는다'라는 걸 알고 있으면 인생이 달라졌을까?" 연초에 봤던 영화 〈이웃집에 신이 산다〉가 생각났다. 각자의 수명이 정해져 있고, 그게 언제까지인지 알고, 그걸 절대 바꿀 수 없다고 한다면, 사람은 지금과 다른 인생을 살게 될까? 우리 엄마는 골치 아픈 질문을 받았을 때 늘 하듯이 눈을 질끈 감고 머리를 세차게 흔들며 '몰라 그런 거. 똑같아.'라고 했을 게 분명하지만, 그래도 엄마한테 한번 물어보고는 싶다. 정말로 그럴 수 있다고 하면, 아프기 전 건강한 몸으로 꼭 해 보고 싶었던 건 무엇이었는지.

나는 엄마의 그 무던함이 곧 강인함이었다고 생각한다. 남들은 힘들어서 진이 빠진다는 조직검사를 몇 번이나 받으면서도 "가만히 누워서 해바라기(벽지) 보고 있으면 끝나."라고 말할 때, 어쩜 그렇게 둔할 수 있나 싶었지만 지금 생각해 보면 그 검사 결과를 머릿속으로 뭉게뭉게 상상하는 사람이었다면 그렇게 시크한 태도를 보일 수는 없었을 것이다. 그리고 가끔씩은, 내 안에 있는 엄마의 강인함을 발견한다. 스스로 노력한 바 없지만 자연스럽게 행동할 때마다 발현되는 나의 강인함은, 아빠에게서 물려받은 감수성이나 철두철미함과는 출처가 다르다는 걸 분명히 알고 있다.

2016년 9월 19일 ﹡

올해 3월쯤 누군가 나한테 "언닌 정말 강해요."라고 몇 번이나 힘주어 말한 적이 있다. 또 다른 누군가는 "어떻게 그렇게 강인할 수 있는지, 폭풍 속으로 걸어 들어가는 것 같다."고도 했다. 나도 잘 모르겠다. 나의 이 강함이 어디에서 오는지, 어떤 것이 원동력이고, 어디까지 강할 수 있는지. 분명한 건 내가 노력해서 얻은 것이 아니라는 것과,

이필숙 씨 딸내미 참 잘 키우셨네요

이게 정말로 건강한 천성이라는 것뿐.

살면서 단 한 번도 누구에게 기대야겠다 생각한 적 없지만 반대로 강해져야겠다고 이 악물고 버틴 적도 없다. 부정적인 생각을 담아 두는 사람은 아니지만 애써서 긍정적으로 생각하려 노력한 적도 없다. 적을 만드는 편은 아니지만 누군가와 특별히 친해지고 싶어서 작전을 짜는 타입은 더더욱 아니다.

나는 늘 그렇게 큰 힘 들이지 않고 자연스럽게 행동하는 편을 택했고, 그 선택이 늘 나에게 좋은 결과를 가져왔다. 그리고, 많은 사람들의 염려와는 정반대로 인생 최고의 자연스러움을 실행하는 것이 요즈음이지 않나 싶다. 그저 하루하루의 삶을 충실히 살고, 그 와중에 깨알같이 재미를 추구하고 있고, 생각이 나면 생각하고, 슬프면 엉엉 울고, 기쁘면 깔깔 웃고, 좋아하는 사람들에게 힘을 다해서 마음을 전하고, 싫은 사람들은 그냥 일상에서 제외시켜 버리고 마는 것, 간단하고 꾸준한 삶을 살아 내는 것,

어떤 것이 와도 평상심의 범위에서 크게 벗어나지 않는 복원력 혹은 회복탄력성이 요새 내 삶의 모습과 방어기제를 가장 잘 묘사하는 말 같다.

30여 년 굴곡 없는 인생을 살아왔다고 자신만만해했던 나의 철딱서니 없음이 어쩌면 다른 사람을 의아하게 할 정도의 이런 회복탄력성을 만들어 낸 것일지도 모르겠다. 그렇게 생각하면 우리 엄마 아빠를 포함하여 지금까지의 삶을 만들어 준 이들에 대한 감사의 마음이 커진다. 어쨌거나 혼자인 삶을 살아 내는 데 이만한 강점도 없는 게 사실이니. 그래, 거기까지 생각이 닿으면 지금의 이 상황과 상태가 내게는 가장 좋은 것 같기도 하다. 끼워 맞춘 자기 위로가 아니라 정말 진심으로 그런 생각이 든다.

올 한 해 있었던 일련의 일들–이라고는 하지만 사실 한 가지 일이겠지–을 이유로 내 심경과 안위를 걱정해 주는 사람들의 마음은 빠짐없이 고맙게 잘 받고 있다. 약간은 핀트가 엇나간 것 같은 관심도, 원래 의도는 그게 아니었겠거니 하고 최대한 선의로 해석하는 연습을 무진장하는 중이고, 애들이 큰일 겪고 나면 훌쩍 큰다는 말처럼 그 과정 중에 내 사고와 이해의 범위가 넓어진 것도 느낀다.

앞으로도, 어쩌면 앞으로 더 독특한 감정의 전개와, 그로 인한 상황의 변화를 겪어 내야 하겠지만 나의 회복탄력성은 이 모든 것을 잘 넘어갈 것이다. 다만, 그 과정 속에 얽히고설키는 사람들과의 관계와 의사소통을 내가 너무 쉽게 포기하지 않았으면 좋겠다. 강인함이 나를 고립으로 이끄는 일은 없었으면 한다.

　폐암 4기의 5년 생존율이 극히 낮다는 걸 알면서도 5년 후의 미래를 그리며 엄마에게 쥐어 줬던 5년 일기장은 바로 다음 해에 거의 빈칸인 상태로 내게 돌아왔다. 엄마는 10년 일기장을 완성한 나와는 기록에 대한 태도가 정말 다르다는 생각을 하면서 앞으로 5년간의 일기를 엄마가 남긴 그 노트에 이어 가기로 했다.

2020년 3월 9일 *

틈만 나면 글을 쓰고 시를 쓰고 온갖 신파 늘어놓는 내 셀프 신상 털기 기질은 아빠에게서 물려받은 게 분명해서, 간단명료한(= 쓰는 걸 귀찮아하는) 성향의 우리 엄마는 간직할 만한 편지 한 장 남겨 둔 게 없고, 여기저기 적힌 메모도 어느 것 하나 구구절절 읽을 맛 나는 게 없다. 하지만 엄마와 딸의 관계란 참으로 깊고 진한 것이어서, 길지 않은 단 몇 자의 글귀 속에서도 엄마의 감정과, 엄마의 생각과, 엄마의 표정과, 소리 내지도 않은 그 목소리가 고스란히 전해진다. 엄마의 일부가 나를 통해 아직 이 땅에 살아 숨 쉰다는 것이 그대로 느껴진다.

이제는 정말로 기억해 주는 사람이 별로 없는 것 같은 오늘, 도망가지 않고 일상을 살았다. 일도 하고 농담도 하고 맛있는 것도 먹고 보통날을 보냈다. 그리고 이 일기장을 꺼내서 이어 쓰기 시작했다. 미완성의 5년 일기장이 다 채워졌을 때 과연 나는 인생의 어떠한 새 국면을 맞게 될까. 또 다른 5년을 새로운 나로 채워 가고 싶다. 엄마가 살게 해 주고 엄마가 남겨 준 삶의 유산들이 나를 통해 더욱 생생하게 살아갈 수 있도록.

과거도 미래도 아닌 순간에 가장 집중하는 우리 엄마가 다행히 내가 마지막으로 쓴 어버이날 편지는 잘 간직해 둔 걸 발견했다. 이걸 받고 웃었을까. 감사했을까. 감동했을까.

2014년 5월 8일 ＊

사랑하는 엄마

서른 살이 된 해에 나한테 새 직장도 주시고, 좋아하는 취미도 주시고, 무엇보다 우리 가족에게 시련을 통해 더 큰 은혜와 성숙을 주시는 하나님께 참 감사해.

밝은 마음과 용기, 희망을 가지고 믿음으로 이겨 나가는 엄마를 닮은 엄마 딸이라서 나는 참 좋고 행복한 아이야.

우리 올 한 해도, 앞으로도 이렇게 계속 감사하면서, 사랑하면서, 건강하게 지내요. 우리 엄마 어마 무지하게 사랑해.

둘째 딸 혜빈

손으로 적어 보냈던 어버이날 편지를 고쳐 써 본다.

엄마가 나한테 물려준 게 다 엄청난 거 같아. 나 진짜 가끔씩 나 자신에게 감동하잖아. 어쩜 이렇게 쿨한지. 어쩜 이렇게 강한지. 엄마만큼은 못하지만.

2016년 2월 16일 ※

너무 걱정하지 말자. 걱정 말아야지. 걱정의 파도 속에서 유유히 서핑을 하면서, 우리 가족과, 생각나는 많은 사람들을 위해서 기도를 해야겠다. 좀 더 어른이 되어야지. 너무 귀엽기만 하면 못쓰지.

참, 귀여움도 물려받은 거 같아. 장난 아니거든. 아니, 그건 아빠 쪽인가?

## 산 사람 생일은 어디로 도망가는 게 아니지만

내게 더욱 애틋한 날은 떠난 날이 아니라 그 사람이 처음 찾아온 날이다

나는 원래 생일에 큰 감흥이 없는 편이다. 어릴 때는 내 생일이 다가오면 어떤 선물을 받을지, 생일파티는 어떻게 할지 나름 설레고 기다렸던 기억도 있는데 언젠가부터 '육십 년 살면 육십 번 맞는 게 생일인데, 생일이 뭐라고'라는 말을 입버릇처럼 하게 됐다. 큰 계기나 깨달음이 있었던 것도 아닌데 그렇게 된 걸 보면 그냥 성향일 것이다.

내 생일에 대한 태도가 이런데 다른 사람 생일도 크게 마음 쓸 리가 없다. 그러면 안 된다고 생각하고 애써 보는데도 생일을 대수롭잖게 여긴 세월이 너무 오래라 본의 아니게 가까운 사람들을 서운하게 하는 일도 많다. 그럴 때마다 나의 대처는 "생일이 어디 가는 것도 아닌데 올해 아니면 내년에 축하하면 되지."라든가, 뻔뻔하게 늦은 선물을 건네면서 "이건 올해 생일 축하가 아니라 가장 빠른 내년 생일 축하야." 같은 식이다. 그렇다고 내가 매사에 무신경하

거나 무미건조한 사람은 절대 아니다. 오히려 이벤트나 깜짝 선물을 주고받는 걸 남들보다 좋아하는 편이니까 굳이 설명하자면 다른 사람이 생일에 두는 가중치를 다른 날에 균형 있게 나누는 것이라고 할 수 있다.

오늘은 아빠의 생일이다. 그러나 동시에 엄마의 생일이기도 하다. 10월 24일인 엄마의 생일은 음력으로 9월 8일인 아빠의 생일과 몇 년에 한 번씩 겹칠 때가 있는데 올해가 바로 그런 해이다. 내가 사는 시간은 양력이니까 정확히 따지자면 엄마의 날에 아빠가 잠시 끼어든 셈이다. 그렇기 때문에 이럴 때 심적인 우선순위는 당연히 엄마의 생일이다.

헤어지고 다섯 번째 맞는, 꼬박꼬박 나이를 세었다면 만으로 66세가 되었을 엄마의 생일에 다른 어떤 날이 끼어드는 게 괜히 싫었다. 그래서 이 두 날이 겹친다는 걸 몇 달 전에 확인했는데도 일부러 아무 말도 하지 않았다. 아빠가 먼저 그날 같이 밥이나 먹자는 제안을 할 때까지. 서로 바빠서 약속 없이는 잘 만나기도 힘드니까 한 달 전쯤 일정을 맞춰 보는 건 흔한 일이지만 시간을 낼 수 있다 하더라도 이날의 내 우선순위가 엄마 생일이라는 건 분명히 하고 싶었다. 아니, 어쩌면 엄마 생일이란 걸 아빠가 잊지 않았는지 확인하고 싶었는지도 모른다.

"그날 엄마 생일인데."

"그날은 내 생일이지."

"엄마 생일이라고. 10월 24일."

"엄마 생일 아니지. 내 생일이 먼전데."

"엄마 생일이 양력이고 항상 같은 날인데 무슨 소리야. 그날 엄마 생일이라고."

"그래? 그러나? 그래도 아빠 생일이니까 밥 같이 먹자."

"싫어, 안 먹어! 엄마 생일에 아빠랑 절대 밥 안 먹어. 바쁘니까 부르지도 마."

화가 끓어오른 나 때문에 대화가 거기서 끝났다. 엄마 생일이 언젠지 모르는 게 말이 돼? 엄마 생일은 항상 아빠 생일에 겹쳐서 했었으니까, 늘 그즈음에 남들이 챙겨 주는 생일상을 받기만 했던 아빠는 정확한 날짜를 모르는 게 어쩌면 당연할 수도 있다. 물론 아빠가 살면서 엄마 생일을 그냥 넘기곤 했던 건 전혀 아니었다. 아빠는 우리 가족 중 누구보다 생일을 중요하게 생각하는 사람이어서 엄마에게도 매년 꼬박꼬박 선물도 하고 축하도 했다. 하지만 사실 그건 엄마의 생일을 기억해서가 아니라 딸들 포함 거의 모든 사람들이 본인과 아내 생일을 묶어서 축하해 주니까 그때쯤 생일임을 인지했을 가능성이 크다. 챙길 가족이나 친지가 많지도 않은데, 아니 설령 줄줄이 기념일이 있더라도 그렇지 한평생 자기랑 같이 산 배우자 생일을 기억 못 하다니.

어쩌면 애초부터 엄마 생일을 몰랐을지 모른다는 생각에 아빠한테 벌컥 화가 났다. '날짜가 아니라 순서로 기억을 하는 게 말이 돼? 뭐 이렇게 자기중심적인 남편이 다 있어?' 엄마에게 감정이입이 돼서 좀처럼 흥분을 가라앉히지 못하고 씩씩거렸다. 안다. 이게 그렇게 화낼 일이 아니라는 걸. 화를 내도 엄마가 내야 할 일이다. 우리 엄마였다면 오히려 별 신경 쓰지 않았으리라는 것도 안다. 하지만 열 내는 나를 보고 분명 "가시나 쓸데없는 데 스트레스받고 있어. 됐어 고마!"라며 눈을 흘겼을 엄마가 세상에 없기 때문에 더욱 화가 났다. 엄마 생일을 기억하는 사람은 이제 몇 없는데, 그 마지막 사람들 중 한 명일 거라고 생각했던 사람에게서 느끼는 배신감도 한몫했을 것이다.

2016년 10월 25일 ※

작년에는 왜 몰랐을까. 주먹보다 더 작은 케이크를 사서 토요일 아침에 눈 비비며 일어나, 재활용인 생일 배너를 달고 찍었던 두 장의 폴라로이드가 내가 축하해 줄 수 있는 엄마의 마지막 생일의 전부라는 걸. 그게 정말로 끝이었다는 걸.

　마지막으로 축하했던 엄마의 생일은 아빠의 생일 며칠 후였다. 마침 토요일이었지만 한 주 전에 아빠 생일이랑 같이 파티를 했으니까 크게 생각하지는 않았다. 평소 각종 이벤트를 좋아하는 요란스러운 성향이 아니었더라면 그날 아침도 불금을 보낸 핑계로 늦게 일어나서 말없이 하루를 시작했을지도 모른다. 그래도 머리띠, 고깔, 생일 축하 배너, 인스탁스까지 상시 구비 물품들을 적극 활용하고 간밤에 사온 초미니 딸기 케이크를 꺼내 생일 축하 노래를 부르고 초를 불었다. 겨우 카메라를 어딘가에 고정하고, 둘 다 잠옷 차림에 리본 머리띠를 하고 찍은 인스탁스 미니 사진 두 장이 그날의 유일한 기록으로 남았다. 엄마의 가장 마지막 생일 아침은 그렇게 세상에서 나 혼자만 가진 기억이 되었다. 더 쌓일 것도 없이 지워지기 전까지는 계속 흐릿해져만 갈 기억.

2014년 10월 24일 ※

내 행복의 조각을 떼어서라도 이 밝은 웃음을 지키고 싶다고 생각했을 때에야 비로소 알게 되었다. 엄마가 가진 웃음과, 건강과, 행복과, 그 모든 것들을 조각조각 떼어서 내가 가진 행복을 만들어 주었다는 것을. Happy 60th birthday, mom!

암 선고를 받은 때부터 머리 염색을 그만두었던 엄마는 몇 달 만에 머리가 하얗게 센 채로 같은 해 환갑을 맞았었다. 내 눈엔 검은 머리나 흰머리나 똑같이 고왔지만 그래도 본인은 신경이 쓰였는지 모자를 눌러쓰고 사진을 찍겠다고 했다. 커다란 꽃다발을 안고서 사진을 이렇게 저렇게 찍어 달라는 엄마의 환한 얼굴을 보면서 행복의 조각이 어쩌고 하면서 저런 일기를 썼는데, 말이라는 게 참 우스워서 유효 기간은 일 년도 채 되지 않았다. 아무리 생일을 대수롭잖게 생각하는 나지만 다음이 없다는 걸 알았다면 나는 정말 그런 식으로 엄마의 마지막 생일 아침을 보냈을까. 이제는 내 행복의 조각이 아니라 수명을 잘라 내고 살점을 뭉텅 떼어 낸다고 해도 엄마의 작은 실체 하나도 세상에 되돌릴 수 없는데 저런 공허한 말이나 했던 나 자신이 싫어서 엄마를 보내고 나서 한동안 저 일기를 다시 볼 수가 없었다.

몇 년이 지났지만 엄마의 생일은 여전히 수많은 감정과 생각들이 요동치는 날이다. 엄마 곁에서 함께 축하했던 그 어느 해의 생일보다, 엄마 떠난 뒤에 맞은 다섯 번의 생일은 내게 의미 있는 날이었다. 나에게만 남은 기억, 나만 느낄 수 있는 감정들은 누구와 나눌 수도 없어서 해가 바뀌어도 그대로인데 오히려 조금씩이지만 이자가 불어나는 것도 같았다.

하지만 내 감정과 관계없이 세상은 떠난 사람의 생일에서 빠르게 의미를 빼앗아 간다. 산 사람의 생일은 어디로 도망가는 게 아니지만 그렇지 않은 사람의 생일은 발이 달린 듯 어딘가로 가 버리는 것이다. 내가 아는 누군가의 삶에 기일이라는 낯선 날이 등장하고 나면 모든 게 그날을 중심으로 돌아간다. 사람들은 기일에 누군가를 기리고, 기일에 모이고, 기일이 언제인지 물어본다. 세상에서 더 이상 볼 수 없는 이들을 기억하는 가장 흔한 방식은 그의 떠난 날을 기념하는 것이다.

　나는 그게 잘 이해되지 않는다. 누구에게나 슬프고 아팠을 헤어졌던 날을 왜 그렇게 소중하게 간직하려고 하는지 모르겠다. 내가 생일 중요한 줄 모르듯이 남들과 기준이 다르기 때문일 수도 있다. 그러나 세상에서 가장 사랑하는 사람을 떠나보내고 또 얼마간의 시간이 지난 지금, 내게 더욱 애틋한 날은 떠난 날이 아니라 그 사람이 처음 찾아온 날이다. 그것은 내가 사랑하는 것이 비단 엄마와 내가 함께했던 시간과 내가 사랑받았던 기억뿐만이 아니라 엄마의 모든 것인 까닭이다.

만 다섯 살짜리 아이를 둔 과장님이 임신 13주의 대리님

에게 해 주는 말을 들으면서 황당하게도 내가 눈물이 났

다. 내가 태어남으로 세상의 중심이 바뀌고, 이전에 경험

하지 못했던 기쁨을 맛보는 그런 시간이 우리 엄마에게도

있었을까. 산고를 이기고 잊을 수 있을 만큼의 행복감을

주던 그 아가는 어디 가고 허구한 날 엄마랑 싸워 대는

징그럽게 늙은 딸내미만 엄마 곁을 지키고 있나.


탄생은 누군가의 세상의 중심을 바꾸는 경험이라고 한다.

엄마의 모든 세상을 바꾸었을 내 탄생처럼 엄마의 탄생도

나를 포함한 많은 이들의 세상을 바꾸었다. 시간의 순서 같

은 건 중요하지 않다. 엄마의 생일이 있어서 이 세상에 일

어났던 모든 사건, 엄마의 존재로 만들어진 나와 우리 가

족과 우리 가족이 만들어 낸 모든 것들은 다시 엄마를 되

살려 내니까. 내가 엄마를 알기도 전에 있었던 엄마의 모든

아름다움과 생기 넘치는 시절과 그늘 한 자락 없는 추억,

그리고 그 모든 것을 풍성히 누리던 우리 엄마의 존재 자체

를 사랑하는 내게, 그 탄생의 날보다 더 의미 있는 날이 있을 턱이 없다.

2019년 1월 16일 *

10월 24일


생명의 시작

사랑의 시작

어쩌면 처음엔 그리 축하받지 못했을 날


설레던 날

추억들이 쌓인 날

해마다 더욱 특별해졌을 날


존재를 위한 날

그 존재를 사랑하는 이들을 위한 날

그렇게 모두에게 선물로 남은 날

끝이라고 하는 많은 사람의 말을 잊게 하는 날

다른 모든 날보다 더 기념하고 싶은 날

해가 바뀌고 날이 계속되는 한 영원할 날


엄마가 우리 엄마가 되려고 이 세상에 처음 온 날


✳

## 엄마가 가고 싶은 유럽은 어떤 곳이었을까

엄마는 쾌활하게 '나는 세상에서 가장 행복한 할망구'라
고백했을 것이다


〈카일라스 가는 길〉이라는 영화를 보았다. 감독이 팔십
노모와 함께 중국과 몽골, 중앙아시아를 거쳐 육로로 티베
트의 성스러운 산 카일라스까지 가는 여정을 담은 다큐멘
터리 영화였다. 서른일곱 살에 남편과 사별한 뒤 홀로 자녀
들을 키우며 살아왔다는 한 줄의 설명은 주인공의 삶이 얼
마나 긴 고생과 서러움의 시간이었을지 가늠할 수 있게 했

다. 그러나 실제 영화 속에 펼쳐지는 한 시간 반의 스토리는 어느 여인의 한 많은 세월과 이를 승화시키기 위한 도전의 드라마 같은 뻔한 내용과는 조금 거리가 있었다. 그보다는 주인공 이춘숙 여사님에게 가득한 사랑과 긍정과 희망이 스크린 너머로 전해질 뿐이었다. 영화는 어떤 메시지를 주려고 의도했다기보다 그저 감독이 어머니의 손을 잡고 오래 걷고 싶어서 엄마와 함께 길을 떠난 이야기였다. 선택받은 사람만이 이런 풍경을 볼 수 있다며 감사와 감격을 표현하고, 해발 오천 미터 고원에서 "내 생일을 내가 축하합니다."라고 소리치는 귀여운 어머니의 이야기는 구구절절 감동적인 사연을 갖다 붙이지 않아도 너무나 감동적이었다. 그리고 그 이야기 한가운데 있는 이춘숙 여사님이 나이나 건강 상태가 허락한다 해도 웬만큼 여행 좋아하는 사람 아니면 엄두도 못 낼 2만 킬로미터의 육로 여행을 완주해 내는 것을 보면서, 어디 바람 쐬러 가는 걸 무척이나 좋아하던 우리 엄마, 이필숙 여사가 생각나는 건 어쩌면 당연했다.

엄마는 여행을 좋아하는 사람이었다. 가끔 엄마에게 들었던 이필숙 학생, 이필숙 아가씨의 이야기 속에는 자전거로 서울을 횡단하고, 외할아버지에게 용돈을 타서 친구들이랑 놀러 다니는 쾌활하고 외향적인 모습이 가득했다. 하지만 엄마인 이필숙 씨는 뭔가 하고 싶다고 해도 혼자 실행에 옮기는 사람은 아니었다. 그렇다고 마음 맞춰 여행 갈 수 친구들이 있는 것도 아니고 자매들이 가까이에 사는 것도 아니었기에, 엄마의 성향은 아주 가끔씩 아주 간접적으로만 표현되곤 했다. 아빠는 엄마가 말띠라서 밖에 나다니는 걸 좋아한다며 농담인지 핀잔인지 모를 말을 심심찮게 하곤 했지만 어쨌거나 그 성향은 나에게 그대로 유전된 것이 분명했다. 가족 중 그 누구보다 엄마의 그런 욕구를 민감하게 알아채고 반응하는 사람은 나였고, 그래서 엄마도 어디 가고 싶을 때마다 나부터 살살 찔러 보는, 우리는 놀러 다니는 데는 꽤 잘 어울리는 짝꿍이었다.

2011년 10월 5일 *

다른 엄마는 언제까지 빈둥거릴 거냐면서 바가지를 긁는다는데 우리 엄마는 10월이 어떤 달인지도 모르고 우리도 좀 놀러 가자면서 바가지를 긁어 댄다. 아, 엄마는 철

이 없네. 없어도 너무 없네. ♬

엄마가 원했던 건 호사스러운 효도 관광도 아니었다. 사실 그런 건 보내 드려 본 적도 없긴 하지만, 지금 생각해도 너무했다 싶은 이십 대 수준의 행군을 나랑 함께하고서도 "너랑 가면 뭐든지 재밌어. 너하고 가는 거는 어디든지 다 좋았어."라고 말할 만큼 빡센 체험형 여행을 즐기는 사람이었다. 부모님과 가는 여행에서 흔하게 고민하는 메뉴 선정에 머리가 아플 일도 없었다. 나랑 함께한 여행 중 최고로 꼽았던 일본 홋카이도 여행에서 뭐가 제일 맛있었는지 물으면 큰돈 썼던 대게 요리가 아니라 기차간에서 먹은 도시락을 꼽을 만큼 엄마는 고집하는 음식도 가리는 메뉴도 없었다. 그저 늘 새롭고 신나는 것을 원하는 즐거운 사람이자 가슴에 모험가를 품은 사람이었다.

하지만 엄마가 원하는 여행이란 거의 시간이나 상황이 허락하지 않는 경우가 대부분이었다. 그건 결국 같이 떠나는 나의 상황을 말한다. 혼자서 또는 친구랑 같이 떠나는 여행을 앞세워 엄마랑은 다음으로 미루다 보니 한 해가 가고,

또 한 해가 갔다. 내가 세계 곳곳 원하는 곳마다 깃발 꽂듯 여행과 출장을 다니는 사이 엄마는 어느새 장거리 여행을 하기 어려운 사람이 되어 있었다. 엄마가 폐암 4기 진단을 받은 직후, 다른 여러 가지 생각 중에도 나를 사로잡았던 것은 엄마랑 어디든 빨리 많이 다녀야 한다는 생각이었다. 십 년 묵힌 내 운전면허가 그때만큼 후회스러웠던 적이 없었다.

2014년 10월 11일 ※

엄마랑 경주 여행. 호텔 클래스에 경악했지만 맘 편히 걷고 요양하는 평화로운 경주 데이트가 너무 좋았다. 기차 타고 설레 하는 엄마를 보는 것도 좋았지만, 약기운인지 피곤해하는 엄마를 보며 부지런히 여행 다녀야겠다는 생각이 들었다. 엄마는 병 때문이 아니더라도 점점 쇠약해질 테니까, 엄마와 후회 없는 시간을 보내고 싶다.

투병 중 상태가 꽤 좋았던 초반에 친정 가족들이 있는 캐나다에 갔다 오겠다는 계획을 의사는 만류했다. 나는 안타까우면서도 한편으로는 한평생 떨어져 살던 가족들을 잠깐 보고 다시 돌아오는 게 서로 눈물바다 되는 것 말고는 어떤 의미가 있나도 싶었다. 대신 그 정도 장거리 비행이 가능하다고 한다면, 꼭 한 번의 기회가 있다고 하면 그 행선지는 유럽이어야 한다고 생각했다.

아프기 전부터 엄마는 자주 "나도 유럽 한번 가 보고 싶다."라고 말하곤 했다. 동서남북 유럽으로 나뉘는 수십 개의 나라가 뭉쳐진 지역이 유럽이건만, 정확하게 어떤 유럽이냐고 물으면 "몰라, 그냥 유럽!" 하고 소녀같이 대답하고는 더 이상의 말은 하지 않았다. 수년간 그 이야기를 들으면서도 진지하게 물어보거나, 구체화하려는 어떤 노력도 하지 않았던 나는 뒤늦게서야 가고 싶은 행선지 에 대해 엄마랑 이야기를 주고받기 시작했지만 결국 그 계획은 실행할 수 없었다. 투병 일 년쯤 되었을 때 치료법을 바꾸기 위해 준비하는 며칠 동안 괌에 다녀온 적이 있지만 여행지에서는 언제나 나보다 더 신나 하면서 사진 좀 찍어 보라며 익살을 부리던 엄마는 이미 너무나 약해져 있었다. 그 따뜻한 나라에서도 계속해서 기침을 하고, 늘 신던 신발의 지압 침이 아파서 많이 걷지 못하겠다는 엄마를 보면서 함께하는 마지막 장거리 여행이 될 거라 직감했다. 그리고 그 직감은 사실이 되었다. 엄마랑 유럽에 가야겠다는 계획은 영원히 이루지 못할 꿈으로만 남았다.

2016년 12월 17일 *

어쩌다 보니 언젠가부터 해마다 가고 있는 유럽에서, 혼자 시간을 보낼 때면 종종 '엄마가 가고 싶었던 유럽은 어떤 곳이었을까' 하고 궁금해진다. 부다페스트의 야경도, 이태리 로마의 유적들도, 런던과 파리의 숱한 미술관들도, 엄마는 분명 "~랑 똑같네." 하면서 김새게 했을 가능성이 매우 높지만, 어디가 어디인지 헷갈릴지언정 엄마한테 이 모든 걸 보여 주면 얼마나 좋았을까 하는 아쉬움과 그리움이 때때마다 너무 크게 밀려오곤 한다. "엄마는 다 비슷하다고 하니까 좋은 거 해 줘 봤자 아무 필요 없어."라고 언니랑 고개 절레절레 흔들며 농담하던 때도 있었다.

하지만 아무 보람 없다고 여겼던 '엄마에게 넓은 세상 구

경시켜 주고 그 즐거움을 함께하는 일'이 내 한 몸 여행 다니고 노는 일보다 더 간절해지는 날이 올 줄은 정말 몰랐다.

엄마를 보낸 그해에도 나는 유럽에 갔다. 다음 해도 그다음 해에도 나는 출장과 여행으로 유럽 땅을 밟았다. 작년에는 엄마 큰딸이 미주에서 유럽으로 주거지를 옮기기까지 했다. 대륙을 옮겨 이사한 언니네 집에 이민가방 두 개 가득 한국 물품을 채워 가져가면서, 엄마의 첫 유럽행이 이사한 딸네 집에 가는 거였으면 얼마나 좋았을까 생각해 보았다. 엄마가 가고 싶었던 유럽이란 어떤 모습이었을지 앞으로도 영영 알 수 없겠지만, 그게 어디든 엄마는 아이처럼 감탄하고 소녀처럼 설레 했을 것이다. 그런 순간을 당신의 딸들과 손녀가 함께한다는 건 엄마가 생전 한 번도 경험해 보지 못한 행복이었을 게 분명하다. 굳이 해발고도 오천 미터까지 오르지 않고도 엄마는 쾌활하게 '나는 세상에서 가장 행복한 할망구'라고 고백했을 것이다. 어쩌면 콧노래를 흥얼거리며 몸을 들썩들썩하기까지 했을지도 모를 일이다.

부모님 생전에 못다 한 효를 생각하며 눈물로 지새운다는 진부한 끝맺음을 하려는 게 아니다. 사실 못한 건 하나하나 꼽지 못할 정도로 많으니까. 다만 엄마를 유럽에 못 보내 드려서라기보다, 우리 엄마는 세상에서 가장 행복한 할망구가 될 자격과 가능성이 충분한데도 그 기회를 가질 수 없었다는 게 보다 근본적인 아쉬움일지도 모른다. 엄마가 가고 싶은 유럽이 어떤 곳이었을지는 이제 중요하지 않다. 두 가지 이유다. 어디였다 해도 엄마는 행복해했을 것이기 때문이고, 이제 유럽 어느 구석으로 가든지 엄마 생각을 지우는 것이 불가능하기 때문이다.

∗

## 세상이 엄마들에게 좀 더 친절해지면 좋겠다

적어도 엄마가 베푸는 만큼의 친절과 배려를
되돌려 받는 세상에 살고 싶다

몇 달 전 사람들 사이에 크게 회자되었던 트윗이 하나 있

었다. 본인 어머니가 패스트푸드점에 가셨다가 터치스크린 방식의 무인 주문 기계 (키오스크) 사용법이 어려워 그냥 돌아오셨다는 사연이었다. 기계 앞에서 이십여 분을 헤맸지만 주문에 실패한 엄마는 말로는 화가 나서 전화했다고 했지만 결국 '엄마는 끝났다' 라며 눈물을 보이셨다고 한다. 엄마를 가진 사람들, 그리고 낯선 무인 주문 기계 앞에서 한 번쯤 버벅거려 본 적 있는 사람들이 저마다의 관점으로 이 이슈에 대해 논하고, 안타까워하고, 화를 냈다.

많은 서비스가 빠르게 비대면화, 자동화 되는 이 시대를 엄마가 지금 살고 있다면 어땠을까. '경제활동에 활발히 참여하고 미디어의 주 소비층인 젊은 사람' 위주로 돌아가는 사회변화 속에서 편의란 모든 사람에게 고르게 주어지지 않는다. 세상이 빠르고 쉬워진다고 해서 엄마의 삶도 갑자기 빠르고 쉬워지는 건 아니라는 말이다. 엄마가 있었다면 나 역시 저 딸처럼 속상한 일을 겪고 분노의 일성을 던지거나 어딘가에 청원을 넣고 있을지도 모른다는 생각이 들었다.

이필숙 씨 딸내미 참 잘 키우셨네요

2019년 2월 22일 ※

"사거리에서 역 방향으로 우회전이요." "첫 번째 사거리에서 좌회전해 주세요." 택시 안에서 기사님께 이렇게 말하다가, 문득 이 말을 할 타이밍을 못 잡아서 늘 택시기사한테 혼나던 우리 엄마가 생각났다. 갑자기 그게 왜 생각났는지 몰라. 너무 피곤해서 그런가. 운전을 해 본 적 없으니까 그 타이밍을 못 잡는 건 참 당연한데, 택시기사들은 꼭 세상 큰일 난 것처럼 짜증을 내고 그러더라. 그러면 우리 엄마는 정말 입을 꾹 다물고, 쌤한테 혼난 학생처럼, 그러나 태연한 표정으로 잠자코 가곤 했다. 착한 엄마. 언제나 분쟁을 일으키는 걸 좋아하지 않아서 따지기 좋아하는 강 씨들 땜에 스트레스 좀 받았었지.

배우면 뭐든 곧잘 했지만 슬로 러너slow learner였던 엄마에게 새로운 걸 가르쳐 주는 일은 거의 내 몫이었다. 삼성 애니콜의 천지인 자판에서 스마트폰의 쿼티 자판으로 넘어가기까지, 카카오톡을 자유자재로 할 수 있게 되기까지는 엄마와 나 상호 간의 인내가 참 많이 필요했다. 하지만 곱게 말하지 못하고 한 번씩 터지는 내 짜증 앞에서 엄마는 항상 '그럴거면 차라리 내가 안 배우고 말겠다' 라는 의미의 경상도 방언 '고마 치아' 를 외쳤고 그 말과 함께 상황 종료였다. 장성한 딸이 엄마한테 잔소리를 하는 건 우리 집에서만 볼 수 있는 특별한 광경은 아닌 것 같지만 엄마와 나 사이에는 보통의 모녀가 티격태격한 뒤에 갖는 살가운 화해의 시간이 없었다. 고마하라면 고마하는 거고, 때려치우라면 때려치우는 거였다. 그래서 보통은 그 정도 파국까지 가지 않기 위해 엄마가 내 비위를 맞춰 주는 일이 흔했다.

2016년 5월 22일 ☀

홀로 떠난 대만 여행에서 계속 우연히 마주쳤던 한국인 모녀가 있었다. 카메라 작동이 능숙하지 않은 엄마를 닦달해서 자기 사진을 계속 시도하는 걸 보며 엄마와 같이 갔던 홋카이도 여행을 떠올렸다. DSLR로 종일 찍은 것 중에 제대로 된 사진이 없어서 "엄마는 사진 못 찍어서 같이 여행 못 다니겠다."라고 했더니 침대 위에 누워서 카메라를 만지작거리며 "내가 연습할 테니까 여행 또 데리고 가.”라고 하던 엄마. “너랑 간 여행은 다 재밌었어.”라고 항상 말하던 우리 엄마. 그 생각이 나서 그들 모녀가 부탁하지도 않았는데 사진을 찍어 주겠다는 친절을 보이며 “저도 엄마랑 여행 가면 제 사진만 많고 같이 찍은 사진은 거의 없더라고요.”라는 말을 건넸다. 그러고 나서 13개월 만에 가게 된 엄마와의 괌 여행에서는 셀카봉을 준비해서 둘이 찍은 사진을 많이 남겼다.

오래전 엄마랑 단둘이 갔던 여행지에서 내가 찍힌 사진이 다 별로라며 까탈을 부리는 나에게, 엄마는 “됐어 고마, 다 잘 나왔어.”라고 하면서도 내일은 잘 찍어 보겠다며 호텔 방 안에서 사진 찍는 연습을 몇십 분이나 했었다. 사진 찍혀 본 적도 별로 없고 찍을 일은 더 없었던 엄마는 DSLR을 양손에 쥐어 본 것도 처음이었을 텐데 애초에 불가능한 일을 바랐던 것이다. 하지만 당시 내 마음속 한편에는 혼자 여행 가면 편하고 친구들이랑 가면 이보다 훨씬 예쁜 사진을 많이 남겼을 텐데 엄마랑 같이 와서 감수해야 하는 게 많다는 생각이 있었던 것 같다. 엄마와 둘이서 여행 다닌 적은 여러 번 있지만 그 소중함을 깨닫기 전까지 나는 엄마와 '함께' 여행하는 법을 몰랐다. 엄마는 내가 '데리고' 여행하는 거라 생각했다.

2016년 3월 17일 *

초등학교 때였나 더 어릴 때였나 은천탕이라는 목욕탕이 있었는데 엄마랑 같이 갔다가 내가 겁 없이 엄청 뜨거운 물을 몸에 홱 부어 버리는 바람에 온몸에 1도 화상을 입었던 적이 있었다. 그때 내가 울었는지 소리를 질렀는지 암튼 어디론가 옮겨져서, 차게 젖은 수건 위에 잠시 누워 있었고, 집에 와서는 홀딱 벗겨 놓고 전신에 화상 연고를 발랐던 것 같다.

근데 그 와중에 아빠가 알면 노발대발할 테니 엄마가 노심초사하는 게 느껴졌는데, 굉장히 부적절한 타이밍에 아빠가 들어왔다. 예상대로 화가 머리 끝까지 난 아빠가 엄마한테 엄청 퍼부어 대는 바람에 나는 그게 싫고 무서워서 엉엉 울고 엄마도 울고 온 집안이 난리법석 눈물바

이필숙 씨 딸내미 참 잘 키우셨네요

다가 된 기억이 난다. 연고 바르고 나서 다른 일 없이 싹다 괜찮아졌었는데, 그 이후로 한동안 조금이라도 뜨거운 물에는 질겁을 하는 부작용이 생겼었던 거 같다. 너무 오래된 이야기. 엄마도 기억할까.

생각해 보면 엄마는 분쟁을 극히 싫어하는 사람이었다. 아빠, 언니, 나 전부 다 집 안팎 가리지 않고 자기 목소리 크게 내고 있는 대로 성질부리는 성격이라면, 엄마는 우리 중 누군가가 언성을 높이거나 감정이 격해지지 않도록 진정시키는 역할을 했다. 언니와 나의 행동을 제지할 때 가장 많이 쓰는 말이 "너거 아빠 가만있겠어?"였고, 그다지 비밀도 아닌 일에 "언니 알면 난리 나."라는 말을 붙이곤 했으니까. 하지만 엄마가 어떨 때 불같이 화를 내는지, 어떤 상황을 질색하는지에 큰 신경을 쓰는 사람은 없었고, 누가 지금 묻는다 해도 나는 딱히 대답할 말이 없다.

가족에게만 국한된 건 아니었다. 엄마는 지하철에서 자리를 양보받기에 충분한 나이였지만 노약자석에 가면 어르신들 눈치 보이고, 일반석에 서면 젊은 사람들이 부담될까 봐 통로에 기대서는 사람이었다. 밀친다고 욕먹고 시끄럽다고 욕먹는 아줌마 집단의 오명을 지우는 것이 사명인 듯 행동했다. 한번은 지하철에 가끔 있는 소위 '이상한 아저씨'가 엄마 맞은편에 앉아서 다짜고짜 껌 씹지 말라며 소리를 친 적이 있었는데, 주변에 다른 사람이 다 미친 사람이라며 피하거나 무시할 때 우리 엄마는 '하라는 대로 해 주면 조용히 할 것'이라며 갑자기 씹던 껌을 혀 밑에 붙이고 안 씹는 척을 하기 시작했다. 그때는 어이가 없기도 했지만 지금 생각해 보면 엄마가 어떤 사람인지 단적으로 보여 주는 에피소드다.

하나하나 얘기하자면 끝도 없다. 그때는 엄마의 성격이 원래 그렇다고 생각했다. 시끄러운 걸 싫어하고 남의 눈치를 많이 보고, 배려가 지나쳐서 가끔 굴욕적일 때까지 있다고. 왜 그렇게까지 하는지 모르겠다고. 하지만 엄마가 그렇게까지 하지 않았다면 누가 갈등을 멈출 수 있었을까. 오직 엄마의 친절과 배려, 그리고 희생이 우리 가족을 평화롭게 했다. 엄마가 가는 곳곳마다 그랬다. 아무도 엄마에게 같은 걸 되돌려주진 않았지만 내가 아는 엄마는 언제 어디서나 어떤 이들 사이에서나 그 역할에 충실했다.

"이 영화 재밌을 것 같으니깐 보러 가자." 도 아니고 내 눈치 봐 가면서 "그 영화 재밌겠더라."라고 말하는 엄마.

일 년 반 만에 딸이 보여 주는 영화 한 편 보겠다고 아침부터 준비해서 기껏 버스 타고 영화관 앞에 도착하자마자 '아빠가 찾는다' 며 왔던 길 다시 되돌아간다는 우리 엄마.

"그럼 그러던가."라고 팩 신경질을 부리고 돌아서서 핸드폰 전원을 끈 채로 혼자 영화 보러 들어간 나.

불편한 마음으로 혼자 영화를 보고 나서 꺼 두었던 핸드폰 전원을 다시 켜자마자 반짝반짝 불빛과 함께 문자 하나가 수신된다. '혜빈아 너무너무 미안하다 정말 미안하다'

엄마는 왜 일 년이 가도 보고 싶은 영화 한 편 제대로 볼 수 없는지, 영화관 앞에까지 와서도 전화 한 통에 되돌아갈 수밖에 없는지, 왜 서운하면서도 아무렇지 않게 "나

간다.”라고만 하고 돌아서는지, 그것도 모자라 오히려 딸이 부리는 괜한 신경질까지 받고야 마는지, 왜 마음 상한 딸까지 걱정하며 전화하고 사과 문자까지 보내는지, 정말 엄마가 바보 같고 답답해서 막 너무너무 속상했다.

나랑 같이 아니면 영화 한 편 보러 갈 여유도 없는 엄마란 사실을 일 년 반 동안이나 잊고 지내면서 엄마가 마지막으로 본 영화가 뭔지조차 기억 못 하는 나. 내 스케줄 비는 시간을 고르고 골라서 고작 조조를 보러 온 주제에 약속 취소하면서까지 영화 보여 준다고 생색냈던 나. 그런 영화를 못 보게 돼서 더없이 속상했을 맘도 이해 못 하고 엄마한테 가는 길도 안 가르쳐 주고 이유 없는 성질부린 내가 참 나쁘고 너무너무 미안하단 생각이 들어서 사람들이 채 빠져나가지 못한 상영관에서 마치 삼류 신파에 감정 이입한 사람처럼 엉엉 울어 댔다. 미안하다는 말을 좀처럼 입 밖으로 내지 않는 우리 엄마이기에 엄마가 보낸 미안하다는 문자가 너무 속상했다.

이필숙 씨 딸내미 참 잘 키우셨네요

'됐어. 보고 싶던 영화 못 본 엄마가 더 속상하지. 7월에 보면 돼.' 라고 뒤늦게 답문을 보냈지만 끝까지 '엄마 미안해' 라고는 말 못 한 바보 같은 나. 역시 나도 엄마 딸이라서 이렇게 바보 같은가. 7월엔 엄마랑 꼭 영화 보러 가야지. 널널한 오후로 시간 잡아서 같이 밥도 먹고. 집에 올 때는 산책도 하고 하루 종일 데이트해야지.

살면서 몇 번밖에 들어 본 적 없지만 엄마의 미안하다는 말을 들을 때 언제나 마음이 일렁였다. 십오 년도 더 된 내 일기 속에서도 가족을 위해 하고 싶은 걸 포기하고, 또 사과하는 엄마의 문자를 읽는 것만으로 마음이 다시 한번 출렁거렸다. 모두에게 조금은 더 배려받아도 됐을 것 같은데, 기억과 기록을 암만 뒤져 봐도 그랬던 것 같지가 않다. 나를 비롯한 가족이 엄마를 우선으로 움직였던 적이 없는데 사회가 우리 엄마를 배려해 줄 거라는 생각은 얼마나 뻔뻔한가.

많은 사람들이 키오스크 사연에 속상했던 것은 그 기계가 엄마가 가진 욕구를 지워 버리고 엄마를 무력하고 작은 존재로 만들었기 때문이 아니었을까. 나는 우리 엄마가 그와 비슷한 경험을 하면서 살았을지도 모른다는 생각이 들었다. 나 때문에, 우리 가족 때문에, 엄마에게 친절하지 못한 세상 때문에, 뭔가 스스로 해 보려고 섰다가 아무것도 못하고 돌아서면서 마치 처음부터 아무것도 원하지 않았던 척하는 엄마를 그려 보니 엄마를 울린 기계만큼이나 내가 미웠다.

만일 지금 엄마에게 무인 주문기 사용법을 알려 줘야 한다면 이전보다는 더 많은 인내심을 가지고 할 것이다. 하지만 그전에 이 기계를 60세 이상 고령자 친화적으로 개발하라고 어딘가에 요구할 것 같다. 엄마의 욕구와 필요를 당연하게 지우는 세상에 살고 싶지는 않기 때문이다. 적어도 엄마가 베푸는 만큼의 친절과 배려를 되돌려받는 세상에 살고 싶다. 우리 엄마에게는 이제 갚을 수 없게 된 친절을 엄마 또래의 아줌마(또는 할머니)분들에게 대신 돌려보낸다. 구석구석 사랑을 베풀지만 충분히 되돌려받지 못하는 모든 엄마들을 위해 오늘도 지하철 앉은 자리에서 슬쩍 내리는 척하며 일어선다. 양보는 피차 쑥스러우니까. 물론 나중에 내가 세상으로부터 받을 친절을 쌓는 의미도 조금 있긴 하다.

## 혼밥을 잘하는 건 아는데

식탁 위 마주 앉은 나를 그리워하며 꾸역꾸역
밥을 집어넣었을 엄마의 마음

또 양 조절 실패다. 독거인의 주방일에서 가장 난도가 높은 것은 요리도 설거지도 아니다. 그것은 바로 일 인분 만들기이다. 주중에 먹을 카레를 좀 만들어 두려고 했는데 정신 차려 보니 한 냄비 가득 팔 인분의 카레를 젓고 있었다. 매일 한 끼씩 먹는다 해도 한 주 분량이 넘어가니까 어쩔 수 없이 지퍼백에 소분해서 냉동실에 차곡차곡 쌓았다. 해동하면 맛이 그대로 유지된다고 누가 그랬나. 나는 얼린 걸 녹여 먹으면 확실히 맛이 없던데.

혼자 살면서 먹을 만큼만 만드는 것이 얼마나 힘든지, 또 얼마나 중요한지를 날마다 느낀다. 점심 저녁 두 끼를 밖에서 해결하는 날이 많으니까 매일 식사 준비를 하는 것은 불필요하지만 그렇기 때문에 필요량 이상의 음식을 오래 보관하는 것은 더욱 부담된다. 냉장고에 집어넣는 순간 저것은 내 입으로 들어갈 것인지 음식물 쓰레기통으로 결국 가게 될 것인지 어느 정도 가늠도 된다. 하지만 요리를 전혀 안 할 수도 없고, 하기만 하면 잠재 음식물 쓰레기를 대량으로 생산해 내는 딜레마 속에서도 이 정도면 많이 발전했다고 내 자신을 격려할 수 있는 까닭은, 혼자 밥상 차려먹어 본 적 없는 요리 무식자로 시작해서 몇 년 만에 장족의 발전을 이루었기 때문이다. 나는 다양한 식재료를 창의적인 방법으로 활용할 수 있는 사람이었고, 생각보다 맛에 민감하지만 간을 심심하게 맞추는 사람이었다. 계량하거나 레시피를 똑같이 따라 하진 않지만 감으로 해도 꽤 맛을 내는, 나름 요리에 취미가 있는 사람이라는 것도 혼자 이것저것 해보면서 처음 발견한 사실이다. 말하기도 민망하지만 가족과 함께 살던 이십 대까지는 내 손으로 온전한 밥상을 차려 본 적이 한 번도 없었기 때문이다.

2016년 7월 31일 *

어째 냉장고에는 꺼내도 꺼내도 새로운 음식이 계속 나오는지. 냉동실에 마침 얼린 어묵이 있길래 국 끓여야지 하는 생각이 들어 날짜도 안 보고 바로 실행에 옮겼다. 일단 다시마랑 멸치랑 집어넣고 끓이면서 생각하다 보니 어묵 말고는 재료가 아무것도 없다는 걸 알게 됐지만, 그래도 국물만 어찌저찌 내면 되니까…. 냉동실에 천연조미료인가 뭔가도 있어서 일단 조금 넣고 국간장도 어딘가에서 본 대로 한 큰술 넣고, 정량이 뭔지 이러면 무슨 맛이 나는지 나는 몰라. 걍 있는 거 다 때려 박아. 그리고 엄마가 끓인 오뎅국(엄마가 해 준 건 왠지 어묵국이 아니라 오뎅국인 것만 같다)에 늘 마늘 잔해가 있었던 게 기억나서 다진 마늘도 왕창 넣었다. 한번 부글부글 끓고 가위로 어묵을 요래저래 자르고 보니 제법 모양은 난다. 맛을 보니 싱거운 내 입맛에는 딱이다. 하, 난생처음으로 어묵국을 끓여 보았다. 무가 있었으면 좋았겠지만… 내일 사서 넣어도 될까나. 엄마는 내가 혼자 요리할 줄 모른다고 맨날 화상같이 여겼는데, 이제 와서 혼자 이러고 지지고 볶고 하는 걸 보면 다행으로 여길까, 미리 좀 하지 하고 원수같이 여길까, 엄마한테 국 끓이는 모습을 한 번 정도 보여 줄걸 그랬다. 그러고 보니 엄마 가고 나서 처음으로 이 재료 저 재료 넣어서 만든 요리 같은 걸 해냈다. 이젠 밥 좀 해 먹어야지.

 

엄마가 돌아가신 뒤 냉장고에 있는 각종 밑반찬부터 냉동실에 오래 저장된 음식까지 모두 아주 천천히 아껴서 먹었다. 평소엔 손도 안 댔던 식재료들도 버리지 않고 어떻게든 뭘 만들었다. 물론 엄마가 아프고 나서부터는 언니나 내가 사서 넣어 둔 것이 많긴 했지만 엄마의 손길 조금이라도 닿은 음식들을 먹는 게 엄마를 보내 주는 의식이라도 되는 양 아주 느리게 느리게 그 일을 계속해 나갔다. 어머니를 일찍 여의었다고 들었던 지인이 조문 와서 "엄마가 만든 반찬 마지막으로 비울 때, 마음이 묘할 거야."라고 말했을 땐 막연히 그렇겠구나 하고 들었다. 하지만 엄마가 직접 만든 반찬을 마지막으로 먹는 날이 오자 그제야 엄마가 떠나가는 듯하여 마음에는 큰 구멍이 뚫렸다. 뭘 먹었는지는 기억도 나지 않는데 집에서 가만히 배터리 나간 장난감처럼 황망하게 앉아 있던 내 모습이 아직 생생하다.

그리고 아마도 그날을 기점으로 나는 제대로 요리를 시작했던 것 같다. 엄마가 그다지 맛깔나게 음식 하는 사람이 아니어서 전수해 준 비법이 하나도 없었던 까닭도 있다. 일 년 내내 하루 세끼 사 먹지 않으려면 뭔가는 할 수 있어야 했지만 갖은양념과 손 많이 가는 밑 작업이 필요한 한식의 문턱이 높아서 처음 손댔던 것은 서양 요리였다.

파스타가 라면보다 아주 약간 더 귀찮을 뿐이라는 것을 알고 나서 자신감이 붙자 이것저것 할 줄 아는 것도 많아졌고, 친구들 부르면 보기 좋게 한 상 차릴 수 있을 정도는 되었다. 한동안 우리 집이든 남의 집이든 여럿이 우르르 모여서 뭔가 해 먹는 홈파티를 즐겼다. 나이 먹고 갑자기 든 홈파티 바람이었지만 꿍짝이 맞는 친구들도 있어 다행이었다. 시끌벅적하게 요리부터 시작해 먹고 얘기하다 보면 몇 시간이 훌쩍 가고, 불금에 모여 놀면 밤을 새우고 다음 날까지 이어질 때도 많았다.

그러다 보니 또 다른 발견도 있었다. 이제 보니 나는 요리를 좋아할 뿐 아니라 음식을 만들어서 누군가에게 먹이는 걸 좋아하는 사람이었다. 이럴 수가. 나는 내가 바깥에 돌아다니느라 집에서 손 하나 까딱 안 하는 인간인 줄 알았지, 집에서도 계속 부산스럽게 뭔가 하는 사람인 줄 정말 몰랐다. 중요한 건 환경 때문에 떠밀린 게 아니라, 이전까지는 있는 줄도 모르던 내 기질의 발현이었다는 사실이다. 높은 확률로 아빠 쪽에서 온 것 같긴 하지만 어쨌거나 유전자에 내재된 게 분명한 이 기질을 엄마 있을 땐 왜 발휘하지 못했을까. 요리에 대해 칭찬받고 자기 효능감이 높아질 때마다 어김없이 엄마 생각을 하곤 했다. 지금도 때때로 "아이고~ 내 이렇게 해 먹고 사는 거 보면 엄마 놀라 나자빠지겠다."라고 중얼거리기도 한다. 그리고 그 농담 같은 혼잣말 이면엔 아쉬움과 미안함이 늘 깔려 있다.

2016년 3월 24일 ※

언니네 식구가 미국으로 돌아간 뒤에 하루 정도 휴가를 내고 집에 가만히 들어앉아 보면 어떨까 한다. 쉬고 싶어 휴가를 내도 집에 못 있고 어디론가 돌아다녀야 직성이 풀리는 나지만, 하루 정도는 꼼짝 않고 집 안에 틀어박혀서 아침·점심·저녁 세끼 먹고 밤이 맞도록 혼자가 되어서, 엄마가 느꼈을 그 고독이 뭔지 느껴 보고 싶다. 언제나 혼자가 편하고 혼자서 돌아다니고 밥 먹고 뭐든지 잘

이필숙 씨 딸내미 참 잘 키우셨네요

해냈던 우리 엄마가 '혼자 먹으니 밥이 하나도 맛이 없다' 라고 말했던 게 어떤 의미일지, 그게 어느 정도일지, 직접 경험해 보고 싶다. 엄마가 겪어 내야 했던 그 육체의 고통은 느낄 수 없지만 엄마의 마음, 생각, 걱정들을 내 몸과 마음과 머리로 한 번쯤은 그대로 느껴 보고 싶다.

엄마가 암 환자라고 해서 우리 집에서 먹는 음식이 달라지진 않았다. 병원에서도 괜히 민간요법 같은 거 한다고 이상한 거 먹지 말고 아무거나 잘 먹는 게 좋다고 했고, 보통 낮에 시간이 나는 아빠는 엄마가 병원에 가지 않는 날에도 함께 돌아다니며 맛있는 음식을 먹곤 했다. 하지만 저녁밥을 먹을 때면 엄마는 항상 혼자였다. 투병 기간의 3분의 2 이상은 혼자 밥을 차려서 혼자 먹고 한참 후에 들어오는 나를 기다리는 날들의 연속이었을 것이다. 내가 혼밥을 잘 먹는 것도 엄마한테 보고 배운 거라 난 그게 아무렇지 않은 일이라고 생각했다.

그러다 어느 날 엄마가 "혼자 먹으면 밥이 맛이 없어."라고 말했을 때 머리를 꽝 얻어맞은 것 같았다. 우리 엄마가 이런 말 하는 사람이 아닌데. 이러면 안 되겠다 싶어 이제부터 엄마랑 저녁 한 끼 정도는 같이 먹어야지 다짐했을 때이미 엄마는 소화도 어려워지고 여러 가지로 신체 기능이떨어지고 있었다.

사실 내 다짐이 뭔가 변화를 가져온 것도 아니었다. 회사마치고 암만 서둘러 집에 와도 엄마랑 저녁을 먹기엔 늦은시간이었고, 시간이 있다고 해도 아픈 엄마에게 내 손으로밥상을 차려 주기보다는 퇴근길에 가끔 별식을 테이크아웃해 오면서 생색내는 정도였다. 엄마가 혼자 먹는 밥이 맛없다는 말을 하기 전까지는 내가 잘하고 있는 줄로만 알았다.내가 혼밥을 너무 잘 먹는 사람이라서 엄마가 혼자 밥을 먹을 때 어떤 마음인지 전혀 이해 못 했던 것이다.

2016년 4월 4일 ※

뜬금없이 이 육교 지나면 갈 수 있는 풍천장어 구이집이생각났다. 엄마 힘나라고 퇴근길에 전화 주문해서 픽업해집에까지 걸어가던 길목이었는데. 마지막으로 사 갔던 장어는 엄마가 먹질 못하고 언니랑 형부 입으로 쏙 들어가고 끝났지. 그래도 엄마는 가끔 장어 사 오라고 직접 나한테 주문할 정도로 좋아했던 거 같다. 조만간 한 마리 사서 나 혼자 다 먹어야지.

내가 공감력이 좀 더 커서 엄마를 일찌감치 이해했다면 조금 다르게 행동할 수 있었을까. 이 요리에 대한 재능을 미리 발현시킬 수 있었을까. 그랬다면 내 한 몸 잘 챙겨 먹으면서도 뭔가 아쉬운, 어쩌면 영원히 안고 가게 될 엄마에 대한 미안함을 덜어 낼 수 있었을지도 모른다. 좀 더 일찍 관심을 기울였어야 했는데. 엄마가 느꼈을 외로움, 혼밥이 지긋지긋해서 누군가와 같이 밥 먹고 싶은 마음, 요리를 하고 내 손으로 밥을 해 먹기는 귀찮은데 뭔가 먹어야 하고, 예전엔 아무렇지 않게 혼자 식당에 갔는데 아픈 몸이 되니까 괜히 마음이 그런 거, 생이 언젠가 끝난다는 선고를 받았는데도 밥은 계속 들어갈 때 느끼는 감정, 매끼 먹는 밥이 단지 생명 부지하기 위한 것인가 싶은 마음이 들 때, 식탁 위 마주 앉은 나를 그리워하며 꾸역꾸역 밥을 집어넣었을 엄마의 마음을 난 왜 더 일찍, 더 깊이 생각해 보지 않앉을까. 엄마가 있을 때 엄마를 너무 외롭게 했다. 혼자서 밥을 잘 먹는 거랑은 아주 다른 문제인데 무슨 근거로 엄마가 외로움을 잘 안 타는 사람이라 단정 지었던 걸까. 아픈 것도 서러운 엄마에게서 먹는 낙을 빼앗은 데 나도 한몫한 것 같아 지금 생각해도 많이 속상하다. 우리 엄마는 맛있는 거 하나씩 먹으면서 개구쟁이처럼 웃고 좋아하던 귀여운 사람이었는데 아프고 나서는 뭘 먹었을 때 가장 맛있었을까. 그걸 한번 물어볼걸 그랬어.

2016년 4월 15일 ＊

아빠가 1차 항암을 마친 엄마에게 갔더니 주머니에 초코바를 넣어 가지고 있더라고 한다. 그게 뭐냐고 물었더니 "단 거 미리 사 놨어. 이게 먹고 싶더라고. 이런 걸 먹어야 돼." 라고 했다는 엄마. 우리 엄마는 항암 해서 식욕이 떨어진 게 아니었다. 사실은 가슴이 답답해서 그랬던 건데…. 그것도 모르고 신부전 환자식이 맛이 없어서 일반식으로 바꿔야 한다는 둥 영 엉뚱한 데 애를 썼던 내가 너무 한심하다. 엄마는 분명 입맛을 올리려면 초코바를 먹어야 한다고 생각한 거겠지. 바보 엄마. 자기가 밥을 왜 못 먹고 있는지도 모르고….

2016년 3월 18일 *

지난 1월 말쯤, 역에서 걸어오다가 골목 접어드는 길에 뻥튀기 트럭이 있어서 뻥튀기 두 봉지를 사 가지고 집에 들어갔는데, 오늘 오다 보니 똑같은 트럭이 또 서 있다. 한 봉지에 삼천 원 두 봉지에 오천 원이라 소화 안 될 때 간식으로 먹으라고 엄마가 좋아하는 걸로 골라서 두 개 샀는데 정작 엄마는 거의 맛보는 정도로만 먹고 아빠랑 형부가 많이 먹었지. 2월에도 한동안 봤던 거 같은데 그새 누가 다 먹어 치웠는지 집에는 없다. 단 거 엄청 좋아하는 울 엄마가 진단받고 나서부터 암세포가 당을 먹고 자란다며 달다구리를 딱 끊었지. 나한텐 단 거 그만 먹으라고 하면서도 찬장에는 맨날 과자나 초콜릿을 숨겨 놓고 입이 심심한 저녁에 슬쩍 꺼내 와서 테레비 보며 같이 먹곤 했는데, 엄만 어떻게 그 좋아하는 군것질을 그리 모질게 끊어 낼 수 있었을까. 그만큼 낫고 싶었고, 나을 거라 믿었고, 오래 살고 싶었던 거였겠지.

천국에서도 매 끼니 밥을 챙겨 먹는 시스템인가 모르겠
다. 안 먹어도 배불러서 음식 자체가 없는 곳은 아니길 간
절히 기대하며, 엄마가 거기서는 혼밥 하지 않길 바라본다.
혼밥을 잘하는 건 아는데, 혼밥이 나쁘다는 건 아닌데, 그
래도 혼자 먹지 말았으면 좋겠다.

엄마는 다른 사람 평생 먹을 혼밥을 다 먹은 것 같으니까,
지금 곁에 누가 있을지는 모르겠지만 부디 남이 혼자 밥 먹
는 꼴 못 보는, 귀찮을 정도로 자상한 사람이랑 늘 겸상했
으면. 사람 사귀는 거 좋아하니까 매 끼니 다른 사람들이
랑 재미있게. 밥 절대 거르지 말고. 좋아하는 달달한 것도
많이 많이 먹고. 나 여기서 이렇게 잘해 먹고 있는 것도 한
번 봐주고. '가시나 저렇게 할 수 있으면서 내한테 상도 한
번 안 차려 줬나' 하면서 화내지는 말고. 살면서 더 연습할
테니까. 우리가 다시 만나는 날 내 평생의 내공을 다 해서
엄마한테 매일매일 밥 차려 줄 테니까.

## ✳

## 우리 엄마를 엄마에게로 돌려보내는 마음

우리 엄마가 살면서 엄마에게 받지 못했던 위로를 많이 받았으면 좋겠다

⋮

2018년 12월 4일 오후 10시 2분. 엄마 가족의 한 세대가 역사 속으로 흩어졌다.

우리 외할머니에 대해 내가 아는 것은 많지 않다. 일제 강점기의 굵직한 사건들이 있었던 1920년대생이시라는 것, 아들 하나 딸 여덟 구 남매를 낳아 키우셨고 터울로 보아 임신과 육아에 전념한 세월이 20년 이상이라는 것, 80년대에 초청 이민으로 자식들을 따라 캐나다로 이주하셨고 우리 엄마의 결혼과 임신 출산 과정에 곁을 지켜 주지 못했다는 것.

내가 기억하는 할머니와의 첫 만남은 아홉 살 때였고, 성인이 되기 전까지는 중학교 때 한 번, 고등학교 때 한 번 뵌게 다였다. 우리 엄마의 엄마라는 생각을 하면 좀 가깝게 느낄 만한데도 교회의 연로하신 권사님들보다 낯선 할머니는 잠깐 만날 때는 낯가리는 중에 다시 헤어지고, 또 한참

잊고 살다 보면 엄마의 이야기 속에만 사는 '전설 같은' 존재였다.

그러다 대학생 때 잠깐 캐나다 이모 댁에 살면서 조금 더 오래, 더 가까이서 할머니를 볼 기회가 생겼다. 그 지역에는 큰이모를 비롯해서 엄마 형제 아홉 중 다섯이 살았지만 할머니는 성격으로 보나 행동으로 보나 다른 어떤 이모들보다 우리 엄마랑 많이 닮아 있었다. 사교성이 좋아서 주변 모든 사람을 친구로 만들고, 혼자서 여기저기 돌아다니기 좋아하고, 뭐든 직접 해보려고 하고, 그래서 실수도 잦지만 그래도 그저 깔깔 웃고, 어두운 그늘 없이 호탕하고 긍정적인 할머니의 모습을 보면 우리 엄마가 늙으면 꼭 저렇겠구나 싶어서 아빠는 몰라도 엄마는 꼭 나중에 캐나다로 와서 할머니처럼 자유롭고 신나게 살게 해야겠다고 생각했었다.

그 후로 꼭 구 년 만에 아빠랑 같이 할머니를 다시 뵈러 갔다. 구십 대가 된 할머니는 그 사이 요양원으로 거처를 옮기셨다. 딱히 지병이나 치매가 없으셨는데도 노환으로 인해 사람 말을 제대로 알아듣는다거나 반응을 하는 게 어려운 상태셨다. 매일 할머니를 돌보러 오는 딸들도 제대로 못 알아보신다는 할머니는 초점 없는 눈을 하고 휠체어에 앉은 몸도 혼자 가누지 못하는 상태로 갓난아기 인형을 꼭 안고 계셨다.

2016년 7월 22일 ﹡

할머니 계신 요양원도 찾았다. 예전에는 그래도 집에서 생활하셨었는데, 내가 캐나다를 떠나고 곧 요양원에 들어가셨던 할머니는 이제 딸들도 잘 못 알아보시고 의사소통도 힘들었다. 그래도 '한국에서 온 강 서방'과 '필숙이 딸'을 잠시 잠깐이나마 분명하게 알아보셨다. 엄마 얘기를 하자 "와 그렇게 됐노." 하시길래 "아파서요. 많이 아파서." 했더니 "우야겠노."라고 하셨다. 그리고 나서 바로 또 필숙이가 누군지 내가 누군지 전혀 기억 못 하셨지만.

한참을 손을 만지고 있다가 "할머니 저 갈게요. 오래오래 건강하세요."라고 했더니 "오야, 잘 가라."라고 분명히 대답해 주셨다. 이모한테 말씀드렸더니 보통의 일은 아닌 것처럼 반응하셨다. 아무래도 태평양을 건너온 프리미엄이 붙었나 보다. 할머니의 찬 손을 꼭 부여잡고 가만히 얼굴을 바라보았다. 애써 찾지 않아도 엄마의 모습이 끝도 없이 보였다. 엄마가 늙으면 이런 모습이었겠구나. 보고 싶은 우리 엄마.

할머니는 외삼촌과 넷째 이모가 돌아가셨던 2014년에 이미 그 죽음을 인지하지 못하는 상태셨다고 한다. 그래도 간간이 정신이 돌아오실 때 충격받으실까 싶어 얘기를 안 했었는데 어느 날 "가는 갔지(그 애는 세상 떠났지)?"라고 다 알고 있었다는 듯 외삼촌 이야기를 하셔서 모두 깜짝 놀랐다고 이모에게 들은 적이 있다. 내가 엄마의 소식을 들고 찾아간 건 그로부터 2년 후였으니 할머니의 상태는 더욱 나빠져 있었지만 그때 나는 틀림없이 느꼈다. 잠깐이나마 아주 분명하게 할머니가 나와 우리 엄마를 인지했고, 한국에서 혼자 외따로 살던 당신 딸의 소식에 감정적으로 반응을 보였다는 것을. 며칠 가다 한 번씩 선별적으로 맑은 정신이 돌아오는 할머니의 상태에서 그건 아주 이례적인 반응이었다고 했다.

한참 관심을 두지 못했던 할머니가 위독하시다는 소식을 들은 것은 그로부터 2년 반 정도 후의 일이었다. 1세대인 할머니의 임종 앞에서 2세대인 자녀들은 슬픔에 잠겼고 3세대인 손자 손녀들은 장례식 준비를 하느라 분주했다. 캐나다는 임종과 함께 삼일장을 하는 한국과 다르게 임종 며칠 후로 날짜를 정해서 장례식을 하는 문화라 할머니의 젊은 시절 사진을 찾아서 스캔해 보내는 미션이 내게 떨어졌다. 삼십 년을 넘게 사신 그곳보다 삼십여 년 동안 서너 번 찾아오신 게 전부인 우리 집에 할머니 사진이 많다는 게 이해가 잘 안 됐지만 정말 우리 집에는 다른 친척들 집에는 없는 할머니의 사진들이 많았다. 그 사진의 분량은 아마도 우리 엄마가 살면서 엄마를 그리워한 만큼 더 많았을지도 모른다.

2018년 12월 5일 ＊

평소에 좋아하시던 찬양을 두 시간 정도 틀어 놓았고 평안함 가운데 주무시듯 가셨다 한다. 곡기를 끊고 호흡기를 끼신 지 하루 만의 일이다.

평생을 할머니 곁에 가장 가까이 있던 민숙 이모와 큰이모는 간만의 휴가지에서 급히 귀국 중이었지만 결국 마지

　　　이필숙 씨 딸내미 참 잘 키우셨네요

막은 함께하지 못했다 하니 임종 지키는 자식은 따로 있다는 말이 이제는 믿어진다.

내가 보았던 할머니의 모습은 그 생애 중 극히 일부인 데다 아주 잠깐일 뿐이기도 해서, 당신 손으로 낳고 기르신 아홉 자녀들이 먼 나라로 흩어져 그 자녀와 손주들까지 4세대에 걸친 가계도를 그리는 동안의 삶이 얼마큼 파란만장했을지 상상하기 어렵다. 할머니가 한국에 홀로 남겨졌던 우리 엄마를 얼마나 생각했을 지도 솔직히 말하면 잘 모르겠다. 많아야 9분의 1에 아주 조금 프리미엄을 얹은 정도 아니었을까. 하지만 엄마에게 할머니는 언제나 보고 싶은 사람이고 멀어서 속상한 사람이었다. 우리 엄마의 엄마가 엄마 곁에 없어서 나는 그게 언제나 불공평하다고 생각했었다. 하지만 죽음도 인생 여정의 일부라고 생각할 때 이 인생은 큰 그림에서 참 공평한 것이어서, 그 불공평함이 오늘부로 역전되었다.

할머니는 오늘 엄마를 만날 것이고, 엄마는 엄마의 엄마를 만나 기쁠 것이다. 거리도 시간도 그 무엇도 갈라놓지 못하는 곳에서, 우리 엄마가 자기 엄마를 끌어안고 엉엉 울면서 살면서 엄마에게 받지 못했던 위로를 많이 받았으면 좋겠다.

이민 삼십여 년 만에 4세대까지 50여 명의 대가족을 일구신 할머니의 장례는 유튜브 생중계까지 동원해서 모자람 없이 진행되었다. 할머니가 얼마나 복되고 귀한 삶을 사신 분인지, 내가 전혀 알지 못하는 할머니의 인생까지 그 장례식에서 느껴지는 듯했다. 깊은 슬픔보다는 한 사람의 생애를 기리는 추모의 정서가 가득해서 내가 조금 덜 슬퍼해도 용서가 될 것만 같았다. 그래서 아무도 모르게, 조금 기뻐하는 편을 택했다. 요양원으로 옮기신 뒤로는 내내 불편하셨을 할머니가 이제는 자유의 몸을 입었음을. 사랑하는 세 자녀가 먼저 가 있는 천국으로 가서 미처 하지 못했던 작별 인사 대신 상봉의 인사를 할 수 있게 되신 것을. 그리고 드디어 우리 엄마가 그간 당신의 엄마와 헤어져 있던 세월을 보상받을 수 있게 된 것을.

이필숙 씨 딸내미 참 잘 키우셨네요

## ✳

# 사모님은 홍천에 계실지 몰라도 우리 엄마는 아니에요

우리 엄마는 엄마보다, 아내보다, 자매나
친구나 딸보다 사모로서 살았거든요

사람들은 우리 엄마를 사모님이라고 불렀다. 아줌마, 어머님, 여사, 결혼한 여성을 특정하는 보편적인 호칭은 많지만 엄마는 내가 태어났을 때 이미 사모님이었고, 엄마의 인간관계 중 대부분은 사모님의 영역에서 일어나는 일이었다. 명품 가방을 들고 강남에 부동산을 보러 다니는 그런 종류의 사모님은 아니다.

신학생이었던 아빠와 결혼했을 당시 엄마가 예상했을지는 모르겠지만 우리 엄마가 살아온 목회자 사모로서의 삶은 결코 쉽지 않았다. 유독 혹독한 분 밑에서 배웠던 아빠 덕분에 엄마는 도제식 훈련 같은 삶을 함께 살아 냈고, 내조가 의무이자 소명처럼 주어져 아빠는 결코 몰랐을 어려움도 겪었다. 각각 다섯 살 일곱 살인 두 딸을 데리고 지금의 교회를 개척할 때부터의 고생은 말로 다 할 수 없다. 물론 우리 아빠의 까다로운 성격 때문에 한 고생은 별개다.

지금 시대의 감수성으로는 충분히 커뮤니티 게시판 베스트 글이 될 만한 일이 많았는데도 언제나 재미있는 추억처럼 웃으며 얘기하는 엄마를 볼 때면 가끔 슬퍼지기도 했다. 철저하게 남편에게 종속된 이 호칭 외에 자신을 다른 이름으로 부르는 사람이 거의 없다는 게 괜찮을까. 훨씬 밝고 활달했던 엄마의 성격이 사모님이란 호칭 때문에 오랫동안 눌려 오지 않았을까.

우리 회사 직원이나 내 친구들 중에도 남편이 목사님, 전도사님 혹은 신학생인 사람들이 제법 있어서 더 그런 생각이 들었는지도 모른다. 하지만 엄마한테 그런 식의 질문을 해 본 적은 없다. 엄마는 마치 날 때부터 사모님으로 태어난 사람 같았고, 사실 내가 태어나서 본 엄마는 한순간도 사모님이 아닌 적이 없었으니까. 다만 우리 엄마가 아니었던 시절, 사모님도 아니고 그냥 이필숙 씨였던 시절의 엄마와 이필숙 사모님은 다른 점이 많은 것만은 확실해 보였다.

물론 엄마가 고생만 했다고 말하고 싶지는 않다. 소명의 기쁨이라 하든, 고생 끝의 낙이라 하든 뭐든지 간에 이 어려운 길을 택한 엄마에게도 때때로 많은 위로가 있었을 것이다. 그중에서도 사람은 가장 큰 근심이기도 했지만 한편으로는 가장 큰 복이었다 말하지 않을 수 없다. 사모가 되기 위해 가족과도 멀리 떨어져 지내야 했고 가까운 친구도 없었던 엄마에게는 엄마를 사모님으로 생각하는 이들이 결국 친구였고, 형제자매이자 아들딸이었기 때문이다.

엄마가 아팠던 몇 년 간도 마찬가지였다. 나와 언니가 직장 때문에, 해외에 있어서 등의 이유를 댈 수 있었던 이유는 정말 급할 때 엄마와 같이 병원에 가 줄 누군가가 있었기 때문이었다. 어쩌다 한 번 휴가를 내고 내가 병원에 동행하는 날에는 데이트한답시고 병원 인근 걷기 좋은 코스를 돌아다녔지만, 사실 운전해서 엄마를 병원까지 편하게 모시는 건 십 년 된 장롱면허를 가진 내가 할 수 없는 일이었다. 출장 다녀오는 사이 엄마가 입원해 있다는 건 누군가가 엄마를 위해 줄을 서고 수속을 하며 엄청난 애를 썼다는 말이었다.

엄마의 상태가 어떤지 의사의 말로 직접 들었던 것은 딱 한 번뿐, 나는 언제나 엄마나 아빠, 누군가의 정리된 말로

만 상황을 업데이트 받았다. 나는 줄곧 우리 엄마 간병하는 데 내가 있을 자리가 없다는 서운한 느낌을 받았지만, 사실 그 모든 것이 내 몫이었다면, 나는 지금 엄마의 투병 생활을 떠올리기 힘들었을지도 모른다. 아주 객관적으로 말하면, 내 고생의 몫은 너무나 작아서 감히 엄마 간병에 지친다는 말조차 성립이 안 될 정도였다. 그리고 엄마를 사모님으로 불렀던 사람들에게 그 모든 빚을 졌다. 절대로 잊지 못할 만큼. 엄마를 보내는 순간과 그 이후까지도.

떠나기 몇 달 전 엄마는 문득 이렇게 말했다. "나는 네 걱정 안 해. 엘림이도 지 가족 있으니까 걱정 안 해. 니 아빠가 걱정이야. 불쌍한 교인들 또 얼마나 달달 볶을지." 아빠 걱정인 듯하지만 사실은 미묘하게 다른 걱정이었던 것. 이들이 엄마에게도 얼마나 중요하고 또 마지막까지도 걱정되는 존재였는지, 엄마를 설명하는 말이 왜 사모님일 수밖에 없는지, 왜 그걸로 충분한지 확실히 알게 해 주는 말이었다.

엄마의 장례를 치르는 사흘 동안 참 많은 사람들이 빈소를 지켰다. 조문객 중에는 우리 엄마를 모르는 사람들보다는 엄마를 위해 온 사람의 수가 훨씬 많았다. 아주 오래전

이필숙 씨 딸내미 참 잘 키우셨네요

에 잊었던 사람들이나 한때 엄마를 근심하게 했던 사람들도 얼굴을 비쳤다. 장례라는 것은 그렇게 인생을 결산하는 장처럼 느껴졌다. 천국의 소망은 우리를 상심이나 절망에서 구해주었지만 그렇다고 해도 엄마를 이제 볼 수 없다는 슬픔은 참 많은 사람을 울게 했다. 엄마를 위해 많이 기도하고 애써 준 사람들의 큰 슬픔이 내 눈에는 보였다. 그분들의 슬픔이 내 슬픔보다 결코 작지 않음을 느끼며, 강원도 홍천 산중에 있는 교회 소유의 땅 볕 잘 드는 곳에 엄마를 눕혀 놓고 왔다.

2016년 4월 16일 ※

장 장로님이 엄마 산소에 풀이 조금 돋아난 사진을 보내 주셨다. 운전도 못 하니까 혼자 가지도 못해서, 정작 열심히 가꾸고 일하는 건 다른 사람들이라 억울했다. 물론 우리 엄마는 천국에 계시니까 거기 있는 건 그냥 상징일 뿐 아무 의미도 없는 일이지만…. 엄마의 흔적은 사실 이 집에 훨씬 더 남아 있고 아직도 곳곳에 있는 물건들에서 더 엄마가 느껴진다. 그 무덤이야 생전에 우리 엄마가 몇 번

가 보지도 못한 곳. 꽃 심고 가꾼들 엄마가 살아 돌아오기라도 하려나.

언니 카톡에 있는 글이 괜히 울컥하다. 천국에는 휴가가 없겠지. 휴가 나오는 게 혹시 꿈에 나타나는 건가. 그렇다면 우리 엄만 천국 간 지 너무 얼마 안 돼서 아직 휴가 나올 짬이 아닌가 보다. 엄마 휴가 때 만나. 내가 그러면 밥 차려 줄게. 그리고 올 때는 아픈 몸으로 오지 말고 건강한 몸 가지고 와. 나랑 여행 가서 막 걸어 다니고 맛있는 거 먹으러 가자고 하고 사진 찍어 달라고 하던 그 귀엽고 생기 넘치는 엄마로 와.

아빠는 한동안 엄마 산소를 가꾸는 일이 세상에서 가장 중요한 일인 것처럼 온 힘을 쏟았다. 엄마 고향인 가음정이라는 글씨가 쓰인 큰 비석을 세우고, 잔디를 입히고, 주변에 꽃나무를 심었다. 원래 농작물과 과수를 가꾸느라 일주일에 한 번씩 사람들이 가는 곳이라 간간이 사진을 보내 주시는 분도 계셨다. 봄이 오고, 또 사계절이 지나고, 그동안 묘소에는 산돼지가 들기도 하고, 꽃나무를 몰래 파내 가는 사람도 있었다. 사람들은 계속해서 드나들며 홍천에 있는 사모님을 돌보고, 추억하고, 그럴 때마다 나에게 소식을 전해 주기도 했다. 하지만 나는 그 어떤 말에도 적절한 대답을 찾기가 어려워서 할 말을 생각하다 결국 아무 말도 못 하곤 했다. 나에게는 그 장소가 너무 낯설었다. 사람들이 엄마가 거기 있듯이 말하고 행동하는 것도 이상할 뿐이었다.

아빠 말에 의하면 엄마가 투병 중일 때 같이 홍천에 간 적이 있는데, 아빠가 "우리가 죽으면 여기 묻히자."라고 했더니 엄마가 "햇볕도 잘 들고 위치가 좋네."라고 대답했다고 한다. 내가 아는 우리 엄마는 자기가 죽은 뒤 어디에 묻힐지를 심각하게 고민할 사람도 아니었고, 거기 아니라 어디였다고 해도 특별히 싫다고 말하지 않을 사람이었다. 그러나 본인에게도 그렇게 친숙한 장소는 아니었을 그곳이 좋다고 했다면 그건 매주 사람이 드나드는 걸 감안해서였을 것이다. 누군가 일부러 고생할 일 없이 농사지으러 오고 갈 때 한 번쯤 들여다보기 좋으라고. 엄마의 배려와 논리는 늘 그런 식이었으니까.

서울에서 차로 한 시간 반이면 넉넉히 도착한다고는 하지만 휴일이 있다 해도 홍천은 쉽게 발길이 닿는 곳은 아니었다. 엄마랑 홍천에 가 본 게 고작 두 번 정도였다. 엄마 없이는 간 적이 없기도 하다. 세 번째 갔을 때 엄마를 묻었고, 약 한 달 후쯤 묘소가 잘 써졌는지 아빠랑 언니네 가족과 함께 가 본 것이 네 번째이자 마지막이었다. 그 뒤로 지금까지 사 년이 넘는 동안 나는 엄마의 묘소에 다시 가 본 적이 없다. 근처에 있는 워터파크에도 간 적 있으니까 일부러 가지 않은 것에 가깝다.

핑계는 차가 없고 운전을 못해서였지만 진짜 이유는 내가 엄마를 거기에 둔 적이 한 번도 없어서이다. 애초에 엄마와의 그 어떤 추억도 의미도 없이 멀기만 한 곳에 엄마를 둬야 하는 건가 했지만, 엄마를 사랑하는 많은 사람들에게 의미가 있는 곳이기에 거기 두는 것을 반대할 이유도 없었다. 다른 집처럼 제사를 지내거나 차례를 지내지도 않는데 아무렴 어때.

어쩌면 무덤이라는 상징물이 없으면 엄마를 쉽게 잊을지도 모르는 사람들에게 양보한 것일 수도 있고 나는 그런 게

이필숙 씨 딸내미 참 잘 키우셨네요

없어도 엄마를 영원히 잃지 않는다는 자신감일 수도 있다. 어떻게 해석해도 괜찮지만 사실 나도 정확하게 설명이 어렵다. 그저 내가 잘 알지도 못하는 그 추운 땅속에 엄마가 있다는 게 마음으로 잘 와 닿지 않고, 실제로 뼈와 살이 거기 있는 건 맞지만 그게 엄마와 전혀 동일시되지 않는다.

2018년 2월 20일 ※

아빠는 '엄마 있는 곳'이라며 늘 홍천을 말하지만 나는 단 한 번도 그 차가운 산골짝에 우리 엄마를 둔 적이 없다. 우리 엄마는, 퇴근길 마주친 뻥튀기 트럭에 있고, 주방에서 매일 쓰는 앞치마에도 있고, 안방에 있는 엄마 옷과 가방에도 있으며, 닫힌 방문을 열고 지금이라도 나올 것 같은 이 집 안 곳곳에 가득하게 있다. 만난다고 어디론가 갈 필요가 전혀 없고, 반대로 어디로 간다고 만나지는 것도 결코 아닌데, 사람들은 참 뭐를 잘 몰라.

초반 일이 년에는 엄마 보러 가지 않겠냐며 청하곤 하던 사람들도 이제는 내 앞에서 그런 이야기를 일절 꺼내지 않는다. 나와 마주치는 어느 누구도 엄마에 대한 이야기를 하는 사람은 없다. 내가 그 정도로 심도 있는 이야기 꺼낼 틈을 주지 않는 까닭이기도 하지만 모든 사람에게 사랑받고 존경받았던, 한동안은 절절한 그리움의 대상이었던 우리 엄마를 이제 더는 어디에서도 언급하는 일이 없다. 사랑받았던 게 우리 엄마의 존재 그 자체였는지 사모님이라는 직함을 가진 분께 으레 드리는 섬김이었는지도 이제 와서는 헷갈린다.

이해가 전혀 안 되는 건 아니다. 원래 사람의 빈자리는 다른 사람으로 빠르게 채워지는 법이고 이제는 모두에게 그 빈자리가 허전하지 않을 정도의 시간이 흐른 것 같으니까. 그러나 여기서 내가 말하는 건 어디까지나 홍천에 계신 사모님의 빈자리이다. 단 하루도 홍천에 있었던 적이 없는 우리 엄마의 존재는 여기 내가 사는 우리 집 모든 것에 아직 있으니까.

장례 직후에 이모들에게 좋은 옷 몇 벌 나눠 주고, 엄마를 가장 그리워할 이들에게 추억이 담긴 물건을 몇 개 나눠 준 것 외에 엄마의 모든 물건들은 아직 안방 옷장과 행거에 그대로 있다. 평소에 손댈 일 없는 깊숙한 곳을 뒤지다 보물찾기처럼 엄마의 물건들과 맞닥뜨리는 일은 요새도 종종 있다. 엄마랑 십 년이 넘게 함께 살던 집에서 계속 살고 있는 내게 공간 속에서 엄마를 발견하고 또 생각하는 건 슬픔이 아니라 자연스러운 일이다. 그래서 엄마에 대해 말하고 이야기하는 것은 하나도 두렵지 않다. 오히려 내가 두려운 것은 아무도 엄마에 대해 말하지 않는 것이다. 특히 우리 엄마의 가장 큰 부분이었을 사모로서의 이필숙을 이제는 아무도 기억하지 못하고, 어느 누구도 그에 대해 말하지 않는다고 느낄 때마다, 종종 엄청나게 큰 슬픔이 밀려온다.

이번 주에도 누군가는 홍천에 갔을 것이다. 갈 때마다 산 꼭대기까지 돌아봐 주시는지는 모르겠지만 그래도 그 땅을 오고 가는 사람이 있는 한 엄마 산소가 버려지는 일은 없을 것이다. 하지만 우리 엄마를 기억하는 사람과 그에 대해 말하는 사람은 점점 줄어들겠지. 그래서 생각해 보면 엄마 산소를 거기 둔 것은 정말 잘한 일이다. 적어도 누군가는 그 무덤을 보면서 여기 묻힌 사람이 누구인지, 어떤 사람이 었는지 이야기할 테니. 아니면 적어도 궁금해할 테니.

사모님은 홍천에 계실지 몰라도 우리 엄마는 아니에요. 하지만 제가 기억하는 엄마는 여기 머물러 있다 해도 사모님은 항상 홍천에 계신 거니까요, 저희 엄마를 잊어버리지 말아 주세요. 왜냐하면, 우리 엄마는 엄마보다, 아내보다, 자매나 친구나 딸보다 사모로서 살았거든요. 그게 잊히면 엄마의 너무 많은 부분이 사라져 버리거든요. 그러니까 우리 엄마를 제발 잊지 말아 주세요. 저도 제가 엄마를 기억하는 한 엄마를 위해 기도하고 애써 주셨던 여러분을 절대로 잊지 않을게요.

2장 : **엄마와 나**

1985년 12월 3일부터의 우리

## ✳ 믿었던 우리 엄마가 속물이었다니

혼자만의 생각일지라도 엄마의 지지를 받고 있다

⋮

지난 6년간 해 오던 일을 작년 말 부로 그만두었다. 퇴사가 아닌 낯선 직무로의 이동이긴 하지만 대학원 전공부터 경력을 나름대로 이어 온 나로서는 직종을 바꾸는 것에 준하는 큰 변화였다. 늘 행동이 생각에 앞서는 나답지 않게 일 년이 넘는 기간 동안 여러 번 숙고했지만, 결심은 바뀌지 않았고 이런저런 과정을 거쳐 완전히 새로운 일을 맡게 되었다.

연초 새로운 시작과 함께 과거의 기록들을 돌아보다가, 업무 때문에 몸과 마음의 괴로움이 절정이던 때의 일기를 다시 읽어 보았다. 고민을 시작했던 무렵에 이미 마음은 정해져 있었는데, 왜 떠나기까지 그렇게 오래 걸렸는지, 어떤 마음이 작용했는지 이제야 잘 보였다. 사실 내가 이걸 그만둬도 되겠는지, 내가 이렇게까지 계속하는 걸 어떻게 생각하는지 엄마의 말을 듣고 싶어 하는 지난 일기 속의 내가.

전 직장을 그만둘 당시 쌓였던 괴로움을 터뜨리며 엄마한
테 "이렇게까지 일하면서 살고 싶지 않아. 그럴 필요가 없
어."라고 엉엉 울며 얘기하던 때가 생각났다.

온갖 거지 같은 일 다 겪으며 몇 달 만에 이미 '여긴 아니
다' 싶었지만, 엄마가 걱정할까 봐 선뜻 때려치우지도 못하
고 하소연이나 욕조차 한마디 못 하고 괜찮은 척 꾸역꾸역
다니던 나였다. 더 그럴 수도 없어서 퇴사를 결심했고, 그
간의 일이라곤 전혀 모를 엄마가 결과만 듣고 "그래도 대
책 없이 직장을 관두면 어떡하냐."라고 했을 때 내가 보인
반응은 엄마에게 적잖이 충격이었을 것이다.

하기 싫은 건 억지로 하는 법이 없고, 그런 데는 누구보다
판단과 행동이 빠른 내가 일 년이나 묵묵히 견딘 것이 엄
마를 생각해서였다는 걸, 비록 엄마 앞에서 그런 말을 꺼
내진 않았지만, 우리 엄마니까 그 순간에 알아챘을 것이
다. 안정적인 직장과 삶의 루틴을 중요하게 생각하는 우

리 엄마는 이렇게 말했다.

"그래, 그렇게 해. 너는 너 생각한 대로 착착하니까 너 하고 싶은 대로 해."

이건 뭔가 잘못됐다는 생각이 들어 손가락 하나도 움직이기 싫은, 그러나 해야 하는 일의 무게에 눌려 마음과 몸을 축내 가며 밤낮으로 일해야 하는 요즘의 나를 엄마가 봤다면 어땠을까 하고 생각해 봤다. 아마 그때의 반응과 다를 바 없을 것이다. 안정을 가장 원하는 엄마의 맘도 사실은 그게 나의 행복이라 믿어서였을 것이다.

하지만 '하기 싫은 일을 하지 않는 것' 이 내게 안정감을 준다는 걸, 하고 싶은 일은 어떻게든 하고 마니까 결국 하기 싫은 일 하는 시간을 줄이는 게 내 삶의 관건이라는 사실을 엄마에게 어떻게든 설명할 방법이 있었으면 좋겠다.

엄마는 지금 내가 모르는 내 마음마저 꿰뚫어 보고 있을

이필숙 씨 딸내미 참 잘 키우셨네요

테지만, 그래도 내 말로 설명을 할 기회가 있다면 정말 좋겠다.

학부 졸업 후 대학원에 갈 때도, 취업을 준비하고 첫 직장에 들어갈 때도, 첫 퇴사를 할 때와 또 다른 직장에 들어갈 때도, 나는 진로와 일에 대해 가족과 시시콜콜 상의하는 일이 없었다. 거의 언제나 결정된 사안을 통보해 왔기 때문에 그 과정 속의 소소한 어려움을 알 리 없는 엄마는 나를 '생각한 대로 착착 해내는' 아이로 여겼던 것 같다. 하지만 처음부터 그랬던 건 아니었다.

사회적 기업을 첫 직장으로 선택한 내가 자랑스럽게 내어 보인 급여통장에는 내 한 학기 대학원 등록금의 삼 분의 일도 안 되는 숫자가 찍혀 있었다. 반응이 시원찮은 엄마와 몇 마디를 더 주고받다가 급기야 "엄마는 내가 여기 다니는 게 싫어?"라고 물었고 "솔직히 좀 쪽팔리지."라는 대답을 듣고서야 알게 되었다. 내 선택에 대해 아무 말 하지 않는 것이 곧 전적으로 믿어 준다는 뜻은 아니라는 것을. 지금의 나라면 그 말이 단지 급여의 액수에 대한 말이 아닌, 나에 대한 엄마의 기대와 소망, 그리고 염려가 녹아 있는 말이라는 걸 이해하고 넘어갈 수 있었을 것이다. 하지만 그럴 내공이 없었던 십여 년 전의 나는 '믿었던 우리 엄마가 속물이었다니' 라는 생각에 부들부들하며 일기를 썼다. 그러고는 다시는 엄마한테 회사 이야기를 하지 않겠다고, 어차피 엄마한테는 쪽팔린 딸이 될 거, 하고 싶은 거 하면서 살겠다고 다짐했다. 그러나 그 충격과 분노의 기저에는 당연히 '내가 하는 일을 엄마가 인정해 주었으면' 하는 욕구가 있었다.

2012년 1월 12일 ※

"솔직히 쪽팔린다." 라는 말을 들었지만 나는 전혀 이해할 수 없었다. 어떻게 스스로 이만큼이나 만족하는 삶이 부끄러워질 수 있는 건지, 왜 비전과 가치를 좇는 걸음을 일차원적인 잣대로 재어 멈추려고 하는지……. 애초에 자신도 아닌 다른 사람 인생 때문에 쪽팔리거나 자랑스러운 것 자체가 가당키나 한 일인지, 사실 전혀 이해가 가지 않는다는 건 거짓말이지만, 조금이라도 이해하는 척하는 순간 이제까지 한 점의 후회나 부끄러움 없던 내 삶에 미안

이필숙 씨 딸내미 참 잘 키우셨네요

해질 것 같았다. 그래서 아무것도 이해하지 않기로 한 나는, '솔직히 쪽팔린다'는 그 말이 나에게 그 어떤 부정적인 영향력도 미치지 않도록 하기 위해 순간적으로 엄청난 애를 썼다.

두 번째 직장에서 탈곡기에 영혼이 탈탈 털리는 진 빠지는 경험을 하고 꼭 일 년 만에 또 대책 없이 퇴사했다. 투병 일 년 차이던 엄마가 걱정으로 병세가 깊어지면 어쩌나 싶었지만, 오히려 퇴사 덕분에 엄마랑 둘이서 괌을 여행할 여유가 생겼고, 며칠간 좋은 추억들을 많이 만들었다. 정말 행복해하는 엄마의 모습을 보는 게 너무 좋아서 당분간 쉬면서 이렇게 같이 지내면 어떨까 하는 생각이 들 정도였다.
넌지시 말해 보았지만, 엄마는 절대 그러지 말라고 만류하면서, 하고 싶은 일, 세상에 도움되는 일을 하면서 똑 부러지게 앞가림하는 내가 얼마나 엄마의 마음을 든든하고 기쁘게 하는지 말해 주었다. 내 일에 대한 인정과 응원을 엄마의 말로 듣는 건 처음이었다. '업데이트를 좀 해 주면 좀 좋아. 왜 그런 걸 한 번도 말 안 해 주고 생각만 하고 있었던 거야.' 볼멘소리라도 하고 싶었지만, 저녁 식사 장소의 핑크빛 석양이 꿈인 듯 아름다워 속으로만 삼켰다. 모든 게 완벽한 행복의 시간이었다.

그리고 누가 꾸민 일인 것처럼 같은 날 한국에서 걸려온 전화를 받았다. 떠나오기 직전에 면접 봤던 지금의 직장에 서 온 합격 통보였다. 미리 계획한 것도 아닌데 퇴사일 바로 다음 날 새 일터로 출근하는 이 자연스러운 이직이 누군가의 계획과 도움이 아니라고 믿기는 더 어려웠다. 새 직장에 서 일을 시작하면서 내 에너지와 보람이 넘쳤던 것은 대비 효과도 물론 있었겠지만 기쁘게 일하는 나를 우리 엄마가 기뻐한다는 확신, 그리고 하나님의 분명하신 계획과 뜻에 따라 여기에 왔다는 확신이 있어서이기도 했다.

2015년 5월 4일 ※

딸이 정확히 무얼 위해서 땡볕에 땀 흘리고 있는지, 자세 히 들어 볼 느긋함과 인내심도 없지만, 그래도 우리 엄마 아빠는 어딘가에 내가 필요하다니 기특하다고 했다. 뭐 가 됐든지 확신을 가지고 즐겁게 하면 됐다고 하셨다. 판

검사나 의사가 되어 자랑스럽게 해 드리는 것도 글러 먹었고, 어머어마한 재력가가 되어 호강시켜 드릴 리도 만무하지만, 언젠가 아빠가 했었던 그 말을 믿고 그냥 내가 좋아하는 일을 계속 즐겁게 하려고 한다. 오늘도 나는 세계평화와 가정의 행복을 위해 일했다! 만세! 수고하셨습니다!

그렇게 같은 팀 같은 보직으로 2개월 모자라는 6년의 세월을 보냈다. 그동안 엄마를 떠나보냈고, 삶은 완전히 변했지만, 그 와중에도 변함없이 같은 일을 하는 건 삶의 균형을 유지하는 데 도움이 되었다. 무엇보다 일터가 위치한 지역이 우리 가족의 역사에 의미 있는 곳이라는 것이 나에게 안정감을 주기도 했다. 좀 웃기는 이유지만 정말로 그랬다. 내 일터가 여의도라는 사실에, 우리 기관 건물이 언니가 태어나던 해 지어졌다는 말에 엄마가 반가워했던 것을 떠올리면 지금도 그게 무슨 상관인가 싶지만, 슬쩍 웃음이 나기도 한다.

엄마 아빠가 결혼식을 하고, 언니랑 내가 태어나서 꼬마로 자라기까지의 이야기가 넘치게 담겨 있는 건물. 옛 G교회가 있던 이 빌딩이 마침 여의동 주민센터 가는 길목에 있는 것도 참 우연 같은 일이고, 내가 여의도에서 일하고 있는 것도 참 예사롭지 않은 일이다. 엄마 이름으로 된 주민등록 서류들을 받아 들고, 엄마 아빠 결혼식 피로연을 했다던 서글렁탕 집을 한 바퀴 돌아 걸었다. 서글픈 이름이네. 서글렁탕 집이라니.

  N년차 슬럼프 같은 말로는 설명할 수 없는 복잡한 상황과 생각으로 결국 팀을 떠나는 결정을 했고 이번에도 나는 모든 것을 혼자서 결정하고 결정한 대로 실행에 옮겼다. 여러 사람에게 이야기하긴 했지만, 조언을 구하기 위한 건 아니었고, 길어지는 과정에서 마음 어려운 일이 많았지만, 누군가에게 위로를 구하진 않았다. 그렇게 하는 것은 오랜 습관과도 같았다. 하지만 그런데도 이번 결정에서만큼은 엄마의 생각을 듣고 싶었다. 일하는 나를 자랑스럽고 든든해한

다는 엄마의 마음을 확인한 뒤로는 한 번도 엄마에게 의견 구할 일이 없었기에 이번에야말로 통보가 아닌 상의를 하고 싶었는지도 모른다.

　불가능한 일인 걸 알지만 정말로 그러고 싶어서 모든 결정에 이전보다 주저했고 더 많은 것을 염두에 두었다. 결국 이번에도 혼자만의 몫일 수밖에 없었지만, 대신에 나는 이전에 없었던 확신을 가지게 되었다. 내가 원하는 선택이라면 무엇이든 엄마가 만족할 거라는 확신. 그래서 모든 결정에 필요한 질문은 단 하나, '이 선택이 나의 고통을 줄이고 행복을 주는가' 이다. 우리 엄마가 나와 다르게 생각했을 리가 없는데, 어떻게 십 년 전의 나는 그걸 의심할 수 있었을까.

　서른 살을 목전에 둔 12월에 홀로 떠난 여행에서 삼십 대의 장래 희망을 '어디에 있든 무엇을 가졌든 다 버리고 훌쩍 떠날 수 있는 용기'라고 풍등에 써서 날렸는데, 돌아보면 그 소원이 이뤄졌나 싶을 정도로 여러 가지로부터 미련 없이 잘 떠나왔다. 원래 후회는 잘 하지 않는 편이고, 환경의 변화로 에너지를 받는 ENTP니까, 새로운 부서에서의 반년도 재미나게 보낼 수 있어 감사했다. 앞으로 또 언제 어떤 결정의 순간이 다가올까. 변함없이 모든 걸 스스로 결정하겠지만 혼자만의 생각일지라도 엄마의 지지를 받고 있다. 엄마가 나타나서 번복할 때까지는 그렇게 믿고 살 것이다.

※

## 엄마는 자식에게 두 번의 생일을 준다

갓 태어난 아기처럼 모든 발달과정을 처음부터 다시 밟아야 하는 거였다

⋮

엄마는 내 어린 시절을 이야기할 때 "너는 어떻게 컸는지도 모르겠어."라는 말을 자주 하곤 했다. 언니에 비하면 참 수월하고 무난하게 컸다는 뜻이었다. 하지만 태어나서 일곱 살 때까지의 내 모든 사진이 담긴 앨범이 언니 생후 백일 때까지의 사진을 모아 놓은 앨범과 같은 크기인 것을 보고 알게 되었다. 나의 어린 시절이 잘 기억나지 않는다고 하는 건 특별히 내가 알아서 잘 컸기 때문만은 아니라고. 손이 덜 갔다는 애치고 태어날 때는 나도 꽤 요란한 편이었다. 내 생일은 엄마 몸이 덜덜 떨릴 만큼 추운 12월의 어느 화요일 새

벽 세 시쯤이었다. 엄마 배 속에 오래 있었던 탓에 이미 커질 대로 커진 내 머리를 진공청소기 같은 기구로 빨아들여 꺼냈고, 3.9kg의 우량한 딸을 낳느라 기운이 다 빠진 건지 엄마는 퇴원하는 길에 쓰러져서 다시 입원했다고 들었다.

결혼이나 생일 또는 기일처럼 뚜렷하게 이름 붙이는 날이 아니더라도 첫 키스라든가, 입대라든가, 크게 싸우거나 맞은 기억 등 살면서 기뻤던 일, 힘들었던 일, 여러 가지 중요하고 인상적인 경험을 한 날을 우리는 오래 기억한다. 출산해 보지 않은 나로서는 그저 상상만 할 뿐이지만 열 달간 자기 몸의 일부로 품었던 것이 순풍 빠져나가기만 해도 보통 일이 아닐 텐데 살이 찢어지고 뼈가 벌어져도 안 나와서 결국 기계로 끄집어냈다니…. 묻지도 않았는데 엄마가 수시로 내가 태어나던 날 이야기를 했던 걸 보면 충분히 알 수 있다. 나를 낳은 경험이 오래도록 잊히지 않는 아주 강렬한 엄마 인생의 사건이었다는 것을.

다른 여러 가지 경험과 출산이 뚜렷이 구분되는 점이 있다면, 엄마가 얼마나 모험적인 출산을 겪었든 결국 그날은 '내가 출산한 날'이 아니라 '내가 낳은 아이의 생일'이 된다는 점이다. 엄청난 특징이 아닐 수 없다. 내가 겪은 사건의 주인공이 바뀌고, 그날 이후로 이 이야기는 새로운 주인공의 시점에서 서술되는 거니까.

물론 철든 자식에게 '생일은 어머니의 고생을 생각하는 날이다'라는 관점도 있게 마련이지만 그마저도 '자식을 낳느라' 고생하셨다는 전제가 붙으면서 출산의 고통을 한 사람이 세상에 태어나는 데 필요한 일련의 장치 (그러나 매우 중요한) 중 하나로 만들어 버린다. 이게 잘못됐다고 말하고 싶은 건 아니다. 세상의 엄마들은 그러한 시점의 변화를 자연스럽게, 그리고 기꺼이 수용하니까.

"내 고생은 왜 기념 안 해 줘!" 하면서 자녀 생일에 심통을 부리거나 서운해하는 엄마를 아직은 본 적이 없다. 여느 엄마처럼 평범하게, 우리 엄마도 본인의 특별한 출산 경험을 나의 탄생 사건으로 자연스럽게 치환하고 그날의 주인공 자리를 나에게 내어 주었다. 매년 돌아오는 12월 3일은 오롯이 내 생일일 뿐이었고 엄마를 비롯한 가족들에게 축하를 받는 주인공은 나였다.

우리 엄마는 아주 세련되고 고상한 축하에 능숙한 사람

은 아니었다. 진지하게 덕담을 건넨다거나 간지럽게 사랑 표현을 하는 타입도 아니었다. 아침 밥상에 미역국을 끓여 내놓고도 왜 끓였는지 말 한마디 안 하다가 현관문 열고 내가 집을 나서기 직전에서야 어색함을 감추기 위해 "빈아아아~ 생일 축하한다아아아~"라고 타령조로 한마디 건네는 게 엄마의 방식이었다. 엄마는 분명 소녀처럼 귀여운 면도 있었고 우리는 친한 모녀였지만 텍스트로 축하를 주고받는 건 엄마랑 나 사이에는 너무 '오글거리는' 일이었다. 그런데 그 '오글거리는' 생일 축하를 딱 한 번 엄마에게 받은 적이 있다.

> *"눈이 펄펄 내리는 아침 30번째 생일을 축하한다.*
> *똑 부러지는 딸로 태어나 줘서 고맙다.*
> *그런데 너를 낳아 준 나에게 선물 줘."*

간밤에 온 생일 축하 메시지가 꽤 쌓여 있었지만 지금 부엌에서 덜그럭거리는 엄마가 대체 아침부터 무슨 메시지를 보낸 건가 하는 마음에 가장 먼저 카톡 창을 열었다. 그리고 저 문장과 맞닥뜨렸다. 분명히 우리 엄마가 보낸 게 맞는데 너무 낯설었다. 일단 엄마의 축하를 문자로 읽어 본 기억이 없었다. 똑 부러진다는 말도, 고맙다는 말도 몇 번 들어본 적은 있지만 이렇게 또렷하게 문자로 읽는 건 처음이었다. 왈칵 눈물이 났다. 방문을 열어젖히고 "왜 안 하던 짓하고 그래." 하면 그만인데도 투병한 지 일 년 반이 넘어가면서 부쩍 통증이 심해졌다고 말하는 엄마가 왜 이러는지 말 안 해도 알 것 같았으니까.

그리고 '사람이 안 하던 짓 하면 어떻게 된다'는 말을 증명이라도 하듯이 이 메시지는 엄마가 나에게 보낸 처음이자 마지막 생일 축하 문자가 되었다. 엄마와 주고받은 이 메시지창은 미리 캡처도 하고 백업도 해 두었지만 그래도 사라질세라 휴대전화를 바꾸면서 모든 데이터와 와이파이를 차단하고 그 기기 속에 이 화면을 박제해 두었다.

이 메시지가 특별한 이유는 마지막이 되었기 때문만은 아니다. 당시에는 낯설었고, 엄마가 떠난 직후엔 너무 슬펐던 세 문장 중에서도 세 번째 문장은 해를 지날 때마다 여러 번 곱씹게 된다. 내 방문 하나를 사이에 두고 아직 눈도 뜨지 않은 나에게 메시지를 보내던 엄마는 무슨 생각을 했을까. 혹시 나를 낳던 날을 생각했던 건 아닐까. 서른두 살의 산모였던 엄마. 친정 식구들은 바다 건너 멀리 있고, 그래서 아버지의 임종도 보지 못한 채 해를 넘겼고, 심지어 남편도 일 때문에 곁을 지키지 못해 혼자서 힘겨운 출산을 했을 당시의 엄마에게 누가 충분한 위로나 격려의 말을 해 주기나 했을까.

그렇게 생각하면 '그런데 너를 낳아 준 나에게 선물 줘'라는 말은 너무 먹먹하다. 그때 누가 우리 엄마에게 선물을 줬을까. 사는 동안 내가 선물이 되기나 했을까. '이걸 왜 낳았지' 하는 생각을 얼마나 자주 했을까. 지금 엄마가 있다면 나는 앞으로 내가 맞이할 내 생일을 다 포기하고서라도 이날을 엄마에게 오롯이 주고 싶었다. 엄마가 나한테 넘겨 준 자기 인생의 기념일을 다시 엄마에게 돌려주고 엄마를 주인공으로 만들어 주고 싶다는 말이다.

2016년 12월 3일 ⁎

삼십 년 남짓 살면서 생일을 축하해 주는 남자 친구는 있었던 때보다 없었던 해가 더 많았고, 축하해 주는 친구와 지인들도 많긴 하지만 해마다 조금씩 다른 사람들이었다. 그게 당연하고 그건 내 선택이기도 하니까 아무렇지 않다.

그러나 생일 기분치고는 태어나서 처음 겪어 보는 이 결핍의 감정은 어디에서 오는 것인지, 명확한 정답을 알지만 말하는 순간 너무 분명한 사실이 되니까 입 밖으로 꺼내지 못하겠다. 다 있고 한 가지만 없을 뿐인데 절대로 완전해질 수 없고, 그래서 결코 행복해질 수 없을 것 같은 이런 기분이 앞으로도 계속된다고 생각하면 매년 건너뛰고 싶을 것 같다.

그렇게 나는 내 생일을 다시 엄마에게 돌려주었다. 매년 겨울의 초입에 돌아오는 내 생일에는 설레거나 기쁘기보다는 그저 엄마 생각을 많이 한다. 꼭 나를 낳았던 엄마의 수고를 떠올리는 것은 아니다. 그러면 또 내 중심의 생각으로 돌아오게 되니까 엄마에 대한 모든 생각을 한다. 엄마가 태어났을 때로 거슬러 올라가 보기도 했다. 그리고 내 생일을 돌려받은 엄마는 나에게 또 다른 생일을 하나 주었다.

언젠가 잠 안 오는 새벽에 홀로 생각하다 두려워 울었던,
'내가 태어날 때부터 있었던 당연한 것들, 물과, 공기와,
바람과, 햇빛 따위의 것들이 없어지는, 그것들 없이 살아
야만 하는 세상'이 오늘 지나고 내일 눈 뜨는 순간부터
펼쳐질 것만 같다. 알아. 그런 건 아니라는 것. 그렇지만
그냥 그런 느낌.

엄마가 존재하지 않는 세상은 이전과 같지만 전혀 다른
세상이었다. 그건 이 세상을 처음부터 구성해 온 중요한 요
소가 어느 순간 완전히 빠져 버린 것과 같았다. 공기가 없
는 세상을 한 번도 겪어 본 적 없고, 그래서 상상할 수도 없
듯이 엄마의 부재 이후에 내가 겪은 상황과 감정은 이전에
는 감히 그려 볼 수 없었던 것이었다. 그때마다 이제껏 살면
서 쌓아 온 나름의 생활기술과 경험치가 초기화된 느낌을
받았다. 내 세상만 물구나무를 선 것 같은 상태에서도 변

함없는 일상을 이어 나가야만 한다는 걸 인지한 순간 나는 내 삶이 다시 시작되었음을 알았다. 엄마의 죽음을 기점으로 나는 갓 태어난 아기처럼 모든 발달과정을 처음부터 다시 밟아야 하는 거였다.

2016년 3월 1일 *

그냥 보내 버리기에는 정말 이상하고 이상한 일이 많아서 오늘은 조촐하게나마 이 특별한 날을 축하해야 한다고 생각했다. 만 두 살 되기까지 잘 살아온 내가 장하니까. 단것을 안 먹으면 금방 건강해질 것처럼 모질게 끊었던 엄마의 세월도 보상받을 겸 혼자서 다 먹어 치울 것이다.

엄마 관련한 기념일 중에서는 아직도 엄마의 생일이 가장 중요한 나에게, 엄마의 기일이란 사실 나와 관련된 기념일이다. 이제껏 한 번도 살아 보지 못한 세상을 향해 첫 발걸음을 뗀 날, 그러니까 엄마가 내게 준 두 번째 생일인 셈이다. 일단 시작은 되었지만 쉬운 건 하나도 없다. 나는 아직도 엄마 물건이 가득한 방을 어떻게 청소해야 할지 모르겠

고, 이전에는 엄마가 대신 받았을 아빠의 등쌀을 어떻게 받아쳐 내야 하는지 몰라 사사건건 부딪친다. 초면에 엄마의 신상이나 안부를 묻는 사람에게 어떻게 대답해야 좋을지도 여전히 연구 중이고 사는 동안 엄마가 정말 필요한 순간이 찾아오고 그때마다 엄마가 없다는 걸 직면하고 나면 그다음은 어떻게 해야 하는지 아직 배우지 못했다.

하지만 그렇게 조바심 내진 않는다. 두 번째 생일로부터 나이를 세면 아직 만 다섯 살도 되지 못한 어린아이일 뿐이니까. 해 바뀌면 한국 나이로 여덟 살이 될 우리 조카도 아직 못하는 게 많은데 내가 그보다 더딘 건 당연하다. 두 번째 성장발달에는 그 과정을 곁에서 지켜보고 기뻐해 줄 사람이 없으니. 모든 것은 나 혼자만의 몫이다. 그러니까 응원도 격려도 나 스스로 해야 한다.

✳

# 해외 출장 후에는 역시 갈비찜이지

그래도 역시 엄마가 해 주는 걸 먹고 싶다

⋮

해외 출장이 많은 일에서 떠나는가 했는데 올 초부터 그보다 몇 배쯤 더 빡빡한 국내 출장을 가야 하는 일을 맡게 되었다. 이쯤 되면 역마살이 정말 있는지 의심할 법하다. 내가 여행을 좋아하는 것과는 별개로 내 인생은 언제나 머무는 것보다는 떠나는 쪽에 가깝게 흘러왔기 때문이다. 그래서인지 최근 십여 년간 굵직굵직한 생의 사건들이 언제 있었던 일인지 헷갈릴 때는, 특정 출장을 기준으로 그 전후에 일어난 일인지 그사이에 일어난 일인지 떠올리면 가장 쉽고 정확하다. 엄마의 마지막 두 해를 떠올릴 때 더욱더 그렇다. 다른 해보다 출장을 더 많이 가서라기보다는 엄마와 함께하는 시간이 너무 소중해서, 그렇지 못했던 시간은 전부 잃어버린 것처럼 느껴지는 까닭이다.

내가 출장만 가면 무슨 일이 생긴다고 했던 아빠의 말이

씨가 되었는지 어쨌는지 결국 이번에도 출장 중에 일을

치르고 말았다. 조카 돌잔치가 예정되어 있던 날, 숨이 너

무 가빠서 아무래도 못 갈 거 같다고 생각했던 엄마는 어

떻게 어떻게 행사는 잘 치러 냈지만 돌아오던 길에 결국

응급실에 가서 긴급 입원하라는 말을 들었고, 늘 같은 식

으로 앉을 곳도 변변치 못한 응급실 바깥 대기실에서 하

루를 꼬박 기다려 간이침대 하나를 얻은 다음에야 케냐

에 있던 나한테 소식을 알렸다.


돌아오는 비행기에서 유난히 기류가 불안정한 구간을 지

나는데, 좀처럼 하지 않는 비행기 멀미 때문에 앞에 놓인

기내식에 손을 댈 수 없는 그 순간 엄마 생각이 간절히

났다. 먹어야 하는데 토할 것 같아서 먹을 수가 없는 이

느낌이 엄마가 거의 맨날 느끼는 것과 비슷할까 싶어서,

비행기에서 내리면 곧 없어질 거라는 기약이 엄마에겐 없

다는 생각에 너무 슬퍼 눈물이 났다.

공항에 마중 나온 K 대리님의 부모님은 우리 엄마 아빠보다 열 살 정도는 많은 연배로 보였다. 우리 엄마 아빠도 오지 말라는 만류에도 항상 공항에 나와서 내 오가는 길을 지켰던 때가 있었는데, 이제는 그런 엄마 아빠의 모습을 볼 일이 없겠지. 팀장님은 초등학생인 딸이 보고 싶다고 내리자마자 전화하더니, 집에 친정엄마가 와서 김치찌개 끓이고 계신다며 신나는 모습으로 집에 달려가셨다. 우리 엄마도 출장 다녀오는 날마다 뭐 먹고 싶냐며 물어보고는 집밥으로 나를 맞아 주던 때가 있었는데. 이제는 그럴 수 없겠지. 그렇지만 괜찮다. 공항 마중이든 요리든 그딴 거 없이도 엄마만 있으면 된다.

직장 생활 초기에는 해외 출장을 한 달 이상씩, 그것도 여러 번 가곤 했었는데 젊어서였는지 그 일을 좋아해서였는지 특별히 고생이라는 생각은 하지 않았다. 오히려 새로운 경험에 대한 기대로 설레고 에너지가 넘쳤다. 하지만 아빠는 내가 주로 '못사는' 나라에 다니는 것이 걱정되었는지 출장 전에는 항상 출장국의 GNP 등 (내 생각엔) 출장과 크게 상관없는 질문들을 던지곤 했다. 형식적으로 한두 개 대답하다가 결국 내가 언짢은 기색을 보이면서 대화가 파국으로 가는 것 같으면 엄마는 먼 길 가기 전에 애 짜증 나게 하지 말라며 그때마다 평화유지군 활동을 도맡아 했다.

　보고와 연락에 영 재능이 없는 나는 열흘 출장이면 출발할 때 한 번, 도착할 때 한 번, 일정 절반 지점에서 한 번, 생존 신고 차 딱 세 번 연락하는데 거의 매일같이 구구절절 시를 쓰는 수준으로 메시지를 보내는 아빠와 달리 엄마는 내가 보내는 메시지에 답만 짤막하게 보내는 편이었다. 하지만 귀국 후 집으로 가는 공항버스를 기다리며 전화하면 엄마의 목소리엔 지난 며칠간 쌓인 걱정과 기도와 반가움과 사랑이 그대로 느껴졌고, 그건 집 현관문 열자마자 진동하는 밥 냄새에 그대로 담겼다. 어딜 가나 현지 음식 잘 먹고 특별히 한식 찾아다니지 않는 터라 집에 오면 먹고 싶은 거 없냐는 질문엔 항상 "몰라, 아무거나."라고 대답했지만, 집에 오면 엄마는 벌써 한우 갈비찜을 졸이고 있었다. 다르게 대답했더라도 갈비찜은 식탁 위에 놓여 있었을 것이다. 사실은 늘 그 갈비찜이 먹고 싶었다.

아픈 엄마를 두고 비행기를 타야 했던 모든 출장에서 나는 집에 돌아갔을 때 엄마가 갈비찜을 해 주면 좋겠다고 생각했다. 갈비찜이 먹고 싶어서이기도 했지만, 엄마가 힘차게 고기를 손질하고 주방에 서서 요리하고 간을 보고 무거운 냄비를 들어 옮길 수 있으면 얼마나 좋을까 하는 바람이었다. 하지만 단 한 번도 그러지 못했다. 엄마가 해 준 갈비찜은 정말 맛있었는데 어떤 맛인지 정확히 기억도 안 날 정도로 오래전에 맛본 음식이 되었다.

2016년 7월 11일 *

아빠를 내보내고 마지막으로 집을 둘러보았다. 제습기, 공기청정기 등등 꽂혀 있는 콘센트는 다 빼고, 재활용품과 음식물쓰레기, 종량제 쓰레기봉투 갖다 버리고, 냉장고에 있는 우유를 해치워 버리고, 남겨둔 신발들은 신발장에, 불 꺼졌는지 방마다 확인하고 나니 공항버스 시간이 딱 십 분 남아서 급히 튀어나왔다. 그 바람에 또 놓친 게 없을지 영 불안. 물론 여태껏 숱한 여행과 출장을 다니며 한 번도 뭐 빼먹고 두고 오고 한 전적은 없지만, 집을 나설

때는 늘 뭔가 빠뜨리고 가는 상상을 하게 된다. 이제는 그렇게 되더라도 백업해 줄 가족이 없으니까. 좀 더 정신을 차리는 수밖에.

지난 케냐 출장 마치고 인천공항에서 일행과 헤어지는데, 저마다 엄마가 해 주는 밥 먹겠다고 신나서 갈 때, 우리 엄마는 병원에 입원해 있는데 밥은커녕 바로 보러 가지도 못한다고 혼자 울면서 공항버스 타고 집에까지 오던 생각이 난다. 오래된 일 같아도 불과 5개월이 채 되지 않은 일이고, 이제는 울고 안 울고 할 것도 없다. 어떻게든 엄마가 해 주는 밥은 살면서 더 먹을 일이 없을 테니까. 출장 갔다 돌아오는 날 내 방을 깨끗하게 청소해 놓고 인형이랑 이불이랑 가지런히 정리해 주던 엄마가 없으니 이제는 아무리 많은 시간이 지나 돌아오더라도 내가 어질러 놓고 간 모습 그대로의 방이 나를 맞을 것이다. 그때는 또 한 번 이전에 느껴 보지 못한 감정이 찾아오겠지.

인천공항에 온 게 수십 번, 이 모든 수속과 여기서 느껴지는 감정들은 너무 익숙해서 지겹기까지 하지만, 모든 것은 엄마가 있는 세상과 엄마가 없는 세상으로 나뉘고, 그 어떤 익숙함도 거짓이고 착각이다. 한 번도 겪어 보지 못한 경험 속으로 또 한 발 내디딘다. 이십여 일이 지나서야 다시 열게 될 현관문을 닫는 마음이 이상했다.

엄마를 보낸 뒤 첫 번째 출장은 정말 쉽지 않았지만, 다행히 미주대륙이라 외가와 언니네에 들렀다 올 수 있어 잘 해냈다. 그 뒤로도 두 번째, 세 번째 그리고 또 여러 번의 출장이 이어졌고 어느 순간부터는 엄마가 없는 집으로 돌아오는 게 몇 번째인지 헤아리지 않게 되었다.

출장이나 여행을 마치고 우리 집 문을 열면 내가 짐 챙겨 나오면서 본 것과 똑같은 광경이 나를 맞이한다. 조금이라도 달라져 있을 거란 생각은 애초에 안 하는 게 옳았지만 스스로 허망해질 뿐인 그런 기대를 완전히 꺾은 지는 몇 년 되지 않았다. 이제는 되도록 돌아왔을 때 보고 싶은 모습으로 집을 잘 정리해 놓는다. 다녀와서 바로 먹을 만한 것들도 어떻게든 준비해 둔다. 세상에서 날 챙길 사람이 나뿐이고 다르게 생각하면 나만 챙기면 되는데 썩 어렵지도 않다. 이제는 진짜 갈비찜도 만들 줄 아는데. 그래도 역시 엄마가 해 주는 걸 먹고 싶다. 근데 내일 집에 가면 뭘 먹지? 오늘도 출장지 숙소에서의 잠 못 이루는 밤이 깊어 간다.

## ✳ 나는 흰머리가 두렵지 않아

기쁨과 슬픔도, 자신감과 두려움도 머리 때문에 얻거나 잃는 건 아니니까

어릴 때 사진으로 먼저 본 외할머니는 친할머니처럼 거뭇거뭇한 회색 머리카락이 아니라 양털 같은 순백의 하얀색 머리를 하고 계셨다. 그땐 그저 '우리 외할머닌 산타클로스만큼 연세가 많으신가 보다' 했는데, 우리 엄마가 사십 대 정도 되었을 때 뿌리부터 진군하듯 일제히 올라오는 백발을 보면서 깨달았다. 흰머리는 피할 수 없는 모계 유전인자임을.

머리색이 별거 아닌 거 같은데 사실 인상의 매우 큰 부분을 차지하는 요소라서, 흰머리가 올라와 있는 엄마와 자연

갈색으로 전체 염색을 한 엄마는 나이 차가 십 년은 족히
나 보였다. 그래서 엄마는 주기적으로 흰머리를 가리기 위
해 염색했고, 바르는 셀프 염모제가 나오고 나서는 집에서
도 매우 능숙하게 염색을 하게 되었다. 물론 중요한 자리가
있을 때는 하루 전에 미용실에 가기도 했다. 내가 볼 때는
늘 같은 색 계열이라 편차가 크지 않은 것 같은데도 어떤
날에는 색이 잘 나왔다며 기분 좋아했고 어떤 날에는 현관
에 들어서면서부터 이 머리카락 색 좀 보라며 씩씩거리는
날도 있었다. 예민함과는 거리가 먼 우리 엄마로서는 아주
이례적인 애착이었다.

  하지만 그렇다고 같은 결과물을 위해 한 군데의 샵만 고
집하는 것도 아니었다. 잘 가는 동네 미용실 몇 군데가 있
긴 했는데 실력도 가격도 다 고만고만했고, 엄마는 그날의
외출 동선과 휴무일, 그리고 기분 따라 랜덤으로 머리를 하
러 갔던 것 같다. 염색하는 면적은 언제나 비슷해서 어딜
가나 가격은 이만 원. 대략 염색 서너 번 정도를 하면 뽀글
뽀글 파마할 타이밍인데 그것도 역시 이만 원. 머리 상할까
봐 둘을 한꺼번에 하는 일은 없으니까 엄마가 미용실에 가

면 결제 금액은 항상 이만 원이었다. 꾸미는 데 돈 쓸 줄 모르는 엄마가 자기 치장을 위해 지출하는 거의 유일한 항목이었고, 그렇게 거금 이만 원을 머리에 투자하고 들어오는 엄마는 설사 머리색이 잘 나오지 않았을지언정 어딘가 신나고 들떠 보이곤 했다.

2016년 4월 5일 ✽

난 우리 엄마가 빼어난 미녀라는 생각은 한 번도 해 본 적 없지만, 엄마에게 '할머니'라는 말이 어울리게 됐을 무렵부터는 우리 엄마가 참 우아하고 고상하게 나이 먹었단 생각을 가끔 했다. 염색을 더 하지 않게 되면서 엄만 흰머리가 신경 쓰이는 듯했지만 나와 언니를 포함해 많은 사람들은 백발이 잘 어울린다, 백발이 너무 멋지다, 심지어 이전 헤어스타일보다 낫다는 말을 자주 했다. 물론 진심으로. 아빠가 엄마를 묘사할 때 자주 쓰는 표현을 빌려, '사치도 할 줄 모르던' 여자였지만, 몸에 걸치고 지닌 것에서 싸구려 티 나는 게 없었고, 똑똑하고 고상한 구석도 없지만, 마지막까지 많은 사람에게 존경받으며 '늙도록

이필숙 씨 딸내미 참 잘 키우셨네요

부하고 존귀한' 모습으로 살다가 떠났다.

혈액암으로 투병하셨던 친할머니의 주치의 말에 따르면 백혈병의 가장 유력한 발생 원인이 지속적인 농약 또는 염색약 노출이라는 게 학계의 견해라고 했다. 할머니 병간호할 때 들었던 그 말이 마음에 남아 있었던지 엄마는 본인이 암 진단을 받자마자 이제부터 염색하지 않겠다고 선언했다. 몇 달 되지 않아 엄마의 머리는 하얗게 뒤덮였다.

분명히 머리카락 색 때문인데 나는 마치 병 때문에 엄마가 순식간에 늙은 것 같아 맘이 쓰였다. 간혹가다가 머리색만 보고 엄마를 노인정에 다니는 어르신 취급하거나, 심하면 할머니냐고 묻는 사람도 있었다. 악의가 없다는 걸 알기에 받아치지도 못해서 부글거리고, 나 혼자 들은 말이었는데도 비슷한 말을 자주 들을 엄마 생각에 끙끙 앓았다. 하지만 속상해만 하기에는 그 백발이 엄마에게 너무나 멋지게 어울리는 것도 사실이었다. 강경화 전 외교부 장관의 자연스러운 헤어스타일이 화제가 된 적 있지만, 우리 엄마는 그보다 몇 년이나 먼저 보여 주었다. 꾸밈 없는 백발이 멋스러울 수 있고, 새하얀 머리가 웃는 얼굴을 더 환하게 밝혀 줄 수도 있다는 걸. 엄마의 흰머리가 주는 두 가지 상반된 감정 사이에서 나는 엄마 딸다운 선택을 하기로 했다. 엄마의 치료가 다 끝날 때까지 미용실에 가지 않기로.

어떤 결심의 순간이 있었던 건 아니다. 하지만 언젠가부터 머리를 만질 때가 되었는데도 계속 미루고만 있는 내 마음을 파고들어 보니 그 이유는 분명 엄마에게서 온 것이었다. 우선, 머리가 그렇게 중요하지는 않은 것 같았다. 사실 엄마의 암 진단 몇 개월 전에 인생 첫 염색을 했다가 뿌리 염색이라는 귀찮은 일을 지속해야 한다는 사실을 알고서 염색인들의 부지런함에 짐짓 놀랐던 터였다. 하지만 다달이 염색하는 걸 일이자 낙으로 삼던 우리 엄마가 그 낙을 잃고서도 전혀 침울하거나 예민하지 않다는 점, 엄마의 낙천함이 조금도 줄어들지 않았다는 점을 보니 머리를 지속해서 관리하는 게 내게 더 기쁨을 줄 것 같지 않았다.

두 번째로는, 엄마가 완치되고 나면 다시 염색을 하기 시작할 거라는 확신이 있었기 때문이다. 완치의 확신보다는 염색의 확신이 더 컸지만 어쨌든 엄마가 다시 염색하려 할

이필숙 씨 딸내미 참 잘 키우셨네요

때 같이 미용실에 가서 뭐든 같이 하면 좋겠다는 생각이 문득 들었다. 그때가 오기를 간절히 기원하면서 머리에 신경 쓰지 않는 방식으로 신경을 쓰는 날들이 시작되었다.

2017년 3월 11일 ＊

모발 기부를 위해 엄마의 1주기를 보낸 오늘 미용실에 갔다! 머리를 잘라 내는 것 자체는 생각보다 별 느낌이 없었는데 지난 3년 동안에 있었던 많은 일이 생각났다. 엄마의 투병과 부재는 물론 가장 큰 일이지만 그 밖에 날 울리고 웃게 했던 많은 일들, 지난 직장들, 여행과 깨달음들, 삼 년여간에 내 인생에 들어온 사람들… 이 모든 것들이 좀 더 가볍게 다가왔다.

딱 1년 전쯤 "안 슬퍼요?"라는 질문을 받고 어이가 없어서 분노했던 기억이 있는데 지금 생각해 보니 그때 너무 슬퍼서 그 말이 그렇게 야속했나 보다. 그렇지만 지금은 정말 아니다. 우리 엄마가 분명 나를 자랑스러워했을 테니까. 그밖에 이런 생각 저런 생각… 별거 아니지만 사람이 이렇게 되네. 그래서 머리를 자르나 봐.

모쪼록 아픈 어린이들이 많이 웃고 마음 편해지길.
건강하렴.

엄마의 투병 기간과 그 이후 열두 달을 더해서 삼십육 개월 꼬박 기른 머리카락을 뭉텅 잘라 한국백혈병소아암협회로 보냈다. (참고로 이 협회에서는 2019년 2월부로 모발 기부를 받지 않는다고 한다) '염색과 파마를 하지 않은 15cm 이상'이라는 수식어만 덜렁 붙이기에는 너무 특별한, 3년간의 모든 이야기가 다 담긴 머리카락이었다. 애초에 기증을 위해 길렀던 것은 아니었지만 그보다 더 적절하고 의미 있는 용도가 어디 있겠나 하는 생각이 들어서 엄마의 1주기를 보낸 주말에 기쁜 마음으로 미용실에 갔다.

그 이후로 계속해서 머리에 초연한 삶을 사는 중이냐고? 악성 반곱슬인 내 삶의 질에 볼륨 스트레이트가 미치는 영향을 생각하면 절대 그럴 수 없다. 내 머리는 그 삼 년간의 휴지기 이후 계속해서 이런저런 실험을 당하는 중이다. 더 나이 먹으면 머리칼에 힘이 없어진다고 해서 올해는 난생 처음 전체 탈색도 해 봤다. 남들 중학교 때 하는 짓을 나이 두 배 먹고 하려니 품도 이만저만 드는 게 아니지만 사실 헤어스타일이든 머릿결이든 인생에서 그렇게 중요한 것 같지 않다. 자랑도 아니고 흉도 아니기에 이것저것 두려움 없이 해 볼 수 있다. 그러니까 미용실에 전혀 안 가는 것과 전체 탈색을 하는 건 따지고 보면 같은 결이라고 우겨 본다.

엄마의 외형적인 특질을 많이 물려받은 나도 이제 나름대로 마음의 준비를 하고 있다. 이쪽저쪽 가르마를 옮겨 타는 것만으로는 해가 갈수록 부쩍 많아지는 흰머리가 가려지지 않는 때도 머지않아 올 것이다. 그러나 우리 엄마 딸인 내가 흰머리 한 올에 파르르 하며 스트레스받는 일은 아마도 없을 것이다. 이만 원의 열 배 정도 되는 머리도 쫄지 않고 할 수 있지만 천 원에 앞머리 자르면 돈 굳었다며 기뻐하기도 한다. 기쁨과 슬픔도, 자신감과 두려움도 머리 때문에 얻거나 잃는 건 아니니까, 백발이든 빡빡머리든 그거 뭐 아무것도 아니다. 우리 엄마가 몸소 보여 줬듯이.

## 기다리지 좀 마 내가 언제 갈 줄 알고

잘 살고 있는 사람들도 언제든 엄마를 만나면
안길 준비가 되어 있는 것이다

"기다리지 좀 마. 내가 언제 갈 줄 알고!"

어두워지기가 무섭게 오 분마다 "아들(애들) 안 오나."라고 묻는 아빠의 성화에 엄마는 빨리 들어오라는 연락을 일 분마다 하고, 짜증 섞인 말을 던져 보지만 별수 없이 그때부터 마음이 조급해지면서 나를 재촉하게 된다. 누군가가 나를 기다리고 있다는 것은 반가움과 고마움 이전에 적잖은 부담이다. 내 마음대로 늑장 부리고 싶은데 그럴 수 없고, 상대방이 힘든 것도 원치 않으니까 기다리는 사람만 자꾸 탓하게 된다.

지하철역 앞에 나와 있다는 엄마에게 분 단위로 위치를 보고 하면서도 "그러니까 누가 나오래." 가시 삐죽 나온 말을 하는 나에게 엄마는 지지 않는다. "가시나가 밖에서 지금까지 뭐하노." 왜 약속도 안 하고 맘대로 기다리냐고 한바

탕할 준비를 했는데, 마주치자마자 무거운 짐 하나 빼라며 가방에 손부터 집어넣는 엄마에게 더 아무 말 못 하고 어두운 골목길을 다정히 걷다가 또 툴툴대며 말한다.

"내가 알아서 들어갈게. 나오지 좀 마. 골목에서 나쁜 놈 만나도 내가 엄마를 지키지 엄마가 날 지켜 주겠어?"

엄마가 아프기 전까지 나의 늦은 밤 귀갓길 풍경은 이와 비슷했다. 집에서 10분 거리 초등학교 등하굣길도 위험하다는 건 아빠의 생각이었지만, 정작 그 길을 6년 내내 같이 다닌 건 엄마였다. 중고등학교 때도 항상은 아니었지만 학원 갔다가 늦게 귀가할 때면 늘 엄마가 멀찍이까지 데리러 나와서는 가방 속에 제일 무거운 책 한두 권을 당신 손에 옮겨 들곤 했다. 가방 무겁게 들면 키 안 크고 어깨도 굽고 허리 아프다며. 내 키는 그때 이미 170cm가 넘었었는데.

2010년 5월 6일 ✳

왜 엄마는 그렇게 내 책가방을 못 들어서 안달일까. 나랑 같이 장 보러 가지 않으면 마트에서 생수 두 병도 혼자 못 들고 오는 엄마가, 어제 교회 체육대회에서 달리기 한 번

했다고 후유증으로 허리도 못 펴고 온종일 골골대는 엄마가, 왜 내가 밤늦게 돌아올 때는 굳이 역 앞까지 나와서 가방을 내리라고, 들어 주겠다고 말도 안 되는 고집을 피우는지 모르겠다. 내가 암만 녹초가 된 날일지라도 엄마보다 힘이 없을까 봐. 결국 노트북 가방이라도 들어 주겠다고 뺏어가는 엄마는 참 못 말린다. 자기 책가방을 대신 멘 엄마랑 팔짱 끼고 걸어오는 초등학생을 보는데 코앞에 있는 초등학교까지 6년간 비가 오나 눈이 오나 데려다주고 데리러 왔던 우리 엄마가 떠올랐다. 우리 엄마는 내가 15년째 초등학교에 다니는 줄 아는가 보다. 이제는 가방 두 개에 짐을 나눠서 가지고 다녀야겠다. 집에 올 때 엄마가 가방을 달라고 하면 둘 중에 가벼운 거로 순순히 하나 줘야지. 그리고 사이좋게 팔짱 끼고 들어와야지. 우리 엄마는 곧 죽어도 내 가방을 들어야 속이 시원하니깐.

대학생, 대학원생 시절을 지나 직장 다닐 때도 가끔 내 늦은 귀갓길에 마중을 나오던 엄마는 암 투병을 위해 몸 관리를 시작하면서 메시지로 그 일을 대신했다. 야근하거나 저녁 약속이 있는 날 조금 늦어진다 싶으면 어김없이 날아오는 '빈, 언제 와' 라는 메시지는 언젠가부터 잔소리가 아니라 잠자리에 들기 전에 내 얼굴을 한번 보고 싶다는 엄마의 부탁처럼 읽혔다. 그러나 가만히 있어도 기운이 떨어지는지 엄마는 내 귀가 전에 잠들어 있는 일이 많았다. 그러면 나는 집에 온 것을 확인이라도 받는 듯 불 꺼진 안방에 살짝 들어가, 옆으로 누워 잠든 엄마 얼굴을 보고 나서야 딸깍하고 방문을 닫았다.

2014년 10월 11일 ※

엄마랑 보낸 문자는 내내 '언제 와' 투성이다. 때론 담담하게, 때론 격하게 내 귀가에 맘 쓰는 엄마의 문자를 모아서 보니 마음이 쓰렸다. 난 대체 어떤 딸이었던가….

2014년 12월 21일 ※

나쁜 꿈을 꾸는지 잠꼬대를 하는 엄마를 안아서 다시 재웠다. 우리 엄마는 왜 먼저 날 안아 주는 법이 잘 없지. 앞으로 내가 상딸(상남자 비슷한 거)처럼 안아 줘야지. 매일.

그렇게 내 나이 서른을 기점으로 엄마와 나의 돌봄 관계는 역전되었다. 엄마가 잘 먹는지, 잘 자는지, 아프거나 불편한데는 없는지, 또 하고 싶은 건 없는지를 살피는 건 꼭 병 때문이 아니라도 내 역할로 넘어오는 게 자연스러운 나이였다. 하지만 반복되는 입·퇴원과 검사 때마다 우리 엄마는 환자라는 사실을 자각하게 됐고, 그때마다 보호자 역할 교환을 더 먼저, 자발적으로 하지 못했다는 사실이 은근하게 마음을 짓눌렀다. 그렇다고 내가 엄마를 내내 지극정성으로 돌보았던 것도 아니었다. 암 투병이란 마라톤 같은 거니까 초반에 소진되지 않도록 조절해야 한다 어쩐다고 하는 말을 어디서 주워듣고 너무 내 페이스를 잘 지키면서 많은 역할과 책임들을 다른 사람들에게 미뤘다. 마라톤 선수들도 세 시간 가까이 전력을 다해 질주하고 결승점을 지나면 엎드려 쓰러지는데, 엄마가 떠나고 난 뒤에 나는 힘을 다해 달려 보지도 못하고 실격당한 선수 같은 심경이었다.

2015년 1월 13일 ※

종일 엄마의 곁을 지키면서 모처럼 여유 있게 얘기도 하고, 1박 2일 놀러 온 것처럼 병원 내 구석구석 돌아다니고, 나름대로 재미도 있는데 간호사 언니가 엄마 이름을 부르면 어느 한순간 '내가 엄마의 보호자' 라는 사실이 자각되곤 한다. 어딜 가도 내 보호자는 엄마였는데, 근 30년 만에 역전에 성공(?)했다. 내가 믿음이 부족하여 엄마에게 보내는 100년의 편지 수신일은 겨우 5년 후로 설정하긴 했지만, 나는 이 역전된 보호-피보호의 관계가 앞으로 30년간 유지되는 것을 꿈꾼다. 솔직히 그래야 셈이 맞지 않습니까, 하나님!

2018년 2월 1일 ⁂

엄마가 내 보호자였던 시절의 딱 절반만큼이라도 갚을 시간이 주어졌으면 하고 시간을 세며 간절했을 때가 있었다. 내겐 기회가 없었고 벌써 멀어져 버린 이야기. 다른 사람에겐 넉넉한 관용이 유독 가족한테만 없는 나란 인간을 너무 잘 아서서 그러신 걸지도 모르겠지만. 어쨌거나 주어진 시간에 하고 싶은 걸 다 못 해서 지난 뒤 마음에 구멍이 훅훅 뚫리는 일은 내 평생에 그만하고 싶다. 직구로 바로 쏘지 않으면 못 배기는 이 성미는 어느 정도 천성이지만 그 이후로는 거의 통제 불능에 이르렀다.

잘 지내다가도 엄마의 빈자리가 느껴지는 건 사실 큰 영역보다는 작지만 중요한 것들, 여태 엄마가 챙겨 줬다는 것도 인식하지 못했던 사소한 것들에서였다. 이를테면 여행 갈 때 들고 갔다 온 캐리어의 바퀴를 닦는다든가, 그날 신은 스타킹을 그날 바로 빨아 놓는다든가, 오늘이 아파트 재활용품 버리는 요일인지 아닌지 체크한다든가 하는 일들은 인수인계도 없이 내 몫이 되어 버렸고, 그걸 익히는 게 크게 힘들거나 오랜 시간이 걸리지는 않지만, 그래서 더더욱 이런 사소한 일 하나까지도 마지막까지 엄마에게 의존했던 내가 한심스럽게 느껴지곤 했다.

그럴 때마다 문득문득 엄마가 보고 싶었다. 엄마가 다시 돌아와 이런 일들을 대신해 줬으면 하는 게 아니라, 이런 일들을 시켜서 미안했다고 한번은 말하고 싶었다. 떠나보내고 나서야 느끼게 된 이런 감정들을, 관심도 없을 다른 사람에게 하소연하는 게 아니라 당사자인 엄마가 알아들을 수 있게 딱 한 번만 말할 수 있었으면 했다. 아빠를 비롯한 여러 사람이 꿈에서 우리 엄마를 봤노라고 말할 때마다 그랬냐고 대수롭지 않게 대답하긴 했지만 정작 자기 딸내미 꿈속에는 한 번도 찾아와 주지 않는 엄마가 야속했다. 그러면서도 어느 날 밤 불시에 나타날지도 모르니까 할 말을 준비해야지 하고 생각날 때마다 노트에 메모해 두기도 했다.

2016년 6월 19일 ＊

캐리어를 들고 며칠간 집을 비웠다가 빈집에 들어오는 것. 이제 익숙해지도록 해야겠지만 빨랫감을 꺼내서 돌리고 가방을 정리하다가 또다시 슬픔이 몰려왔다. 밖에 돌아다녔던 가방이라고 캐리어 바퀴를 걸레로 닦던 엄마는 이제 없고, 난 여전히 그걸 쓸데없는 일이라고 생각하니까, 저 바퀴는 저 상태 그대로 있다가 제 수명을 다하겠지. 냉장고는 떠나기 전이랑 똑같고, 버릴 것만 더 늘어 있다. 스무 살 남짓해서 집 떠나 서울에서 자취생활하는 애들은 나보다 훨씬 먼저 그렇게들 산다고 했다. 그래, 엄살 부릴 거 없지. 결혼하고 애가 있어도 이상할 게 없는 나이가 된 지

몇 년째인데. 그렇지만 그건 그거고 슬픈 건 슬픈 거다. 엄마 보고 싶다. 이상해. 아직도 다 거짓말이라고 누가 말해 준다면 '정말 감쪽같이 속았다'라고 말하며 등짝을 때릴 수 있을 것 같아. 그렇지만 그럴 일은 없겠지.

2016년 6월 21일 ※

집에 들어와서 손만 씻은 채 저녁을 좀 때우고, 재활용품이랑 음식물 쓰레기를 버리러 갈까 말까 고민했던 기억이 있는데 그새 잠들었는지 깨어 보니 이 시간이다. 괘종시계 종이 네 번 울리고, 온 방과 거실에 불이 환하게 켜져 있는데 아무도 날 깨운 사람은 없었네. 빈집이라는 게 새삼 다시 느껴진다. 재활용 쓰레기는 지금 나가지 않는 이상 일주일 다시 기다려야겠지. 기회를 놓치면 아무도 대신해 줄 사람이 없다. 정신을 똑바로 차리고 살아야지. 불을 다 끄고 방으로 들어와 눕는다. 기상까지 세 시간. 야무지게 자야지.

속절없는 시간이 지났다. 엄마가 떠난 지 만 5년이 훌쩍 넘었고, 그동안 단 한 번도 엄마를 꿈에서 본 적이 없다. 이제는 다 외워 버리다시피 한 몇몇 영상 속에 영원히 멈춘 엄마의 모습은 아무리 내 상상력을 다해 보아도 새롭게 업데이트되지 않는다. 그래도 한 번쯤은 만나지 않을까 하는 기대를 아직 가지고 있을 때 정채봉 시인의 시 〈엄마가 휴가를 나온다면〉을 읽은 적이 있다. 하늘나라에 가 계시는 엄마가 이 세상에 딱 5분 만이라도 휴가를 나올 수 있다면, 엄마 품속으로 들어가 눈을 맞추고, 만지고, 불러 보면서 세상사 억울했던 일을 일러바치고 엉엉 울 거라는 내용의 그 시는 띄어쓰기 하나까지 정확하게 내 마음 같았다.

하지만 몇 년이 지난 지금 다시 읽어 보면 엄마가 보고 싶었는데도 결국 한 번도 못 봤던 게 분명한, 그 시를 지을 때 시인의 마음이 느껴져 조금 다르게 읽힌다. 나이가 많든 적든 엄마라는 울타리가 필요 없는 사람은 없으니까, 꽤 어른인 척하는 사람도 마음속에서는 언제나 엄마를 보호자로 생각하고 있고, 티 안 나게 잘 살고 있는 사람들도 언제든 엄마를 만나면 안길 준비가 되어 있는 것이다. 떨어져 있던 시간만큼 더 크게 엉엉 울면서.

　　　이필숙 씨 딸내미 참 잘 키우셨네요

2016년 3월 31일 ＊

엄마가 보고 싶다. 아빠 꿈에는 어제도 나오고 그제도 나오고 벌써 몇 번이나 나왔다더니. 나한텐 코빼기도 안 비치네. 아무래도 나는 엄마가 없다는 사실을 완전히 마음으로 느끼지 못해서가 아닐까 싶다. 꿈에서 엄말 보고 깨어났는데 불러도 엄마가 없으면 그게 더 슬플 거야. 그러니까 그냥 엄만 동영상이나 사진으로만 봐야겠다.


2017년 4월 13일 ＊

많은 시간이 지났다고 생각했는데 그것도 아닌가 보다. 집에 있는 물건을 보면서 엄마가 생각나곤 하는 단계는 지났다고 생각했는데, 새로운 자극에 반응하고 그걸 단련하는 건 또 다른 이야기. 요새 조카가 언니랑 떨어지기만 하면 "엄마 보고 싶어~" 하고 엉엉 우는데 그때마다 "이모도 엄마 보고 싶어…." 하면서 엄마 생각하게 되는 것처럼, 전혀 새롭고 또 전혀 예상치 못한 일들이다.

오후께 옆 팀 과장님이 나눠 주신 간식을 보며 트루먼쇼 같다는 생각이 들었다. 우리 엄마가 세상에서 가장 마지막으로 먹고 냉장고에 남겨 두었던 게 도라야끼 반쪽이었는데, 엄마를 보내고 집에 돌아와서 냉장고 앞에서 꺼이꺼이 울게 한 바로 그 도라야끼를 (엄마 기일인) 오늘 받다니. 요새 어떤 젊은 사람들이 그렇게 팥을 좋아한다고, 마치 내 꿈에는 한 번 나타나지도 않는 게 미안해서 보낸 것처럼.

이렇게 생각하기로 했다. 엄마가 꿈에 오지 않는 이유는 첫째로 내가 워낙 꿈을 잘 안 꾸는 사람인 까닭이고, 꿈은 무의식의 발현이니까 내가 아직 엄마를 무의식 영역에 밀어 넣지 않고 생생하게 의식하고 있기 때문이라고. 뇌과학이나 심리학적으로 말이 되는 말인지는 모르겠지만 그저 그렇게 믿을 수밖에. 엄마가 언제 가겠다고 말한 적도 없는데 혼자 기다리고 있는 나에게 이렇게 말할지도 모를 일이니까.

"기다리지 좀 마. 내가 언제 갈 줄 알고!"

아니, 왜 소리를 지르고 그래. 재촉하는 거 아니고. 마음 내키면 오라고. 다른 사람들 꿈에 열 번 나올 때 나한테 한 번 정도. 그냥 내키면.

2016년 3월 23일 ※

38.4도의 열을 달고 출장 가는 비행기를 타던 날, 엄마는 그러고 어떻게 열몇 시간 비행기를 타느냐고 펄펄 뛰었다. 그게 내가 기억하는 엄마의 생기 있던 마지막 모습이다. 마지막 힘을 다해서 나를 걱정하고, 늘 걱정하고, 그렇게 걱정했지만, 혜빈이는 걱정 없다는 말을 언니한테 남겼다 한다. 내가 이제껏 꽃피운 것이 무엇이든, 앞으로의 열매 가 무엇이든, 우리 엄마의 걱정이 거름이다. 꽃 같은 우리 엄마는 그렇게 내 거름이 되었다.

−김진호의 노래 〈가족사진〉을 듣고−

하지만 어려울 것 같다. 사는 날 동안 내 걱정을 다 하고 마지막에 이제 내 걱정은 없다고 말하고 간 엄마니까. 아빠 꿈에 종종 나타난다는 걸 보면 아무래도 미덥지 않은 사람들한테만 찾아가나 보다.

✳

## 하마터면 결혼할 뻔했다

나 자신만큼 내 행복을 위해 열심인 사람이 또 어디 있다고

오래간만의 재택 근무일과 아파트 정기소독일이 마침 겹쳤다. 낮에는 늘 집 비우는 독거인에게는 정말 흔치 않은 일이라 기쁜 맘으로 관리사무소 아주머니를 맞아들였다. 언제나처럼 살가운 인사를 하며 들어오셔서는 순식간에 집안 곳곳을 소독하시고 "좋은 일만 가득하세요."라는 끝인사를 건네며 나가신다. 여기까지 완벽했다. "좋은 일은 결혼이지."라는 사족만 붙이지 않으셨다면. 참 친절하신 분인데 한번 오셨다 가시기만 해도 정신이 어질어질할 정도다.

요새 저런 말 아무렇지 않게 툭툭 하는 사람도 흔치 않은데, 이런 것도 한결같으니 대단하다고 해야 하나.

2019년 1월 4일 *

2년 동안 가스 점검이나 추가 소독 때문에 우리 집에 올 때마다 "엄마는 어디 가셨어?"라고 묻던 아줌마였는데 매번 무응답하거나 얼버무리기도 귀찮아져서 작년 언젠가 엄마가 더는 계시지 않다고 말씀드린 적이 있다. 그러고 나면 더는 묻지 않으시겠지 했는데 오늘 오랜만에 만나니 알겠다. 질문의 방향과 타깃이 나로 바뀌었다는 걸. 아직 정리하지 못한 트렁크가 거실에 있는 걸 보고 여행 다녀왔냐고 묻는 건 아주 평범한 추측과 대화에 속한다. "여행 많이 다니는 직장인가 봐. 아주 좋은 직업이네." 부터 시작해서 "이 집에 그럼 혼자 사는 거야? 이 큰 집에?"로 전개되던 질문은 "남자만 있으면 되겠네. 집도 있겠다."로 무례함의 절정을 맞았다. 불쾌함을 드러내거나 더 이상의 말을 제재할 겨를도 없이 번개같이 치고 빠지는 그 펀치는 아주 세진 않았지만, 결코 다시 맞고 싶지도 않았다. 그렇게 나는 '정' 많고 '다정' 하기 그지없는 말에 후드려 맞은 채 사람 나간 현관문을 눌러 닫았다. 휴….
그렇지만 또 한 분기 채 지나기 전에 찾아올 펀치. 해결하려는 시도도 아깝다.

제가 알아서 할 테니 신경 쓰지 마시라고 말해 볼까 하다가도 '일 년에 몇 번 본다고. 그냥 말자.' 하게 되는 건 아줌마의 마음도 알 것 같아서다. 자기 딸 같기도 조카 같기도 한 처자가 어머니를 여의고 혼자 사는 게 얼마나 안돼 보였을까 싶기도 하고. 물론 그게 무례함의 변명이 될 순 없지만, 그냥 내가 봐 드리는 거다. 아빠도 말 안 하는 결혼 얘기를 나한테 들먹이는 유일한 사람이니까.

이십 대의 마지막 무렵 삼 년쯤 만났던 애인과 헤어졌다. 상대방의 온도에 상관없이 내 연애가 참 뜨뜻미지근하다고 생각하면서 '도대체 다른 사람들은 어떻게 연애하나', '나같이 심드렁하게 연애를 해도 되나' 싶었다. 지극히 내 중심적으로 서술하자면, 여기에 대한 생각이 정리될 때까지는 누굴 만날 생각은 하지 말아야지 결심했더니 얼마 안 돼 엄마가 폐암 4기 진단을 받았다. 엄마 말고는 생각할 여력이 없게 되면서 한동안 그 결심은 쉽게 지켜지는 듯했다. 그러다 갑자기 내 혼을 쏙 빼놓으며 나타난 사람이 그였다.

알게 된 지 얼마 되지도 않았는데 내가 좋아 죽겠다고 호들갑을 떠는 게 처음엔 거북하기만 했는데 어쩌다 사귀게 되었는지도 잘 모르겠다. 직전에 만났던 사람과는 여러모로 정반대였던 그는 경계하는 나에게 '지금 네가 헷갈리는 게 사실 나를 좋아하고 있는 거'라고 말했고, 좋아하는 마음이 어떤 건지 그 자체가 혼란스러운 시기에 있었던 나는 갸우뚱하면서도 그런가 하고 받아들였던 것 같다. 좋은 점부터 말하자면 그는 이전에 내가 만났던 누구보다 열정적인 사람이었다. 과하다 싶을 정도로 애정 표현에 적극적이었고, 뭘 사주지 못해 안달 난 것처럼 자주 크고 작은 선물을 하면서 강아지 귀여워하듯 날 좋아해 주었다.

하지만 높은 온도로 타오르는 그에 비하면 나는 종종 미지근한 정도에도 못 미치는 것처럼 느껴졌다. 0도에서부터 시작해 서서히 데워져야 하는 게 내 마음인데 그 사람은 조바심이 나는지 틈만 나면 내 온도를 체크하려고 들었다. 그러나 그런 건 아무래도 괜찮았다. 내가 이 관계를 더 이어갈 수 없겠다고 생각한 것은 엄마랑 저녁밥을 먹어야 하니까 만날 수 없다는 내게 건넨 그의 투정 같은 한마디 때문이었다.

"자꾸 집에 가면 우리는 언제 만나요."

그는 우리 엄마의 암 투병을 사실을 알고 있는 사람이었다. 처음 그 소식을 들었을 때의 내 마음도, 계속되는 나와 우리 가족의 힘든 상황도 잘 이해한다고 생각했기에, 내가 이럴 정신이 있나 싶으면서도 계속 만나 온 것이기도 했다. 하지만 연애는 누군가에게 시간을 쓰는 것이고, 내가 평일 저녁 데이트를 하려면 엄마는 혼자 저녁을 먹어야만 했다. 이 사람이 보내는 은근한 요구는 자신을 선택하는 것이었지만, 엄마와 둘이서 저녁밥 먹는 시간에 비하면 그와 보내는 시간이 주는 기쁨은 크지 않았다. 거의 없었다는 게 솔직한 대답일 것이다. 나는 그 사람을 좋아한 적이 없었다. 아주 명료한 결론을 내리고 나니 이 사람 때문에 엄마와 함께할 시간을 희생하는 게 너무 아깝게 느껴졌다.

그 무렵 엄마는 치료제에 내성이 생기면서 경과가 나빠지고 있었다. 암세포만을 표적으로 두고 공격하는 경구 치료제는 먹는 동안 전혀 고통이 없고 부작용도 경미하지만, 내성이 생기면 더는 쓸 수가 없는데, 다른 사람은 일 년도 먹는 이 약에 우리 엄마는 육 개월도 채 되지 않아 내성 반응이 생긴 것이다. 다음 치료제로 옮겨 가면 된다는 걸 알긴 알지만, 엄마의 여명이 줄어들었다는 생각에 덜컥 겁이 났다. 후회 없는 시간을 보내려면 지금부터 뭘 해야 하나 다급해졌다.

그러다 며칠 전 엄마가 내 결혼하는 걸 봐야 한다고 스치듯 말했던 게 떠올랐다. 그 순간 아주 정신 나간 생각이 들었다. '그 사람이라도 붙잡아서 결혼하는 걸 엄마한테 보여 줘야 하나. 원래 다들 그렇게 결혼하는 건가.' 나보다 다섯 살이 많았던 그는—그래 봤자 이 글을 쓰고 있는 현재 시점의 나보다 어리지만—더 늦기 전에 결혼하고 싶다는 얘길 종종 했고, 그때마다 나는 못 들은 체하거나 생각도 안 해 봤다는 말로 넘어가곤 했지만 이제 정말로 나한테 급한 때

　이필숙 씨 딸내미 참 잘 키우셨네요

가 온 게 아닌가 하는 생각이 들었다. 살면서 엄마한테 남자 친구의 존재조차 한 번도 공개한 적도 없는 내가 갑자기 엄마한테 결혼 이야기를 꺼냈다.

"엄마 나 결혼하면 어떨 거 같아?"
"오마야, 니 애인 있나?"
"어. 지금 만나는 사람 있는데 이 사람이 결혼하자는데."

어떤 사람인지 묻는 엄마에게 그 사람에 대한 이야기를 늘어놓았다. 이야기하면서도 이건 아니라는 생각이 계속 들었다. 남 얘기처럼 실컷 늘어놓고 결혼이 엄마한테 달렸다는양 "한번 생각해 보라고."라는 말로 이야기를 끝맺었는데 며칠 후 엄마에게서 돌아온 조심스러운 대답은 "엄마가 생각해 봤는데, 그 사람은 아닌 거 같다."였다. 복잡 미묘한 감정을 느꼈다. 안도감이었는지도 모르겠다. 어쩌면 엄마가 그때 내 말에서 읽었던 건 그 사람이 어떤 사람인지보다는 그 사람에 관해 이야기하는 내 감정과 상태였을 것이다. 애정이나 들뜬 기분은 조금도 느껴지지 않는. 엄마의 대답과 별개로 그 사람과는 오래 지나지 않아 헤어졌고, 그 계기는 '계속 만나려면 결혼이라는 끝을 정해 놓자' 는 그의 일방적인–약간은 폭력적으로 느껴지기도 했던–요구였다.

엄마는 그 뒤로 내 결혼에 대한 진지한 바람을 내비친 적은 없다. 괜히 압박했다가 엉뚱한 놈을 데려올까 봐 그랬을까. 뜬금없는 내 결혼 얘기를 성공적으로 무마시킨 엄마는 그 후에 그저 농담처럼 '결혼을 했으면 좋겠다' 와 '안 해도 된다. 혼자 살아라.' 를 오갔고 그때마다 나랑 엄마는 내 행복한 미래가 어떤 모습일지 농담처럼 그려 보곤 했다. 남자는 이래야 해, 자식은 몇 명 낳고, 나중에 어디에 살고 하다가 결국엔 "몰라, 너 하고 싶은 대로 해." 로 끝나는 대화.

그렇게 농담처럼 엄마는 나에게 내 행복을 맡겼다. 다른 누군가의 손이 아닌 나 자신에게. 엄마가 바람이 사실 결혼 여부가 아니라 엄마 없는 세상에서 내가 행복하게 잘 살아내는 것이었음에는 의심의 여지가 없다. 그리고 엄마와 나의 대화가 언제나 내 차례에서 끝났듯이 내가 행복하게 잘 사는 게 어떤 건지에 대한 답은 어쨌거나 나에게 있다. 우리 엄마는 그걸 믿었던 것이다.

돌아가시기 며칠 전, 내가 해외에 있는 동안 급격히 상태가 나빠졌던 엄마는 안방에 누워서 숨을 쌕쌕거리며 언니랑 몇 시간이고 이야기했다고 한다. 그 뒤로 엄마는 긴 대화를 하기 어려운 상태가 되었다고 하니 사실상 유언이라고 할 수 있었던 그 대화 중에 엄마는 "혜빈이는 혼자 살아도 돼. 직장 있고 하니까 요새는 그렇게 잘 살 수 있어."라는 말을 했다. '사랑한다', '안 한다'를 번갈아 말하는 꽃잎 점처럼 '결혼해라', '안 해도 된다'를 오가던 엄마의 바람은 최종적으로 혼자 살아도 된다는 데서 멈췄고 지금까지는 그 유지를 잘 받들고 있는 셈이다.

나더러 비혼이냐고 묻는 사람들에게는 언제나 "좋은 사람 만나면 당장에라도 할 거예요."라고 말한다. 하지만 웬만큼 적극적 노력이 없는 한 안정적으로 자리 잡은 현재의 삶을 포기할 만큼 매력적인 상대를 만나기 어렵다는 것도 알고 있다. 사람들이 걱정과 기도로 보태는 말은 대부분 나도 이미 아는 내용이다. 그러나 그 사람 중 누구도 모르는 한 가지를 내가 가장 잘 알고 있다. 무엇이 나를 가장 행복하게 하는지. 결혼도 결국 그 행복을 이루는 요소인데 내가 어련히 알아서 할까. 나 자신만큼 내 행복을 위해 열심인 사람이 또 어디 있다고.

엄마가 전적으로 내게 맡긴 내 행복에 대해 사람들이 이러쿵저러쿵 말이 많은 건 우리 엄마가 나에게 가졌던 믿음이 그들에겐 없어서, 내가 어떤 사람인지 우리 엄마만큼 잘 몰라서일 것이다. 어쩌면 당연하고 어쩌면 아쉬운 일일 뿐. 다음번에 관리사무소 아주머니 오시면 말해 버릴까 보다. "얼떨결에 결혼할 수도 있으니까 자꾸 옆에서 잔소리 좀 하지 마세요. 우리 엄마만큼도 날 모르면서."

✳

## 환갑이 된 나에게 보내는 축사

기억 속의 엄마는 이제부터 점점 너보다 어려져 가겠지

혜빈아, 이제는 이름으로 불릴 일도, 반말을 들을 일도 많이 없을 너의 육십 번째 생일을 이렇게 축하해 주려고 오래전부터 기다려왔어.

다들 환갑이니 회갑이니 어르신 대하듯 축하 인사를 건네겠지만 네가 원하는 건 사실 그런 게 아닐 거야. 다른 누구보다 내가 제일 잘 알 수밖에 없지. 늘 쉬지 않고 에너지를 쓰느라 뒤돌아보는 일은 잘하지 못하는 너지만 그래도 오늘 같은 날만큼은 한번 찬찬히 돌아보고 있지 않을까 해. 너무 멀리 바라보지 않는다고 항상 말하던 너는 지난 육십 년을 돌아볼 때 어떤 세월이 보이니. 사실은 여섯 번의 십 년을 꼬박꼬박 보내왔을 뿐이고 그 십 년은 또 꽉 채워 보낸 일 년들이 열 개 모였을 뿐인데, 육십이란 숫자에 사람들이 너무 많은 의미를 부여한다고 생각하고 있진 않니.

하지만 다른 누구의 의미와 상관없이 이번 생일이 너에게 특별한 건, 이 숫자로부터 또 다른 생의 여정이 시작하기 때문일 거야. 엄마 배 속에서 태어났을 때 생의 첫 여정이 시작되었다고 하면, 두 번째는 엄마가 없는 세상을 살아가야 하는 첫날이었지. 세 번째 여정은, 엄마가 삶으로 본보여 준 육 십 년을 넘어 그 이후의 네 삶을 살아가야 하는 지금부터야.

기억 속의 엄마는 이제부터 점점 너보다 어려져 가겠지.

그리고 '엄마라면 어떻게 했을까'에 대한 답을 찾아내기가 점점 힘들어질 거야. 살아가는 건 지금까지 와 마찬가지로 녹록지 않을 테고, 소리 내어 감정 표현을 할 수 있는 기회도 더 적어지겠지. 하지만 혜빈아, 그런 것들 때문에 이 여정이 버거워진다고 느낄 때마다 지난날의 너를 더 많이 돌아보렴. 지난 세월 겪어 온 수많은 어려움 앞에서 네가 얼마나 용감하고 현명했는지, 네 안에 있는 엄마의 유산들이 너를 통해 얼마나 생생하게 이 땅을 살았는지, 그로써 네가 얼마나 많은 이들에게 선한 영향력을 미쳐 왔는지, 때때로 짚어 보고 네 앞에 닥친 난관보다 더 큰 너를 확인하렴. 단지 그것만으로도 모든 게 좀 더 쉬워질 거야.

가 보지 못한 길의 초입에 다시 선 너의 육십 번째 생일에, 그 가치를 알고 있는 사람만이 할 수 있는 가장 크고 완전한 축하를 보낸다. 삶의 두 번째 여정을 무사히 마친 것을 진심으로 축하해. 그리고 이제 막 시작하는 너의 세 번째 여정을 축복해. 생일 축하해.

3장 : **엄마의 안녕**

2014년 3월부터 24개월 동안

# 치료 목표는 완치가 아닌 생명 연장

이 불균형한 권력관계에서 그가 철저한 강자였기에

건강검진 후 폐 이상소견을 받은 엄마는 몇 가지 추가 검사와 PET-CT 결과에서 뇌까지 전이된 폐암 4기 진단을 받았다. 아무런 치료를 하지 않았을 때 기대여명 6개월이란 의사의 말을 듣고 진료실에서 한 번 휘청 주저앉았다는 게 후에 아빠에게 전해 들은 엄마의 가장 망연자실한 반응이었다. 투병 기간을 통틀어 적어도 내 눈으로는 엄마가 병을 원망하거나, 그것 때문에 절망하거나, 꺼이꺼이 울거나 두려워하는 것을 본 일이 없다. 그래서 나도 엄마 앞에서는 울지 않을 수 있었다. 엄마랑 함께 있을 때는 오히려 슬프고 무서운 생각도 쑥 들어가서 태연하게 우리에게 주어진 시간을 살 수 있었다. 아프기 전에도 근육이라곤 하나도 없는 마른 몸이었던 우리 엄마는 덩치 큰 아빠보다 마음이 훨씬 더 단단하고 굳센 사람이었다.

처음 진단을 받은 병원도 종합병원이었지만 이왕이면 좀

더 잘하는 데서 치료를 받고 싶어서 내로라하는 대형병원 몇 군데를 거쳐 결정한 곳이 S 대학교 병원이었다. 병원이 클수록 의료기기가 더 최신식이라더라, 최신 치료법이 가장 먼저 들어온다더라 등등 확인되지 않은 말에 혹하기도 했지만 거기 혈액종양내과에 계신 선생님이 폐암 권위자라는 말이 주요한 결정 이유였다.

치료의 목표를 설정하고 합의하는 첫 만남에서 완치가 아닌 생명 연장에 동그라미를 쳤다면서 언니는 또 막 울었지만, 암세포의 확장과 병의 진행을 가능한 한 느리게 하면서 생명을 연장한다는 말은 왠지 믿음이 갔다. 이레사라는 표적치료제를 먹는 동안 엄마는 "이렇게 십 년도 살겠다 야." 라고 말할 만큼 삶의 질이 높았고, 어차피 사람은 내일 당장 사고로도 죽을 수 있는데 이렇게 암을 친구처럼 생각하면서 계속 관리하며 살면 되는 거라고 암세포에 '암숙이' 라는 이름까지 지어 줬다.

처음 약을 먹고 몇 개월 만에 머리와 폐의 암 덩어리가 크게 줄었다는 말에 모두 얼마나 기뻤는지 모른다. 계속 이렇게 약을 먹는 것만으로 암덩어리가 점점 작아져서 사라질 수도 있지 않을까 하는 희망도 멋대로 가져 보았지만, 안타깝게도 간과 신장 수치가 나빠져서 육 개월도 채 안 돼서 복용을 중단해야만 했다. 피부가 거칠어진다든가, 모발이 길게 자라난다든가, 습진이 생긴다든가 하는 부작용을 겪을 겨를도 없을 만큼 짧은 시간이었다. 두 번째 타쎄바라는 표적치료제는 엄마와 아예 맞지 않았다. 암세포에는 변화가 없었고 부작용이 너무 심했다.

2014년 9월 15일 ※

착한 우리 엄마는 오늘 신장내과에 갔더니 또 간 수치가 140에 160으로 올라서 수요일에 종양내과에 가 보기로 했다고 한다. 약 끊었다 양 줄여서 다시 먹게 된 지 고작 한 달 됐는데… 우리 착한 엄마는 왜 아파야 하는 걸까. 폐랑 간도 모자라서 위염 때문에 아무것도 못 먹고 자는 엄마를 보니 속이 터진다. 엄말 위해 정말 아무것도 해 줄게 없다. 저러다 엄마가 너무 많이 아프면 어쩌나 정신이 아득해진다.

이필숙 씨 딸내미 참 잘 키우셨네요

엄마는 소화가 또 안 된다고 하면서 '벌써부터 먹는 게 너무 힘들다.'는 말로 내 속을 긁어 놓는다. 여기저기 붉은 발진이 얼굴에 일어나서 스킨로션 바를 때마다 따갑고, 입안은 헐어서 피가 난다고 하는데 이렇게 언제까지 버틸 수 있을까 하루하루가 바짝 타들어 간다.

교회 간 줄 알았는데 방에서 나오는 엄마. 낮에 아빠랑 남산 간다고 해서 쌩쌩한 줄로만 알았는데 차 타고 가서 호텔에서 먹은 걸 다 토하고, 집에 돌아오고 나서 또 토하고, 물먹고 나서 신물 나올 때까지 토하고 설사하고 난리가 났단다. 퉁퉁 부은 볼은 발진 때문에 빨개졌는데 뭘 바를지 몰라 그냥 두는 엄마. 언니가 두고 간 거의 다 쓴 에멀전을 짜서 쓰다가 바디로션을 얼굴에 바를 수밖에 없는 엄마. 우리 엄마. 착하고 아무것도 모르는 우리 엄마. 엄마에게 무슨 일이 일어나고 있는 건가. 너무 두렵다. 엄마가 아프지 않았으면 좋겠다.

초조해하는 우리 가족에게 의사는 이 약이 안 되면 다음 약을 먹으면 되고, 약으로 안 되면 다른 방식을 쓰면 된다며 여러 가지 치료법이 있다고 대수롭잖게 말했다. 하지만 중요한 전제는 그 여러 가지를 시도하는 동안 몸이 버텨 낼 수 있는가였다. 새로운 시도를 해 본다는 건 결국 지난 치료가 실패했거나 유효기간이 끝났다는 의미였고, 생명 연장의 가능성 한 가지가 사라졌다는 것을 말한다.

이렇게 한 가지 한 가지씩 가능성을 지워가다가 결국 다른 대안이 없을 때가 오면 그냥 엄마가 그대로 죽어 가는 걸 봐야 하나 싶었다. 컵의 물이 반이나 찼다는 희망으로 새로운 시도를 해 보는 건 완치가 아닌 생명 연장을 목표로 설정한 환자와 가족들에게는 정말로 어려운 일이었다. 애초에 우리 가족에게 희망이란 더 나은 내일이 아니라 덜 나쁜 내일을 바라는 것이었으니까 현 단계에 최대한 오래 머물고 싶을 뿐이었다.

결국 두 번째 약을 중단하고 개발 중인 폐암 치료제 임상에 참여하게 되었다. 유효성과 안정성이 어느 정도 확보된 3상이라는 이야기만 들었고 자세한 이야기는 다음 진료 때

이필숙 씨 딸내미 참 잘 키우셨네요

할 거라고 미국에 있는 언니에게 전했더니 엄마가 대체 어떤 상태인 거냐며 자기한테만 다 앞뒤 자르고 대충 얘기해 주는 것 아니냐고 답답해했다. 임상에 대해서 의사가 말하는 그대로 들을 수 있게 녹음을 좀 해 오면 안 되냐고 해서 그러겠노라 했다. 치료는 치료인데 실험이라… 왠지 모를 불안함과 찝찝함을 가지고, 아주 자세하게 듣고 질문도 하려고 이례적으로 엄마, 아빠, 나 셋이나 진료실에 들어갔다. 확신에 넘쳐서 쿨한 건지 다 귀찮고 대충하고 싶은 건지 볼 때마다 분간하기 어려운 K 의사 선생님은 그날도 무언가를 후루룩 설명하더니 이윽고 임상에 대해 말하려고 했다. 그때 내가 아주 당당하게 휴대전화 녹음기 앱을 켜서 조작하기 시작했다. 의사는 하던 말을 멈추고 나를 쳐다봤다.

"지금 뭐 하는 거예요?"

"아, 선생님, 제가 녹음을 좀 해도 될까요. 아시다시피 저희 언니가 미국에 있는데 엄마가 임상을…"

"당장 꺼요."

"네? 아니 선생님 제가 다른 뜻이 있는 게 아니…"

"뭐 하는 거야 이게. 나는 환자분 낫게 해 주려고 이러고 있는데. 나 이러면 치료 안 해. 다 나가세요."

"선생님, 죄송해요. 그런 거 아니에요. 그냥 제가…"

"됐으니까 다 나가세요. 치료 안 합니다."

순식간에 엄마 아빠 나 세 사람은 진료실에서 쫓겨났다. 아빠가 무조건 잘못했다고 머리를 조아리고 내가 아무리 해명을 하려고 해도 의사는 들으려고조차 하지 않았다. 진료실 문이 닫히고 문밖 의자에 얼떨결에 앉게 된 우리 중 누구도 아무 말이 없었다. 너무 당황스럽고, 울컥해서 눈물이 줄줄 났다. 내가 다 망쳤다는 생각과 이제 어떡해야 하느냐는 막막함, 녹음해 달라고 한 언니에 대한 원망과 그럼 내가 어떻게 했었어야 했나 하는 수많은 생각들과 함께 눈물범벅이 돼서 엄마를 살폈다. 단 한 번이었지만 분명히 엄마는 눈물을 훔쳤다. 우리 엄마가 병 때문에 우는 모습을 처음으로 봤다. 내가 멍청한 짓을 해서 울었다. 아니, 저 의사 때문에 울었다. 미친 사이코가 아픈 우리 엄마 눈에서 눈물이 나게 했다. 그렇게 씩씩한 우리 엄마 눈에 눈물이

고이게 했다는 사실에 속이 뒤집혔다.

우리 엄마는 지금 왜 우는 걸까. 걱정돼서? 억울해서? 분해서? 무서워서? 막막해서? 병원에 잘 오지도 않다가 괜히 따라와서 이 사달을 낸 내가 한심하겠지. 딸년들이 하등 도움도 안 된다고 생각하겠지. 눈물이 멈추지 않았다. 정말 엄마 치료에 아무 쓸모도 없는 나 같은 게 왜 있는지 순간 죽고 싶은 생각이 들었다. 동시에 이게 정말 그 정도로 죽을죄인가 따져 묻고 싶기도 했다. 어떤 나쁜 의도가 있었다면 감히 선생님 보는 앞에서 당당하게 녹음기를 조작할 리는 없었을 테고 기껏해야 무식했을 뿐인데, 충분히 좋은 말로 가르쳐 줄 수 있는 일이었다.

만약 녹음에 대한 어떤 경험 때문에 예민하다고 해도 좀 더 예의 있게 제지하거나 경고할 수도 있었다. 그 의사에게는 그럴 선택권이 있었다. 단지 의사에게서 기대하는 인류애나 서비스 직종에게 기대하는 친절함이 아니라 하더라도 이 불균형한 권력관계에서 그가 철저한 강자였기에 좀 더 너그러울 수 있는 것이었다. 겨우 이따위 취급을 당하려고 아빠는 '엄마를 치료하시는 하나님의 대리인'이라며 아침

저녁으로 저 의사를 위해 기도한 건지 분통이 터졌다.

그렇게 몇 분 후 진료실에서 나온 간호사가 다시 엄마 아빠를 진료실에 들여보냈다. 나만 빼고 들여보내라는 지시가 있었나 보다. 다시 진료실에서 나온 엄마 아빠는 마치 내가 처음부터 들어간 적 없었던 것처럼 앞으로 하게 될 임상에 관해 설명해 주었다. 집으로 돌아가면서 "그 의사 성질 더럽네."라며 어색한 분위기를 깨 보려고 했던 아빠의 시도는 엄마와 나의 무반응으로 실패했다. 어쩐지 아무 말도 해서는 안 될 것 같았다. 그 말을 다시 꺼내는 순간 내 잘못이 눈덩이처럼 커져서 거기에 짓눌릴 것만 같은 이 느낌은 트라우마처럼 그 시간 이후로 내 마음 깊은 곳에 묵직하게 내려앉았다.

가까운 사람들에게 몇 번 이야기를 한 적도 있었지만, 그때마다 나는 당시와 똑같은 감정의 폭풍을 겪곤 했고, 엄마가 떠나고 난 뒤에도 언제나 이 에피소드를 떠올릴 때만큼은 주체할 수 없을 만큼 눈물이 터져 나와서 마음이 너무 괴로웠다. 엄마 아빠에게는 두 번 다시 꺼내지도 못했지만 분명 두 분도 끝까지 신경 쓰셨다는 근거는 그때 이후로 내가 K 교수를 대면한 적이 한 번도 없다는 데 있다. 엄마의 치료는 계속해서 이어졌고 조금씩 좋아졌다가 크게 나빠지는 과정이 반복되었지만 나는 그 뒤로 단 한 번도 담당 의사에게 직접 질문할 기회가 없었다. 병원에 있다가도 의사 선생님을 만날 일이 있으면 엄마는 은근슬쩍 나를 다른 곳으로 보냈고, 나 역시 궁금한 점이 있어도 혼자 답답해하며 엄마와 같이 있던 다른 사람에게 대신 질문했다. 그 사건은 나뿐만 아니라 함께 있던 모두의 트라우마였다.

2014년 11월 16일 ※

온몸에 부작용으로 발진이 올라와 있고, 왜인지 눈에 혈관까지 터진 엄마가, 김자옥이 폐암 합병증으로 사망한 뉴스를 들으며 내일 아침 일찍 병원 간다고 준비하는 게 짠하다. 같이 가고 싶은 마음은 굴뚝같지만… 내일 검사 결과는 두말할 필요 없이 좋을 거야.

엄마가 지난번 외래진료에서 폐 염증이 보이니 폐렴 증상이 심해지면 응급실에 오라는 말을 들었다는데, 일주일

정도 지나자 일상생활이 힘들 만큼 숨이 가빠지고 기침이 잦아졌다고 한다. 연습실 들어가기 전에 잠시 통화를 하는데 엄마가 기침 때문에 거의 대화를 잇지 못했다.

이제 막 시작한 임상 약을 중단해야 할까 봐 덜컥 겁이 나고 무섭기도 하다. 이게 끝나면 다음엔 뭐가 있는 걸까. 이렇게 다음으로 다음으로 넘어가다 다음이 없는 순간이 오면 어떡하지. 노파심이라 해도 생각은 생각의 꼬리를 물고 자꾸 커져만 간다.

치료를 안 하겠다고 으름장을 놓던 그 의사는 자기 말을 번복해 진료를 이어 갔고 임상도 참여할 수 있게 해 주었지만 나에게 당장 나가라고 했던 말은 번복하지 않았다. 마지막에 엄마 아빠를 다시 불러들일 때 나까지 들어오라 했더라면 어땠을까. 차라리 사과하라고, 싹싹 빌라고 용서를 구할 기회를 주었더라면 아직 이 정도로 무겁게 남아 있진 않았을 것이다. 하지만 그 녹음이 정말 어떤 의미에서 본인의 심기를 건드렸기에 폐암 4기인 자기 환자의 눈에서 눈물이

이필숙 씨 딸내미 참 잘 키우셨네요

쏙 빠질 만큼 화를 내고, 보호자 마음에 못이 박힐 정도로 모질게 혼을 내었을까 싶다. 정말 그렇게까지 중요한 일이었냐고, 다시 생각해도 그 정도로 할 필요가 있었냐고 묻고 싶다. 어차피 지금은 기억도 못 할 테지만.

그는 정말로 폐암 치료의 국내 일인자인지도 모른다. 이 글을 쓰면서 이름을 검색해 봐도 네이버 인물정보는 물론 최근의 언론 인터뷰 기사까지 나올 정도니까, 그렇게 계속 연구하고 사람을 많이 살리는 게 의사 본연의 일이라는 사실을 굳이 반박하고 싶지는 않다. 하지만 어차피 자기의 의술로 완치시킬 수 없었던 우리 엄마 같은 사람에게만큼은 조금 더 인간미 있어도 되지 않았을까. 〈슬기로운 의사 생활〉 같은 의학 드라마 속 의사들이 환자와 보호자에게 자상하고 쉬운 말로 설명하는, 환자의 생명을 진심으로 귀하게 여기는, 책망하는 말에도 애정이 가득 담겨 있는 캐릭터라는 사실은 의사의 역할이란 병 고치는 일이 다가 아니라는 것을 보여 준다. 고칠 수 없다는 말을 듣고 시작한 우리 엄마에겐 더욱더 그랬을 것이다. 아직은 저런 의학 드라마가 판타지 수준으로 현실성 없어 보이지만 내가 혹여 큰 병이 들었을 때 만나게 될 의사는 S 대학교 병원 K 교수와는 좀 다른 모습이길 바란다.

✳

## 지팡이가 불효의 상징인 이유

걸어 다니지도 못하는 엄마에게 지팡이 하나
덜렁 던져 놓은 자식을 위해서

출근 준비로 바쁜 2016년 1월의 어느 날이었다. 기운이 없어서 예전처럼 내가 출근하는 모습을 보지도 못하고 방 안에 있는 날이 부쩍 많아진 엄마가 안방에서 말했다. "혜빈아, 내 걷지를 못하겠다. 다리에 힘이 안 들어가." 겨울이 오기 전에는 야트막한 동산에 엄마 혼자 올라갔다 오기도 했었는데 너무 추운 날씨랑 초미세먼지 때문에 그 정도의 운동도 못 한 지 꽤 오래된 것이 생각났다. "엄마, 그러니까 운동해야지. 맨날 집에만 있지 말고 아파트 안에서라도 왔다 갔다 좀 걸어다녀. 체력을 키워야 치료를 받지."

엄마는 그래야겠다고 하면서도 다리가 너무 이상하다는 말을 몇 번이고 되뇌었다. 엄마의 다리가 집 현관문을 나갈 수 있을 만큼도 움직이지 않는다는 사실은 퇴근 후에야 알게 되었다. 낮에 기운 차리면 좀 먹으라고 죽을 데워서 식탁 위에 두고 집을 나섰는데, 저녁 여덟 시가 넘어 도착하니 출근할 때와 마찬가지로 온 집 안 불이 다 꺼져 있고, 죽그릇도 그대로였다. 열두 시간 동안 꼼짝 못 한 엄마가 아무것도 먹지도 못하고 화장실조차 가지 못했다는 게 너무 충격적이어서 심장이 쿵쾅거리고 순간 오만가지 생각이 다 들었다. 맘 같아서는 이게 무슨 일이냐며 엄마를 붙잡고 펑펑 울고 싶었지만 그럴 수는 없어서, 운동을 안 하니까 나아지지 않는다는 돌팔이 같은 말로 엄마를 채근하면서, 동시에 내가 뭘 할 수 있을지 다급하게 머리를 굴렸다.

　그때 처음 알게 되었다. 자식이 부모님께 지팡이를 사 드려선 안 된다는 말이 있다는 걸. 늙으신 부모를 봉양하는 것이 자식의 도리인데 지팡이를 의지하게 하는 것이 불효라는 의미였다. 애인에게 신발을 사 주지 않고, 닭 날개를 못 먹게 하는 것과는 아주 결이 달랐지만, 그 말을 들으니 행여나 내가 엄마에게 지팡이를 쥐여 준 뒤로 그걸 영원히 놓지 못하게 되는 건 아닌가 하는 불안함도 생겨났다. 엄마 상태를 아는 사람들도 저마다 걱정해 주었지만, 지팡이 얘기에는 꼭 한마디씩 덧붙였다. 나도 안다고요. 근데 뭘 어떡해. 우리 엄마 옆에 24시간 지키고 서서 부축해 줄 것도 아니면서 쓸데없이 덧붙이는 사람들에게 점점 짜증이 나서, 토요일이 되자마자 백화점 등산용품 매장으로 달려가 한라산도 오를 수 있을 만한 지팡이를 한 쌍 샀다.

2016년 1월 19일 ※

며칠째 다리에 힘이 없어서 걷지를 못하겠다던 엄마가 오늘 혼자서 거의 기다시피 해서 화장실에 가고, 실내에서 등산 지팡이를 짚고 다녔다는 말을 들었다. 병원 교육실에 전화했더니 뇌 전이 증상일 수 있다고 응급실에 와서 검사를 받으라고 했다고 한다. 정신이 아득해진다. 그것도 모르고 나는 며칠째 엄마에게 잔소리로 제발 누워만 있지 말고 좀 움직이고 걸어 다니고 근력운동을 하라고 닦달했었는데. 엄마는 내 말만 듣고 얼마나 또 혼자 애쓰면서 앓았을까.

전에 J가 "어머니가 기운 없다고 할 때는요, 진짜 기운이 없으셔서 그래요. 너무 다그치지 마시고요, 좋게좋게 해 드리세요."라고 했을 때 '아 정말 그렇겠구나. 너무 뭐라고 하지 말아야지.' 하고 다짐했었는데, 엄살이라는 생각은 분명 안 하는데도 골골대는 엄마가 보기 싫은 건지 좋은 말로 못하는 내가 너무 한심하기도 하고 속상하다. 온종일 집에서 변변한 밥 못 먹은 엄마에게 빵 쪼가리와 과일을 먹이는 딸내미. 평소처럼 '너 때문에 못 산다.' 같은 말이 나올 법한데, "니가 오니까 그래도 좀 낫다."라고 말해 주는 걸 보니 엄마가 혼자서 너무 힘들었나 보다. "딸을 둘 낳아 놔서 다행이지?" "딸내미 하나만 결혼시켜 놔서 다행이지?" "내가 회사 안 가고 엄마랑 같이 이렇게 놀고먹을까?"라는 내 말에 엄마는 절반의 농담과 절반의 진심을 가지고 "응."이라고 대답한 거겠지.

이제까지 크게 힘든 일 없이 잘해 왔다고 생각했는데, 이제 통제할 수 없는 일이 자꾸 생긴다고 생각하니 너무 두렵다. 엄마가 처음 진단을 받았을 때만큼 무섭다.

그동안 엄마가 통장 설명해 준다고 오라고 할 때마다 싫다고 도망 다녔는데 오늘 엄마 다리를 주물러 주면서 처음으로 그 설명을 끝까지 다 들었다. "응급실 다니기 시작하면 오래 못 가."라고 하는 엄마의 무신경한 말이 오늘은 반박도 할 수 없을 만큼 사무치게 슬프다.

이 이상한 증상의 원인은 뭘까.
우리에게는 어떤 미래가 있을까.

병원에서 급히 검사를 받고 밝혀낸 원인은 뇌로 전이된 암덩어리가 다리를 움직이는 운동신경을 눌렀기 때문이라고 했다. 맨 처음 4기 진단을 받았을 때 뇌에 있다던 암세포는 표적치료제 먹자마자 깨끗이 사라졌었는데, 잠시 치료를 쉬는 사이 또다시 암세포가 자랐던 것이다. 광우병 걸린 소처럼 다리에 힘을 못 주고 픽 쓰러지는 엄마에게 병원은 스테로이드제를 처방했고, 당장 다리를 움직일 수 있을 정도로는 차도를 보였다. 그게 암세포를 죽이는 치료가 아닌 걸 알면서도 왜 내가 안심을 했는지 지금 생각해 보면 모르겠다. 엄마가 온종일 방 안에 있을 수밖에 없다면 당장 모든 걸 멈추고 엄마 곁에 붙어 있어야 하는 게 나일 텐데 그 상황을 모면해서였을까. 엄마가 지팡이라도 짚고 조금씩 걸어 다니게 되고, 언니는 이미 한국 올 채비를 마쳐서 모든 게 더 나아지는 것 같은 생각이 들었나 보다. 순 착각이었지만.

2016년 4월 3일 ＊

엄마 다리가 갑자기 안 움직였을 때였는데, 난 내 할 일만 묵묵히 했지. 그때 엄마는 "응급실 자주 다니면 오래 못 가는데…"라는 말을 했었다. 스테로이드제 처방을 받고 어느 정도 다리를 움직일 수 있게 되자 혼자 지팡이 짚고 은행에 가서 통장들을 일부 정리했다. 올해 중 만기가 되는 일부 통장들은 엄마가 항암 마치고 좀 기운 차리고 나면 언니나 나랑 같이 가서 해지하고 바로 넣어 준다 어쩐다 했는데, 지금 와서 애통한 건 통장 정리를 미리 못했기 때문이 아니라, 3월 초만 해도 그 '좀 기운 차리는 날'이 있을 걸로 생각했다는 사실이다. 이렇게 될 줄 알았더라면… 좀 더 많은 준비를 할 수 있었을 텐데.

지팡이를 짚는 것 자체에 어떤 의미를 부여하지는 않았겠지만 엄마는 그때부터 삶을 정리해야겠다고 생각했나 보다. 자신에게 남은 시간이 얼마 없다고 느꼈을 때 엄마의 우선순위는 치료도, 회복도 아닌 나와 언니였다. 혼자서 다닐 수 있게 지팡이를 마련한 것은 내가 항상 엄마 옆에 있어 주지 못해서였는데, 제대로 걸어 다니지도 못하는 엄마에게 지팡이 하나 덜렁 던져 놓은 자식을 위해서 엄마는 그 지팡이를 짚고 다니며 통장을 정리했다. 그게 무슨 중요한 일이라고. 한기도 가시지 않은 추운 겨울에. 재산이라고 할 만큼 큰 돈이 있는 것도 아니면서 살아 있을 때 돈을 주는 것과 죽어서 상속받는 것의 세금 차이를 운운하며 틈만 나면 앉아서 잘 들어 보라고 했지만, 엄마가 자꾸 마지막인 것처럼 말하는 게 싫어서 마지막의 마지막까지 그 말을 피해 다녔다.

그렇게 언니네 가족은 한국에 들어온 지 한 달 반 만에 엄마의 장례를 치렀고, 이런저런 일을 정리하느라 넉 달이 넘도록 한국에 머무르다가 떠났다. 아빠는 혼자 있는 내가 걱정되었는지 엄마 흔적이 덕지덕지 붙은 집에서 지내는 게 힘들지 않겠냐고 넌지시 이사를 제안했지만 그러고 싶지는 않았다. 엄마 생각이 너무 많이 나서 슬픈 건 싫지만 동시에 엄마를 잊고 싶지도 않은 모순된 감정 때문에 5년이 더 지난 지금까지도 크게 손대지 못하고 엄마와 살던 우리 집의 모습을 그대로 남겨 두었다.

2016년 3월 28일 ※

조카가 링거 꽂고 누워 있는 모습을 보니 내 마지막 출장 전날이 생각났다. 체온이 약 2도만 올라도 아무것도 할 수 없는 인간이 얼마나 나약하고 무력한지, 그 이상으로 약해진 엄마가 얼마나 힘 다해 버텨 주고 있는지, 링거를 꽂고 누워 있는 동안에도 참 많이 생각했다. 어떻게든 엄마 걱정 덜고 떠나려고 최대한 괜찮은 척 털고 집을 나섰지만, 늘 그렇듯 엄마는 다 알고 있었고, "저 가시나 저렇게 다니다 죽는다."라고 제발 내 몸 좀 챙기고 다니라는 당부를 했다고 한다. 늘 잔소리처럼 듣고 말도 안 된다고 생각했던 '쉬면서 하라'는 엄마의 말이 너무너무 듣고 싶어지면 그땐 어떻게 해야 하는 걸까.

엄마가 늘 전자레인지에 3분 데워서 품에 꼭 안고 있던 오약돌. 심해진 가슴 통증 위에 꼭 대고 있는 엄마 모습이 웅크린 새 같다는 생각을 몇 번 했던 거 같다. 이제 주인을 잃은 그 돌 두 덩이는 안방 테이블 위에 차게 식은 채로 놓여 있고, 쓰지도 않지만 버리지도 못하는 수많은 물건 중 하나가 되었다. 자기가 아프니까 내 건강을 더 걱정했던 건지, 엄마가 떠나고 나면 내 몸 챙기는 건 저 멀리로 떠나보내리란 걸 예상해서인지 정작 당사자인 나도 포기한 내 만성 면역질환까지 걱정…. 엄마는 그렇게 소소한 것까지 걱정과 잔소리가 많았으면서 어떻게 '혜빈인 걱정 없다'라는 말을 남기고 갔는지 모르겠다. 거짓말한 건 아니겠지.

이필숙 씨 딸내미 참 잘 키우셨네요

엄마의 아픔이 생각나서 눈앞에서 치워 버리기 바빴던 물건들도 물론 있다. 하지만 거의 마지막을 지켰던 지팡이만큼은 예외라서 아직도 매일 드나드는 현관 신발장 한구석에 가지런히 세워 두고 있다. 등산을 싫어하는 나는 이제껏 한 번도 사용해 본 적 없지만 아마 앞으로도 이 집에서 지팡이 한 쌍을 정리하기는 어려울 것이다. 불효의 상징이라는 저 지팡이, 엄마가 자신의 마지막을 직감하며 짚고 다녔던 그 지팡이만큼 우리 엄마의 자식 사랑, 끝도 없고 이해하기 어려운 엄마의 그 마음을 기억나게 하는 물건이 또 없기 때문이다.

예로부터 지팡이를 왜 불효의 상징이라 했는지도 이제는 알 것 같다. 지팡이를 짚을 만큼 연로한 어르신들이 자기 건강보다는 자손들 걱정하기 바쁘셨던 까닭 아니었을까. 꼬부랑 허리를 움직여 나를 챙기는 우리 엄마를 보면서 어떤 자식이 감히 '나는 할 만큼 했다'라고 생각할 수 있겠어. 그 불효자들 중에 부모님 쓰던 지팡이를 함부로 버린 사람은 아무도 없었을 것이다.

# 이런 걸 왜 아직도 안 버리고 있냐고 물으신다면

희망을 찾는 데 남다른 재능이 있던
엄마에겐 이마저도 기쁨이었으리라 믿는다

"위그스튜디오가 뭐야…?"

엄마 이름이 선명하게 찍힌 우편물을 보내온 낯선 상호에 혼자 갸웃거리며 봉투를 뜯어보았다.

"아… 가발…"

2016년 2월 16일 *

방사선 치료가 끝난 지 거의 2주가 되고, 그간 병원에서 예고했던 대로 탈모가 꽤 생겼던 엄마의 머리카락이 방 구석구석과 모든 옷가지에서 발견되는 지난 며칠이었다.

그놈의 출장 준비 때문에 맨날 야근하고, 휴가를 쓸 수 있는 상황도 전혀 아니었던 나 대신 언니가 엄마랑 같이 택시를 타고 가발 매장에 갔다. 다행히 허술한 곳이 아니라 헤어샵에서 판매도 하고 제작도 하는 신촌 세브란스 병원에 있는 샵이라고 했다. 이럴 때 언니가 없었으면 정말 어땠을까. 천만다행이고 하나님이 예비하심이 있음에 감사하면서, 돈은 백만 원이 됐든 그 이상이든 내가 주겠다고 하고 언니에게 맡겼다.

오늘도 출장 전 막바지로 해 놓을 일이 산더미였던 나는 카페에서 집중 작업을 하고 있었는데, 언니가 보내 준 사진 속에 머리를 미는 엄마를 보고 왈칵 눈물이 났다.

태어나서부터 지금까지 본 엄마 머리는 언제나 뽀글이 파마머리였고, 진단을 받고 나서부터는 염색을 못 해서 부쩍 힘없는 흰머리긴 했지만 그래도 귀밑보다 짧아 본 적이 없는 엄마 머리였는데…. 미용실에 앉아서 빡빡이가 된 엄마를 보니, 엄마의 감정이 시원하든 신나든 (어느 정도는 그랬던 것 같기도 하다. 머리가 빠져서 스트레스받기도 했고 가발 쓰고 싶어 했었으니까) 상관없이 나는 너무 슬퍼서 눈물이 펑펑 났다.

처음 일 년간 두 종류 표적치료제에 차례차례 내성이 생겨 복용을 중단하고, 그 뒤 참여한 신약 임상실험에도 부작용 반응을 보인 뒤로 엄마의 예후는 눈에 띄게 나빠졌다. 의사는 진료 때마다 괜찮다고, 치료 방법이 아직 많이 있다고 말했지만 그것들을 하나하나 시도해 보다가 더는 할 수 있는 치료가 없을 때가 마지막이라는 말은 해 주지 않았다. 그 많은 치료법을 다 써 볼 때까지 몸이 버텨 주는 것이 전제였으니 굳이 할 필요가 없는 말이기도 했다.

투병 두 번째 해를 보내고, 새로 시작된 해 2월부터 엄마는 방사선 치료를 시작하게 됐다. 연말연시 잠깐 치료를 쉬면서 몸을 회복하자고 하는 동안 가족 모두 방사선 치료의 원리와 부작용에 대해 이것저것 배우고 공부했다. 통증이나 오심 같은 건 크지 않지만 치료받고 나면 머리가 많이 빠질 거라는 얘기에 엄마는 미리 확 다 밀어 버릴까 싶은데 두상이 못나서 큰일이라고 했고, 반농담인 그 말을 듣는 누구도 선뜻 웃지 못했다. 다가오는 구정에 엄마한테 번듯한 설 선물을 하나 해 주고 싶었던 언니랑 나는 백화점 여성복 매장을 오가며 핑크색 트위드 정장을 이미 점찍어 두

이필숙 씨 딸내미 참 잘 키우셨네요

었지만 당장 엄마가 그걸 어디에 입고 가겠냐며 정장 대신 아주 멋진 고급 가발을 해 드리는 것으로 계획을 바꾸었다. 엄마가 늘 바라던 대로 힘 있고 풍성한 머리로, 아프기 전에 늘 하던 자연 갈색으로.

한 번에 사나흘씩 3주에 걸쳐 방사선 치료를 받았던 엄마는 아침에는 출근하는 나보다 먼저 병원으로 가고, 밤에는 내가 들어오기 전에 잠자리에 들었다. 평소에 아침밥을 잘 챙겨 주는 것도 아니었으면서 출근 시간쯤 되면 언제나 아침은 먹고 나왔는지 물어서 그 메시지를 받으면 오늘의 치료는 잘 끝난 걸로 알아듣곤 했다. 한집에 살면서도 본의 아니게 생이별을 하게 만든 방사선 치료가 끝나고, 집안 곳곳에서 뭉텅뭉텅 엄마 머리가 보이기 시작할 때쯤 엄마는 언니랑 같이 가발을 맞추러 갔다. 미용실 의자 같은 데 앉아서 머리를 다 밀고 있는 엄마 사진을 보니 새삼스럽게 엄마가 암 환자라는 사실이 실감 났다. 영화나 드라마에서 아픈 사람을 그릴 때 머리를 빡빡 미는 건 사실 방사선 치료 이후임을 뜻하기보다는 환자라는 단어에 잘 어울리는 모습이어서인 것 같다는 생각이 들었다.

백화점 여성복 매장에서 파는 투피스 정장에 뒤지지 않는 가격답게 엄마의 새 가발은 케이스부터 관리 용품까지 아주 고급스러운 모양새를 하고 우리 집에 들어왔지만, 정작 엄마가 그 가발을 쓴 모습은 기억에 전혀 남아 있지 않다. 당시 출장 준비로 한 달 내내 야근하느라 엄마 얼굴 잠시 보기도 힘들었던 나는 조카 돌잔치를 하고 돌아오는 길에 엄마가 응급실에 갔다가 긴급 입원을 하게 되었다는 소식을 해외 출장지에서 들었고, 귀국하자마자 찾았던 병실에서 엄마는 다시 민머리의 환자가 되어있었다.

마지막으로 그 가발을 본 것은 그로부터 열흘쯤 후 엄마의 입관식에서였다. 평소 모습과는 전혀 다르게 화장한 엄마가, 어색하기 짝이 없는 가발을 쓰고 누운 것을 보니 저 딱딱하게 굳은 몸이 우리 엄마라는 사실이 더욱 믿기지 않았다. 차라리 지난 2년의 투병 기간 익숙하게 보아 온 백발이었다면 나았을까, 너무나도 낯설어서 기억에서 지웠는지 입관 때 본 엄마의 모습은 이제 거의 기억이 나지 않는다. 응급실에서 사망선고를 받은 직후 평소 자는 모습과 너무 똑같아서 가만히 지켜봤던 그 모습보다도 훨씬 아득한 기억이다. 맞춘 지 이십여 일 만에 땅에 묻힌 그 가발은 이제 엄마의 육신과 함께 사라졌을 것이다. 인조모였으니 아직 남아 있으려나.

가발 업체에서 거의 5년 만에 회원 관리차 보내 준 뜻밖의 편지를 받고 새삼스레 엄마에게는 이 가발이 어떤 의미였을까 생각해 보았다. 보통 사람이라면 앞으로의 치료는 더욱 힘들 거라는, 몸은 점점 더 약하고 볼품없어질 거라는 생각 때문에 슬프고 두려웠을지도 모른다. 하지만 그 어떤 새로운 상황이 닥쳐도 희망을 찾는 데 남다른 재능이 있던

엄마에겐 이마저도 기쁨이었으리라 믿는다. 가발 위에 어떤 모자가 어울릴지 이것저것 대 보며 바깥으로 나온 머리 손질을 했던 기억으로 짐작해 볼 때 해 보고 싶었던 헤어스타일을 한다고 들떴을지도 모른다. 그래서 가발과 함께 있던 머리망 같은 액세서리를 버릴 수가 없다. 엄마의 손길, 특히 아주 마지막 흔적이 남은 물건마다 엄마가 고통 속에서 가졌던 희망과 기쁨이 거기 그대로 남아 있는 것 같으니까, 분명 그럴 것임을 아니까, 자주는 아니어도 가끔씩, 정말 희망과 기쁨이 꼭 필요한 순간이 올 때마다 만져 보고 싶어서, 오늘도 한번 꺼내어 보고 그대로 고이 집어넣는다.

✳

## 마지막으로 엄마의 병실을 나섰던 날

마지막이라는 사실을 전혀 모른 채 나는 그날 저녁에도 일기를 썼다

생각을 머리에만 두지 않고 글로 옮기는 내 습관에 감사하게 될 때가 있다. 엄마에 대한 기억의 빈 곳을 기록이 채

위 줄 때다. 내 머릿속에는 엄마의 마지막 즈음의 기억이 별로 선명하지 않다. 출장에 야근에 너무 바쁘다는 핑계로 실제 함께 보낸 시간이 비어있기도 하지만 이상하게도 내가 경험한 일조차 그보다 훨씬 오래된 기억보다 더 흐릿하다. 어쩌면 엄마의 너무 아프고 힘없는 모습을 떠올리긴 힘들어서 내 기억이 그 부분만 애써 지워 버린 게 아닐까도 싶다. 하지만 빛바래질 걱정이 없는 기록은 내 기억보다 훨씬 분명하고 세밀하게 그때의 일을 증언해 준다. 살면서 더욱 기록에 매달리게 되는 이유다.

표적 치료제 두 종류, 임상 참여 한 번, 방사선 치료까지 차례로 시도해 본 엄마는 이제 독한 항암 약물 치료를 앞두고 있었다. 일주일 간격으로 한 번씩 총 삼 주간의 일정을 잡아 놓고 첫 번째 주사를 맞는 날이었다. 몇 달간 한국에 나와 있던 형부는 더는 공부를 미뤄 둘 수 없어 미국으로 혼자 돌아갔고, 나는 올 필요 없다고 만류하는 엄마 말을 듣지 않고 병실에 잠깐 얼굴을 비춘 뒤 다음 날 출국 준비를 했다.

우리 가족은 엄마 말대로 간병인을 알아볼까 고민하다가

결국 아직은 아니라는 결정을 내렸다. 엄마는 두 번째 항암 주사를 맞지 못할 것이고, 그로부터 8일 후에 엄마 장례를 치를 것이라는 사실을 알았더라면 우리는 그날에 했던 것과 같은 선택을 했을까. 환자복을 입은 엄마를 뒤로하고 병실 문을 나서는 게 마지막이라는 사실을 전혀 모른 채 나는 그날 저녁에도 일기를 썼다.

2016년 3월 1일 ∗

어제 퇴근하고 나서 보러 간 엄마는 밥맛이 없다며 아빠한테 잔치국수를 사 오라고 해서 반 그릇 정도 먹고, 병원식으로 나온 장조림을 한입 먹더니 토할 거 같다고 뱉어 버렸다. 신부전식인지 뭔지 소금기가 하나도 없어서 딱 봐도 맛대가리 없어 보이는 그 음식을 보니 화딱지가 절로 났다. 다음 날 독한 약으로 항암을 해야 하는 사람한테 밥을 먹으라는 건지 말라는 건지. 주치의도 비슷한 생각을 했는지 다음 날부턴 일반식으로 바꿔 준다고 했다. 내가 사간 패스츄리 스틱에 초콜릿 딥을 듬뿍 찍어서 서너 조각 먹는 엄마를 보니 그래도 안심이 조금 되었다.

형부는 더 한국에 있을 수가 없어서 오늘 일단 미국에 다시 들어가게 됐고, 혼자서 애기를 봐야 하는 언니는 자연스럽게 집에 발 묶인 상태가 됐고, 나는 직장이 뭐라고 거기 매여서 저녁에 회사 마치고 한두 시간 엄마 얼굴 보는 게 할 수 있는 최선이다. 환갑도 넘은 아빠 혼자 왔다 갔다 지친 몸을 끌고 엄마 수발을 드는 게 전부인 상황에서, 엄마는 더 이상 가족에게 미안한 느낌을 받고 싶지 않았나 보다. 어차피 이제 수족이 필요하니까 간병인 업체에 연락해 보라며 있는 돈으로 간병인한테 다 쓰고 갈 거라고 했다. 가긴 어딜 가. 어떻게 그런 말을 그렇게 쉽게 하지. 엄마 맘이 편한 게 제일이고, 24시간 엄마를 지킬 수 없는 게 현실인 걸 알면서도, 선뜻 동의할 수가 없었다. 그렇지만 이제는 다른 선택이 없지 않나 싶다.

바짝 말라서 핏줄이 다 드러난 엄마 손에 핸드크림을 바르면서, 여기서 더 마르고 말라서 뼈와 가죽만 남게 되는 날도 오는 건가하는 생각이 들었다. 병상에 누워만 있으면 계속 계속 근육량이 빠지기만 할 텐데. 그래도 이제는 엄마가 걷고 운동하는 것이 더 힘들어졌으니 밥이라도 잘 먹으면 좋은데. 엉덩이에도 살이 없어 너무 아프다고 해서 공기주입식 방석을 사다가 깔아 드렸다. 공휴일이라서 항암 주사를 오늘 맞을지 내일 맞을지 이야기 좀 해본다더니, 다섯 시라고 예고해 주었다.

2시경부터 항 구토제와 설사 예방하는 약과 기타 먹는 약을 먹으라고 가져다주어서 먹고, 3시 반에서 4시 사이에 작은 팩으로 항히스타민제와 항구토제, 그리고 스테로이드제를 가지고 와서 주사로 놓아 주었다. 엄마는 피곤한지 쌔쌕 잠들었고, 잠든 사이에 병에 3분의 1 정도 든 항암제를 가지고 와서 두 시간 분량이라며 놓아 주었다. 앞으로 8일 차에 한 번, 15일 차에 한 번 놓고 3주 차에 외래로 옮겨서 경과를 본다고 하니 그때까진 입원을 해 있어야 한다는 말이겠지. 그래도 여러 가지로 관리를 받게 되니 입원해 있는 게 훨씬 안심되긴 한다. 우리 엄마도 가족이 하는 말보다는 의료진이 하는 말을 더 들으려고 하니, 이편이 엄마에게도 좋은 거겠지, 확실히…. 신경독성

이필숙 씨 딸내미 참 잘 키우셨네요

이 있는 약이라 며칠 후부터 팔다리가 저릴 수 있다고 하고, 구토와 오심, 설사가 부작용으로 올 수 있다고 했지만, 어쨌든 개인차가 있는 거니까 엄마가 모든 부작용은 최소로, 약효는 최대로 나타나는 체질이길 기도하는 수밖에.

이 와중에 베트남에 간다고 설치는 내가 한심하기 짝이 없지만, 이제 와서 어쩔 수 없다는 말로 나를 합리화시켜 본다. 안 간다고 내가 더 할 수 있는 것도 없고….

엄마는 늘 사람 복이 넘쳐나는 사람이었으니 간병인도 좋은 사람으로 붙여 주실 거라는 확신이 있다. 얼마나 복이 많은지 말로 다 할 수 없을 만큼 다양한 사람들이 엄마의 건강과 회복을 위해 마음을 다하여 기도해 주고 있다. 그리고 지금까지 잘 버티고 견뎌 온 것도 그 응원과 기도의 힘이라는 걸 잘 알고 있다. 엄마도 느끼고 있겠지? 그렇다면 엄마가 마음을 굳게 먹고 다시 한번 이겨 내 주었으면 좋겠다. 너무 힘들면 그만하겠다는 말이 무엇보다 존중해야 할 엄마의 의견이라는 건 알지만, 그걸 듣는 것만으로도 맘이 무너져 내리니까. 그 말은 나중으로 나중으로 미뤄 주었으면 좋겠다. 제발.

엄마, 사랑하는 우리 엄마. 착한 엄마. 밥 잘 먹고 건강하게 이겨 내. 사랑해 엄마.

✳

## 내 마음속 꽃봉오리 같은 말 한마디

끝내 발화(發話)하지 못한 사랑한다는 말은
피워 내지 못한 꽃봉오리가 되어

마지막이었다고 말할 수 있는 때는 언제일까. 병원에서 의식 있는 엄마의 얼굴을 마지막으로 봤던 때? 엄마와 주고받은 마지막 카톡 메시지? 직접 얼굴 보고 나누었던 마지막 대화? 엄마의 생체 신호가 끊어지고 사망선고가 내려지던 마지막 순간? 그게 아니면 투병을 시작한 뒤의 그 모든 시간을 마지막으로 해야 하는 걸까? 다시 시간을 되돌린다

해도 마지막 때라는 시간의 경계를 분명히 할 자신은 없다.

엄마가 돌아가시던 날 아침을 정확히 기억한다. 출근하려고 눈을 뜨자마자 불 꺼진 내 방에 서 있는 아빠를 발견했다. 아마도 할 말이 있긴 한데 마침 내가 일어날 시간이라 깨울까 말까 하던 참이었던 것 같았다. 지난밤 응급실에 실려 간 엄마와 밤새 병원에 있다가 잠시 옷을 갈아입으러 왔다는 아빠는 병원에서 호스피스를 알아보라 했다는 말을 꺼냈다.

"호스피스? 거긴 정말 마지막에 가는 데잖아. 엄마가 지금 거기에 들어간다고?"

일주일 전 마지막으로 봤던 엄마의 모습을 기억하는 내가 호스피스는 아니지 않냐고 하자 아빠도 기다렸다는 듯 내 말에 맞장구를 쳤다.

"그래, 거기는 일주일 이내로 남은 사람만 받는다고 그러던데, 그래도 들어가려면 대기를 해야 하니까 알아보라고 하나. 좀 (상황을) 보고…."

말을 채 다 정리하지도 못한 채 아빠는 급히 다시 병원으로 향했다. "오늘 퇴근하면서 바로 병원에 갈게."라는 말이 이미 닫혀 버린 무거운 현관문에 부딪혀 튕겨 나왔다.

　그때까지도 아무도 몰랐다. 모든 징후와 상황이 마지막의 마지막으로 향해 가는 줄은. 열흘가량 전, 숨을 쉬기 어려워 응급실에 갔더니 엄마 배에 물이 찼다고 해서 빼고 왔었다. 그게 말기 암 환자에게서 보이는 가장 마지막 증상 중 하나라고 누군가 냉정하게 말해 주었더라면, 마지막으로 만졌던 엄마 손이 언제나처럼 촉촉하고 부드러운 손과는 너무 다른 나무껍질 같은 촉감이었을 때 내가 놀라는 데서 그치지 않았더라면, 적어도 캐나다에 계신 이모들에게 한국으로 빨리 와 달라는 연락은 할 수 있었을까.

　2016년 4월 15일 ∗

엄마 손이 너무 거칠어서 깜짝 놀라 가방에 있던 핸드크림을 꺼내서 발라 준 기억도 난다. 폐는 피부로 나타난다는 말 때문에 그 손을 보자마자 '아, 지금 엄마가 많이 안 좋구나' 하고 맘이 내려 앉았는데, 그때 핸드크림을 놓고 집에 갈 게 아니라 좀 더 심각하게 생각하고 이모들한테 이야기하고 상의했어야 했다는 생각도 든다. 이제 와서

다 필요 없지만. 그 초록색 핸드크림은 엄마가 마지막으로 병원에 싸 가지고 갔던 물품들과 함께 다시 내 손으로 돌아와서 화장대 위에 놓여 있는데, 오늘 아침에서야 한 번 짜서 손등에 발라 봤다.

엄마가 마지막 시간을 보내고 있다는 걸 알았다면 정말 뭔가 달라졌을까. 그 달라짐은 지금보다 더 나은 달라짐일까. 다 쓸데없는 가정일 뿐이란 걸 알지만 이런 가정을 하고, '다를 게 없다. 오히려 그 힘든 시간을 더 오래 갖게 될 뿐'이라고 결론을 내리면 그나마 아주 좁쌀만 한 위안이 되는 것 같다.

퇴근 후에 병실로 갈 필요가 없어졌다. 세 시간 후 응급실에 도착했으니. 하나님 아버지를 부르며 소리치는 엄마에게 의사들과 아빠는 내가 온 걸 알겠냐고 물어봤다. 고통으로 몸을 뒤틀면서도 엄마는 고개를 끄덕였다. 의식이 있으니까 그럼 됐다 싶어서 조금은 안도했다. 굳이 익숙한 장면에 빗대자면 오컬트 영화에서 퇴마의식을 할 때 악귀가 사람 몸

안에서 마지막 발악을 하는 순간과 비슷한 장면이었다. 악령이 빠져나가고 나면 다시 평온한 상태로 돌아오는 것처럼 엄마도 그럴 테니 좀 진정되고 나면 그때 말을 걸어야겠다는 생각을 했다. 하지만 아무래도 이 영화는 그런 장르가 아닌 듯했다. 응급실이 더 급박하게 돌아가고, 보호자는 충격과 혼란 속에서 눈물범벅이 되고, 집에 있는 가족들에게 빨리 병원으로 오라는 연락을 하고, 메디컬 드라마나 가족 드라마에서 본 듯한 내용이 몇 배속으로 흘러갔다. 주요 등장인물 중 한 명이 나라는 사실이 현실적이고 동시에 비현실적으로 느껴졌다.

엄마와의 이별의 때를 가끔 생각하긴 했었다. '그전까지 어떻게 하고 그 이후에는 어떻게 살아야겠다'고 그려 보면 눈물이 터져서 결국 생각을 끝내지도 못하지만, 언젠가는 끝이 있다는 사실을 부정할 수는 없으니까. 하지만 마지막 임종의 순간을 구체적으로 상상해 본 적은 없었다. 병상에서 평안히 잠자듯이 떠나면 좋겠다는 말을 엄마가 몇 번 하긴 했지만 그런 임종을 실제로 본 적이 없어서 잘 그려지지 않았다. 조용한 1인 병실에서 엄마를 정말 사랑하는 몇몇

이필숙 씨 딸내미 참 잘 키우셨네요

사람들과 우리 가족이 엄마를 둘러싼 채로 찬송가를 부르는 광경일까도 생각했었지만 세세히 생각해 본다는 것 자체가 마치 엄마의 죽음을 기다리는 것 같아서 그러고 싶지 않았다. 그런 연유로 살면서 더 많이 생각해 본 건 오히려 내 삶의 마지막 순간에 남길 말이었다. 엄마와의 마지막 순간은 언제라도 불쑥 다가올 것 같아서, 그 순간을 부르는 주문 같은 '마지막으로 할 말'은 차마 떠올려 보지 못했다.

2016년 5월 8일 ※

지금에 와서 생각해 보니 응급실에서 마지막에 엄마 손을 잡고 사랑한다고 말 못 했던 게 가장 후회스럽다. 정신없이 급박한 그 상황에서 엄마 정신이 한 번 정도는 돌아올 것 같아서, 그때를 기다려 엄마한테 말해 주려고 계속 기회 보며 기다리고 있었는데 끝내 그 시간은 주어지지 않았다. 엄마는 의사가 이름을 말하면 반응할 만큼 분명히 의식이 있었는데, 내가 손잡고 "엄마 내가 옆에 있어. 언니도 지금 오고 있어."라고 말했던 것도 알아들었을까. 그 말을 하면서 왜 사랑한다는 말은 못 했을까. 엄마가 우리 엄마여서 고맙다고 말하고 싶었는데. 아마 그 말을 하는 순간 정말 마지막이라는 걸 인정해야 한다는 생각에, 조금만 더 조금만 더 미루고 싶었나 보다.

어제 H 언니를 만나서, 엄마가 진단받은 그 순간부터 마지막까지 한 번도 엄마 앞에서 엄마가 아픈 것 때문에 운 적이 없는데, 혹시 엄마가 그것 때문에 내가 정 없다고, 엄마 병을 심각하게 생각하지 않고 지 할 일 다 한다고 서운하게 생각했던 거 아닐까 한다고 말했더니 언니가 자기 성격만큼이나 명료하게 "엄마가 바보냐."라고 답했다. 사실은 나도 그렇게 생각하고 있었지만, 언니의 입으로 나온 그 말 한마디에 엄청 눈물이 났다.

급박하게 뭔가 조치하는 의사들 때문에 엄마 가까이에는 가지도 못했다. 한 발짝 멀리 떨어져서 발을 동동 구르며 엄마에게 계속 말을 걸었지만 나도 정신을 잃기 직전이었던지라 뭐라고 했는지 기억이 잘 나지 않는다. 언니가 지금 오고 있다는 말, 딸이랑 손녀 얼굴은 봐야 하지 않겠냐는 말을 응원하듯 계속 입 밖으로 냈던 것 같긴 하다. 고통과 사투를 벌일 때 곁에서 하는 말이 얼마나 귀에 들어왔을까 싶지만 엄마가 의식을 잃지 않았다는 의사의 말을 듣고서 멈출 수가 없었다. 더 중요한 말이 있는지 고심해 볼 겨를도 없었다. 하지만 마지막에는 다른 말을 해 주고 싶었다. 그 마지막이 언제일지, 정말 마지막의 마지막은 어떤 건지 때가 되면 알 수 있을 줄 알았다.

의사는 엄마가 지금 고통스러워하는 이유는 심장을 둘러싼 막에 물이 차서라고 설명해 주었다. 그 물을 빼면 되지 않냐는 내 물음에 물은 빼도 또 찬다며 고통스러운 시간을 늘리는 것밖에 되지 않는다고 대답했다. 언니가 아직 병원에 닿지 않았지만 그렇다고 해서 엄마의 고통을 연장시키는 것은 선택지가 될 수 없었다. 마지막 순간에는 생각보다 많은 선택이 가족의 손에 맡겨지고, 그 선택들 중 어느 것 하나 쉽지 않지만, 또 한편으로는 모든 선택이 더욱 확고해진다.

아빠와 나는 엄마의 고통이 가장 짧게 끝나는 편을 택했다. 그리고 그 결정을 의사에게 전했을 때 짧은 순간 엄마가 평온을 찾는 듯 보였다. 식은땀을 흘리며 정신을 못 차려 하던 아빠도 엄마 곁에 잠시 앉았다. 그리고 나한테 물 한 잔을 부탁했다. 다리를 후들거리며 응급실 바깥으로 나 갔다. 정수기를 찾아서 나 한 잔 마시고, 아빠 줄 한 잔을 손에 들고 있는데 누가 내 손목을 잡았다.

"빨리 들어오세요. 어머니 임종하셨어요."

종이컵에 물 한 잔을 떠 오는 만큼의 시간이었다. 내 인생 에서 그만큼의 시간을 영원히 잃어버렸다. 엄마의 심박수 를 보여 주는 모니터의 어지러운 파동도 완전히 사라졌다. 내 숨도 멎고 세상도 멈추는 듯했다. 눈물이 엄청 날 줄 알 았는데 하나도 안 났다. 민머리의 엄마 얼굴을 만져 보았다. 손과 목과 몸 구석구석이 따뜻한 엄마는 누가 뭐래도 자는 모습이었다. 뭐라고 해야 할지 몰라 엄마를 계속 가만가만 히 불렀다.

"엄마… 엄마… 엄마, 엄마……"

이필숙 씨 딸내미 참 잘 키우셨네요

병원에 도착하고 오십여 분이 지나는 동안 엄마랑 대화라고 할 만한 이야기는 전혀 나누지 못했다. 엄마 정신이 또렷할 때 이야기한 건 일주일 전의 일이었다. 낯간지러운 이야기는 안 하는 가족이라 사랑한다는 말은 일 년에 한 번 겨우 쓰는 편지로나 했었다. 엄마한테 사랑한다 말하는 게 오히려 새삼스럽고, 마지막 같은 비장한 생각이 들까 봐 꾹꾹 누른 게 여러 번이었다.

그날도 그랬다. 급박한 순간순간마다 마지막에 해야 할 말은 "엄마 사랑해."가 되어야 한다고 생각했다. 근데 도무지 타이밍을 잡을 수가 없었다. 가까이 갈 틈도 없었지만 내가 사랑한다고 말하는 순간 그걸 끝인사로 엄마가 떠나갈 것만 같아서였다. 사랑한다는 말은 고백이라기보다는 작별 인사인 게 너무 분명해서 입이 떨어지지 않았다. 그러다 이렇게 마지막을 놓쳤다. 종이컵에 물 한 잔을 떠 오는 만큼의 시간이었다.

언젠가 책에서 '죽기 직전 모든 신체 기관이 정지 상태에 이르기까지 청각만은 살아서 소리를 듣는다'는 내용을 읽었던 게 기억났다. 사망선고는 심장이 멈춘 순간이니까 지금 말해도 전해질 수 있지 않을까 하는 생각이 들었다. 하지만 엄마를 끝도 없이 부르는 것밖에는 아무 말도 꺼내어지지 않았다. 그렇게 영원히 갈 곳을 잃은 말은 내 안에 그대로 남았다. 끝내 발화(發話)하지 못한 사랑한다는 말은 피워 내지 못한 꽃봉오리가 되어 내 마음속에만 있다. 앞으로도 영원히.

2019년 10월 23일 ✳

발화(發花)

마지막으로 안녕을 고하는 쪽이 되고 싶지 않아

끝이 보일 때에도 미루고 미루었던 말.


입을 떼면 그 순간이 끝일 것 같아

헤어지던 날에도 결국 꺼내지 못한 진심.


터져 나오지 못한 채 속에 묻힌 말이

이토록 내내 시들지 않을 줄 몰랐지.

매년 싹 틔우고 꽃 피워 떠난 당신의 뒷모습에만

쓸쓸히 보내게 될 줄은 정말 몰랐지.

# ✳

## 엄마 삶의 마지막은 엄마의 뜻대로 해야 하니까

그 농담 같은 말이 엄마의 연명의료의향서이자 나의 대답이었던 셈이다

최근 지인들과의 대화 중에 무연고자가 식물인간 또는 의식불명이 되었을 때 수술이나 연명치료에 대한 동의는 어떻게 하는지 질문이 나왔다. 이야기를 꺼낸 사람의 가족이나 친구에게 일어난 일인가 싶어 순간 모두 염려했지만 다행스럽게도 그가 쓸 웹소설 설정을 위한 조사 과정이었다. 안도하는 분위기 속에서 대화의 속도가 점차 느려지다가, 진지한 대화를 계속 이어 가는 사람이 나 포함 단 세 명으로 압축됐다. 직장이 병원인 J는 연명의료의향서 작성이 요새 큰 논란거리이지만 쉽게 결정할 수 없는 문제라고 말했다. 많은 의견을 말하지는 않았지만 Q는 연명치료를 10년 가까이 받다가 돌아가신 할머니의 영향으로 그에 대한 생각이 많아졌다고 했다. 우리 셋에게는 모두 공통점이 있었다. 연명치료를 결정해야 했거나, 그 결정의 과정이나 결과를 가이서 지켜보아야만 했다는 것이다.

이필숙 씨 딸내미 참 잘 키우셨네요

일 초가 백 개씩 천 개씩 쪼개져서 그 시간의 낱알 하나 하나가 내게 달려드는 것 같은 순간이었다. 살면서 가장 다 급했고, 또 가장 무력했던 순간, 그래서 이렇게 분명하고 생생하게 기억하고 있는지도 모른다.

그날은 출근한 지 얼마 되지도 않아 아빠의 다급한 전화를 받았다. 해외에서 막 돌아온 터라 전날 응급실에 간 엄마 상태가 어땠는지 내 눈으로 보거나 자세히 들은 적이 없었는데도 '엄마가 다 죽어 간다'는 말이 과장이나 비유가 아니라는 걸 직감으로 알 수 있었다. 두 번 묻지도 않고 정신없이 달려 간 병원에는, 통증 때문에 하나님 아버지를 부르며 "나 좀 빨리 데려가 주세요, 아버지."라는 말만 되뇌는 엄마가 있었다. 일주일 전 나랑 과자를 먹고, 손이 왜 이렇게 거치냐며 내가 핸드크림을 발라 주고 온 우리 엄마와는 너무 다른 사람이었다. 처음 보는 장면이었다. 하지만 마지막이라는 걸 알 수 있었다. 두 돌 갓 지난 아기와 단둘이 있는 언니에게도 빨리 연락해야 하지 않겠냐고 아빠에게 말하려는 찰나, 응급실 의사 선생님이 나를 한쪽으로 불렀다.

"지금 환자분의 암세포가 깨졌다고 보시면 되는데, 쉽게 말해서 원래 있던 암세포가 파편처럼 깨지면서 온몸으로 퍼져서 지금 모든 수치가 급격하게 올라가고 있는 상태입니다. 그래서, 연명치료에 대한 결정을 해 주셔야 돼요."

단번에 이해하지 못하는 눈치인 나를 보고 의사는 말을 이어 갔다.

"환자의 임종 시에 심폐 소생술과 삽관을 비롯한 연명치료를 하겠냐 하지 않겠냐는 건데요, 신중하게 결정해 주셔야 하는 게, 하기로 결정하면 중단할 수 없어요."

'아, 그거구나. 심장이 멈추면 살려 내는 거. 인공호흡기 끼고 살려 놓는 거. 무슨 얘긴지 하나도 모르겠는데 엄청 중요한 거 같고, 지금 아빠도 울고불고 정신 못 차리는데 나한테 뭐라는 거야, 이 사람.'

"선생님, 저희 언니가 와야 되는데요, 언니가 오고 나서 결정하면 안 돼요?"

"언니가 언제 오시는데요."

"한 시간 내로 올 수 있어요."

"아뇨, 지금 결정하셔야 됩니다. 삼 분 내로 그런 상황이 오거든요."

고작 양치 한 번 정성껏 할 시간이 삼 분인데, 엄마에게 남은 시간이 그거밖에 없다고 말하는 이 의사가 미친 사람 같았다. 하지만 방금 내 눈으로 본 엄마의 고통과, 이미 패닉 상태인 아빠를 보니 그 말이 맞는 것도 같았다. 더 생각할 시간이 없었다. 시간을 아끼기 위해 눈물을 멈추고 분명한 목소리로 아빠에게 이 상황을 전달했다. 그렇지만 언니는 언제 오느냐, 어떻게 해야 하냐, 엄마는 어디로 데려가냐 횡설수설하는 아빠는 나보다 몇 시간 전부터 이 상황 속에 있느라 이미 멘탈이 무너진 상태였다. 더는 지체할 수 없다는 생각이 들었을 때 일순간 모든 것이 음소거되면서 언제인지 모를 엄마와의 대화 장면이 머릿속에 떠올랐다. 엄마가 아프기도 훨씬 전이었다.

"내는 절대로 저렇게 안 누워 있고 싶어. 호흡기 끼고 저게 뭐 하는 짓이야. 자식들 다 고생시키고."

"어이고, 빨리 죽겠다는 사람 중에 진짜 죽는 사람 없더라. 자기가 저래 되면 또 모른다."

"아니야, 혜빈아 난 진짜야. 내는 정─말 저렇게 되면 빨리 천국 가는 게 좋지 저렇게 누워 있으면 안 좋아. 니가 딱 기억해 놔."

"참 나. 알았어. 내가 딱 '우리 엄마는 이런 거 안 해요!' 할게."


같이 드라마를 보다가 의식 없는 가족을 오랫동안 간병하는 장면이 나오면 늘 엄마는 한마디씩 하곤 했다. 한두 번이면 잊을 법도 하지만 내가 아주 어릴 때부터 늘 빼먹지 않고 '저런 상황에서는 그냥 천국 가게 해 달라'고 말했다. 그러니까 저 대화는 내 머릿속에서 재구성되었을 수도 있지만 엄마의 뜻은 오해하려야 오해할 수가 없는 것이었다. 죽음의 방식은 탄생의 그것과는 달라서 사람마다 가지각색일 텐데도, 엄마는 '저렇게 되면'이라는 조건을 붙이고는 마치 재밌는 상상이라도 한 듯 유쾌하게 웃곤 했고, 나는 또 거기에 장단을 맞춰 주곤 했다. 우리가 남 얘기하듯 몇 번이나 주고받았던 말, 시시한 농담 같아서 늘 담고 다닐 필요도 없던 말이 이 순간에 떠오를 줄은 정말 몰랐다.

그 농담 같은 말이 엄마의 연명의료의향서이자 나의 대답이었던 셈이다. 결국 엄마의 연명의료를 하지 않겠다는 동의서에 내가 가족 대표로 서명을 하기까지는 일 분이 채 걸리지 않았다. 내 머릿속에서만 떠오른 생각일지언정 나는 "엄마는 그런 거 하지 말라고 나한테 분명히 말했어."라고 단호하게 말했고, 아빠는 거기에 한마디도 더하지 않았다. 이제 막 집을 떠났을 언니에겐 오는 길에 무슨 일 날까 봐 자세히 얘기하지도 않았다.

정말로 연명의료가 어쩌고 말을 꺼낸 지 삼 분 정도 지났을 때 의사들이 급하게 엄마를 다른 침대로 옮겼고, 응급실의 분주한 기계 소리와 발자국 소리 속에서 우리 엄마의 소리만 조용히 멈췄다. 아늑한 병실에서 사랑하는 사람들에게 둘러싸인 영화나 드라마 속의 평온한 임종과는 꽤 거리가 멀었다.

엄마가 떠난 직후 이 이야기를 몇 사람에게 했었다. 듣는 사람마다 눈물을 훔치지 않는 사람이 없었다. 인간의 마지막 순간이 누구에게나 그런 감정을 주나 보다 싶다가도 우리 엄마의 마지막이 특별히 슬펐나 싶었다. 하지만 수년이 지난 지금 우리 엄마는 한때 존재했었던 사람으로만 기억될 뿐이다. 임종 순간의 자세한 이야기를 궁금해하는 사람도 없을뿐더러, 경험한 나 역시 그 기억을 꺼내어 쓸 일이 없다. 그래서 연명치료를 선택하지 않은 것이 정말 잘한 일이었는지 다시 고민해 볼 일은 앞으로도 없을 게 분명하다.

하지만 이제 와서 누군가 그때 그 순간에 내 선택이 최선이었냐고 묻는다면 나는 위의 구구절절한 이야기들을 초 단위로 다시 들려주며 '그럼 당연하지 듣고도 모르겠냐' 며 면박을 줄 것이다. 내가 서명한 것은 사실 내 뜻도 아니고 다른 가족들의 뜻도 아니고, 고통으로 정신을 잃어 가는 마지막 엄마의 뜻도 아닌, 아주 건강하고 행복한 상태에서 엄마가 내린 자기 자신의 삶에 대한 결정이기 때문이다.

오랜 논란 끝에 관련법이 제정되어 2018년 2월부터 시행되고 있는 연명의료결정제도는 이제 본인의 의사에 따라 존엄하게 임종을 선택할 권리를 인정하고 있지만, 그 법의 시행 전인 우리 엄마 때만 해도 이러한 상황에 갑자기 던져지는 가족들은 너무나 힘든 선택을 해야만 했다. 하지만 엄마는 남겨진 우리에게 조금의 짐도 지우지 않았고, 나는 그저 엄마가 했던 말들을 기억해 그대로 따르기만 하면 되었다. 그렇다고 절대 담담할 수는 없는 일이었지만 눈물 콧물 범벅이 된 꼴일지언정 그 동의서에 사인을 하는 데에는 혼란이 없었다.

지금은 연명의료에 대한 본인의 의사를 미리 밝혀 두는 방법이 있다고 한다. 나는 조만간 건강관리공단에 찾아가 만 19세 이상이라면 어느 시점에든 작성 가능하다는 사전연명의료의향서를 작성해 둘 계획이다. 나이를 먹는 것과는 별개로 언제 어디서 어떻게 죽을지 모르는 위험한 세상 속에 살고 있음을 느끼고 있는 요즈음, 백세시대 준비란 아주 운좋은 사람의 희망인 것 같다는 생각을 가끔 한다. 그래서인지 엄두가 안 나는 노후 준비보다는 임종 준비가 내게 훨씬 쉽고 어쩌면 더 가깝게 느껴진다. 미래를 알지도 못하면서 연명의료 의향을 농담처럼 밝히곤 했던 우리 엄마의 딸이어서 그런지도 모른다.

하지만 가족들 고생시키면 안 된다는 가치를 가장 먼저 이유로 들었던 엄마와는 아무래도 결이 다르다. 살면서 내가 원하는 대로 할 수 있는 일이 정말 몇 개 되지 않는데, 삶을 마감하는 순간만큼은 내 뜻대로 해야 하지 않겠어? 그것도 못하고 가면 분명 아쉬울 테니, 나 자신을 포함해 다른 누구의 고통도 늘리지 않으면서 존엄하게 세상을 떠나는 쪽을 아주 능동적으로 택할 것이다. 이러나저러나 엄마랑 같은 건가. 잘 모르겠지만 남을 자들의 판단에 맡겨 둔다.

✳

## 앰뷸런스가 지나갈 때마다 떠오르는 슬픔이면 충분해

떠난 사람이 가장 기뻐할 만한 일을 하는 게 추모니까

일 년에 한두 번 탈까 말까 한 5615번 버스를 타고 고대구로병원을 지나갈 때면 항상 안내방송에 마음이 덜컹 내려앉는다. 반사적이다. 이 장소가 어떤 슬픔이나 두려움의 상징처럼 자리 잡고 있지 않은데도 이 병원 앞을 지난다고 인식하는 순간 차마 잊지 못한 그때의 일들이 어김없이 지나간다. 그리고 다음 정류장 안내방송이 나올 때까지는 꼼짝없이 이런저런 생각을 확장시킨다.

엄마가 치료받던 병원과 우리 집은 택시를 타도 한 시간이 꼬박 걸리는 거리였다. 응급실 의사에게 상황이 급박하다는 말을 듣고 언니에게 연락했을 때는 이미 언니가 엄마 임종 순간을 지킬 수 없을 것이 확실해 보였다. 갓난아기 맡길 곳도 없이 혼자서 초조하게 소식 기다리고 있을 언니에게 지금 병원에 오라고 최대한 차분하게 말했지만 희망 없는 그 말투가 전해지지 않았을 리 없다. 둘이 같이 울고불고 하는 갓난 아기와 엄마에게 택시 기사는 아침부터 울지 말라며 윽박질렀고, 언니는 중간에 택시를 갈아타면 시간이 더 지체될 테니 입을 틀어막고 병원까지 왔다고 했다. 교통체증 때문에 한강대교에서 차가 움직이지 않는다며 조급한 메시지가 오고 갈 때 엄마는 이미 숨을 거둔 상태였지만 혹시 오는 길에 충격을 받을세라 아빠는 그냥 천천히 오게 하라고 했다.

아직 엄마가 기다려 주고 있는 것처럼 마지막 메시지를 보내고 나서, 혹여나 언니가 도착하기 전 엄마 몸이 차갑게 식을까 나는 온기가 남아 있는 엄마의 얼굴과 손발을 부지런히 만졌다. 응급실 문을 열고 들어온 언니는 평온하게 누워 있는 엄마를 보고 엄마가 자고 있는 거냐고 물었다. 짧은 적막 끝에 이미 돌아가셨다고 대답하자 언니는 소리를 지르며 병원 바닥을 데굴데굴 굴렀다. 돌 지난 조카는 그 상황을 이해라도 하는 듯 그때만큼은 울지 않았다. 텔레비전에서 본 것처럼 조용하고 평화롭지 못해서 눈물도 안 났던 그날 아침의 모든 일이 아직도 장면 장면 선명하다.

빈소를 차린 곳은 치료 받던 병원이 아닌 고대구로병원이었다. 임종한 병원에 자리가 없었는지 집이랑 너무 멀어서였는지 아무튼 정신없던 내가 미처 신경 쓰지 못한 그 어떤 이유로, 주도면밀한 우리 아빠에 의해 모든 게 준비되었다. 엄마의 시신을 옮길 앰뷸런스가 도착했고, 아직 흥분을 가라앉히지 못한 언니 대신 내가 뒷자리에 타서 엄마를 붙잡고 종로에서 구로까지 서울을 가로질렀다.

이필숙 씨 딸내미 참 잘 키우셨네요

2017년 4월 13일 *

일 년 하고 한 달 좀 더 된 겨울도 아니고 봄도 아닌 날에, 앰뷸런스를 타고 저 문을 지나왔던 게 기억났다. 아니, 기억이 났다는 건 사실 거짓말이다. 실감이 안 나서 눈물은 커녕 아무 감정도 느껴지지 않았던 그때에 뭔가 보았는지, 말했는지, 들었는지 그 어떤 외부적인 자극도 기억에 남아 있지 않다. 다만 기억나는 것은 그때 내 온 정신과 감각이 오롯이 한곳으로 집중되어 있었고, 꽁꽁 묶여있는 우리 엄마의 몸이 답답할까, 차가 덜컹대면 저대로 떨어질까 걱정했었고, 이대로 다시 엄마의 얼굴을 못 보는 건지 어떤 건지 몰라서 흰 천 아래 있는 엄마 얼굴을 한 번만 더 보고 싶다, 저걸 들어 올리면 엄마가 기침을 하고 있지 않을까 하고 생각했었다는 것뿐. 다만 그뿐. 문 앞을 스치는 것만으로 이토록 생생히 떠오르나 싶어 놀라웠는데, 생각해 보니 그 이후로 이 앞을 지나는 것도 처음이다.


여기서부터 슬픔은 잠시 갈 곳을 잃는다. 앰뷸런스에서 내린 엄마의 시신을 영안실에 안치시키고 난 후의 절차는 일 때문에 여러 번 해 본 행사 진행 절차와 크게 다르지 않다. 몇 평형의 공간을 빌릴 것이고, 그 행사 기간 내부를 어떻게 꾸미고, 오는 손님들을 어떻게 대접할지에 관한 선택지들이 표준화되어 있어 어떤 면에서는 더 간단하기도 하다. 영정 사진을 어떤 사이즈로 할지, 꽃을 어떤 모양으로 장식할지, 음식은 어떤 걸로 몇 가지를 낼지 하나하나 생각해서 결정하다 보면 슬픔이 자리할 위치에 "육개장은 너무 식상하니까 소고기 뭇국으로 할까? 아니야 초상집 가면 속이 울렁거린다는 사람도 있다는데 얼큰한 게 좋지." 따위의 생각이 들어선다. 마치 나의 지나온 생을 중간 점검하듯 우리 엄마를 만나 본 적도 없는 내 손님들을 수없이 맞이하고, 그에 대한 반가움과, 고마움과, 미안함이 뒤섞인 감정을 삼 일 밤낮으로 느끼다 보면 우리 엄마가 죽었다는 사실은 잠시 눈 붙이는 새벽에 간간이 치는 파도처럼 훅 들어왔다가 또 이내 사라지곤 했다.

슬픔이 일정한 굵기로 곧게 뻗은 직선처럼 계속해서 이어진다는 생각은 죽도록 슬퍼 본 적 없는 이들의 낭만일지도 모른다. 늘 마음 한편에 비련을 간직한, 눈이 촉촉한 사

이필숙 씨 딸내미 참 잘 키우셨네요

람의 이미지 같은 거. 하지만 엄마의 임종 직후부터 오늘까지도 슬픔은 점선처럼, 모스부호처럼, 어쩌면 심장 박동이나 주가 그래프처럼 일정하지 않은 크기와 간격으로 일상을 때렸다가 또 흔적 없이 사라지기도 한다. 어쩌면 당연한 일이다. 그 크기 그대로 계속 슬퍼하다가는 정말 슬퍼 죽어버릴지도 모를 테니까. 하지만 시간이 오래 지난다고 완전히 사라지거나 약해지지도 않는다. 다만 엄마의 장례를 치렀던 병원이라든가, 다급하게 지나가는 앰뷸런스라든가, 다른 사람의 장례식이라든가 무언가 떠올리게 할 만한 것들이 등장하는 순간 봇물 터지듯 많은 기억과 감정들이 한꺼번에 쏟아지곤 한다. 좀처럼 길을 터 주지 않는 차들 틈에서 앰뷸런스의 사이렌 소리가 배회하고 있을 때, 나는 어김없이 흰 천으로 덮인 엄마의 얼굴을 마지막으로 한 번만 더보고 싶어 하는 딸이 그 뒤에 타고 있을지도 모른다 생각하다가, 소리가 멀어지면 또 이내 잊어버린다.

2018년 3월 9일 ※

두 번째 맞는 두 번째 생일. 평범한 날들이 가 버리고 난 뒤의 빈 공간을 밀도 높은 후회들이 채운다. 나는 외로움이 결핍된 사람이라서, 나를 사랑해 준 사람들에게 늘 외로움을 주며 살아왔다. 오늘 같은 날에는 정말로 혼자서 조용히 외로움을 체험하고 싶었는데, 외로움은 뭔가를 기다리는 사람에게만 오는 거 같다. 나는 아무것도 기다릴 게 없다는 걸 알겠다. 앞으로도 나란 애는 영영 외로움을 알 수 없을 것만 같다. 그래서 앞으로도 사는 동안 내내 누군가에게 야속한 사람이 될 것이고, 많은 경우 뻔뻔할 것이고, 심지어는 내가 어떤 짓을 하고 있는지 눈치도 못 챌 가능성이 높다. 물론 이해해 달라는 건 아니다. 오히려 이해하지 않아 주는 편이 훨씬 마음 편하다.

슬픔이 곧 애도이자 떠난 사람을 잊지 않는 유일한 방법이라고 생각할 때는 계속 슬프지 못해 죄스러웠다. 적어도 엄마의 기일에는 조금은 우울하게, 또는 외롭게, 그렇게 엄숙한 분위기를 잡고 다른 날과는 다르게 지내는 것이 엄마를 기억하는 표식이라고 생각했다.

"그 사람과 연결되고 싶어서 애써 계속해서 슬퍼할 필요
는 없어요." 아침에 들었던 북 캐스트에서 유독 귀에 들어
왔던 말. 에버노트에 적어 두었는데 저녁에 또 생각난다.

그러나, 살면서 슬퍼할 일이 너무 많다. 태산 같은 세월
속에 사무치게 그리워할 날들도 굽이굽이 언덕을 이룰 것
이다. 그러니 애써서 슬퍼하지 않아도 된다. 그저 지나가는
앰뷸런스 소리를 들을 때마다, 버스를 타고 병원 앞을 지날
때마다, 그렇게 문득 기억이 되살아날 때마다 자연스레 반
응하면 될 일이다. 엄마가 생각날 땐 괜히 슬픈 기억 짜내
서 청승 떨기보다는 평소처럼 기쁘게 힘껏 사는 게 더 좋
다. 떠난 사람이 가장 기뻐할 만한 일을 하는 게 추모니까.

## 엄마를 떠나보낸 그날 마음속 생생한 것들을
무슨 일이 일어난 건지 곧 실감하게 될까 봐 글을 쓰기 시작했다

장지에서 엄마가 땅 밑으로 내려지고, 내가 입은 상복 치마에 흙을 떠서 그 위에 취토하면서 "거기서는 밥 잘 먹어 엄마."라고 말했다. 하필 그때 떠오른 것이 늘 소화가 잘 안돼서 발바닥 지압점을 꾹꾹 누르던 엄마, 마지막엔 가슴이 답답하고 아파서 먹기를 힘들어했던 엄마였는지, 천국에서는 엄마가 제발 입맛대로 속 편히 먹길 바랐다. 그 한마디가 그날 했던 마지막 말이었다. 아무 말도 더하고 싶지 않았다.

집에 도착해서는 단지 긴 외출에서 돌아온 것처럼 평온하게 씻고 정리를 했다. 무슨 일이 일어난 건지 곧 실감하게 될까 봐 글을 쓰기 시작했다. 아직 바람이 찬 삼월 초에, 엄마 있는 땅속은 더 춥지 않을까 따위의 생각을 잊으려고 아무 글이나 썼다. 엄마를 떠나보낸 그날 마음속 생생한 것들을 밤이 깊도록 써 내려갔다.

엄마의 웃는 얼굴은 햇살,

태초부터 있던 빛이 엄마의 웃음이 되어

내가 태어나던 날부터 나를 감싸는 빛이 되었다.


엄마의 걱정하는 맘은 바람,

하나님 만드신 동산에 불던 그 바람이

엄마의 내쉬는 한숨 따라 내 뺨을 스치는 바람이 되었다.


엄마의 사랑은 물,

부딪치지도 않고 흘러 내려갈 뿐인 그 물길이

끝도 알 수 없고 깊이도 알 수 없는 엄마의 사랑이 되어

나를 돌보아 주었다.


서른 해 동안 한 번도 나를 떠난 적 없었던

그 햇살과 바람과 물은

오늘도 어제와 변함없이 이 세상에 있어서,

낮의 햇살 속에도 엄마가 있고

사철 바람 속에도 엄마가 있고

흐르는 물 어디에나 엄마가 있다.


내게 처음 세상을 주어 이 모든 것을 누리게 하고

나의 세상 그 자체가 되어서 어디에나 있는 엄마


이제는 천국의 햇살과 바람과 물을 누리며

아버지의 품 안에서 편히 쉬다가,

이다음에 천국에서 만날 때 못다 한 이야기 다 나눠요.

그때까지 내 걱정은 하지 마.


엄마, 사랑해.

우리 엄마가 되어 줘서 고마워.

# 4장 : 엄마 없는 나

2016년 3월 9일 이후의 세상

# 회사는 당신의 슬픔에 관심 없다

공감과 배려는 내 감정보다 유효기간이 짧고, 그마저도 있으면 행운이다

2016년 3월 29일 ☀

"쌤은 안 슬퍼요?"

Yes라고 대답할 수도 No라고 대답할 수도 없는,

일생일대 기억에 남을 만한 질문을 오늘 받았다.

그냥 아무 대답도 하지 않았다.

다만, 지금 내 상황에서 저 질문에 대한 명답이 있다고

한다면 돈을 주고서라도 찾아 듣고 싶다.

부모상에 주어지는 휴일 포함 7일간의 휴가를 쓰고 정확
히 일주일 만에 출근을 했다. 마주치는 사람들마다 '좀 더
푹 쉬지 왜 이렇게 일찍 왔느냐' 는 의미의 인사말로 대화

를 시작하는 것이 배려와 관심의 표현이라는 걸 알면서도, 똑같은 대답을 반복하며 그 기저에 있는 가정들을 의심하기 시작했다. 그러면 나는 얼마만큼 더 쉬어야 하는 걸까. 어느 정도의 시간이 충분한 걸까. 그 시간이 지나면 정말 괜찮아지는 걸까. 이들은 정말 그렇게 생각하는 걸까. 괜한 생각이 커지면 괜한 말을 하게 될까 봐 더욱 일에 몰두할 수밖에 없었다.

틈틈이 확인했는데도 어느새 수십 통 쌓인 메일을 처리하다 보니 휴가 복귀 첫날 오전 시간이 다 갔다. 끝마치고 와서 다행이라 생각했던 주 마감 자료는 일주일 만에 다시 급한 일이 되어 코앞에 닥쳐 있었고 보름 전 다녀온 해외 출장 지출 보고도 이미 마감이 며칠 지나 있었다. 모든 일을 서둘러 한 뒤 예정에도 없던 다른 팀과의 미팅 자리에 와 보니 이미 퇴근 시간에 가까워져 있었다. 방송 채널을 담당하는 그 팀과는 업무의 접점이 없는데 무슨 일로 나를 불렀나 했더니 앞으로 보름 후에 떠나는 언론사와의 출장에 동행할 직원이 필요하다는 거였다. 여러 가지 일을 조율하는 동시에 동행하는 연예인까지 신경 써야 하는 일이기 때문에 보름 전 같은 지역에 출장을 다녀온 내가 적임자 같다는 그 요청에는 애초에 내 수락이 전제되어 있었다.

무슨 상황인지 한 번에 이해가 갔지만 선뜻 가겠노라는 대답이 나오지 않았다. 마지막 출장 기간이 조금만 더 길어지거나 미뤄졌더라도 엄마 임종을 지키지 못했을 거라는 생각에, 그리고 엄마가 가장 힘들었던 마지막 시간을 보지 못했다는 생각에 출장 다녀온 걸 후회하기도 했지만 거기서 기인한 트라우마 같은 건 아니었다. 그보다는, '부모상 치른 후 일주일 만에 복귀한 것은 이례적인 일'이라는 것과 '일단 복귀했으니 곧장 출장도 가고 네 몫을 해라'라는 두 갈래 메시지가 충돌했기 때문이었다. 시원스레 대답하지 못하고 있던 나는 "가기 싫어도 좀 가 주세요."라고 짜증을 내비치는 상대 팀 과장님의 한마디에 정신이 번쩍 들었다.

"살아 나가야 하는구나."

순간 잊고 있었던 전 직장에서의 에피소드가 떠올랐다.

이직한 지 꼭 한 달 만에 엄마가 폐암 4기 진단을 받고 나역시 혼란하고 불안정한 시기를 보내고 있을 때였다. 겉으로는 걱정하고 이해해 주는 것 같던 동료 한 명이 나에 대해 '감정의 기복이 심하고 자기 노출이 너무 많아서 동료로서 일을 나누기 부담스럽다'라고 했다는 말을 들었던 적이 있다.

내 사수도 아니었고 같이 하는 프로젝트도 없어서 나에 대해 평가하거나 나에게 크게 영향받을 만한 관계가 아니었음에도 같은 팀 선임이었던 그의 말은 기정사실화되었고, (여러 가지 다른 이유로) 그 직장에서 딱 1년을 채우고 사직하면서 나는 무섭고 더러우니까 앞으로는 절대 회사에서 가족 이야기는 하지 않기로 다짐했었다. 물론 점점 나빠지는 엄마를 보면서 멀쩡할 수 있을 만큼 냉철한 사람이 아니었던 나는 그런 다짐에도 또 다른 1년을 보내는 동안 여러 번회사에서 무너졌고, 다행히도 염려해 주고 기도해 주는 당시 팀원들에게서 어느 정도의 진심도 느낄 수 있었다.

하지만 엄마를 보내고 돌아온 첫날 내가 맞닥뜨린 것은, 이제는 다른 방식으로 '살아 나가야' 할 때임을 직면케 하는 한마디였다. 삶은 위태한 상황에서 무언가에 의지해서라도 버티고 서 있기를 원한다. 하지만 그 상황을 넘기고 나면 재빨리 다시 홀로서기를 요구한다. 먹고사는 삶은 내게 개인적인 슬픔을 곱씹을 만큼의 낭만적인 시간을 허락하지 않았다.

첫날 바짝 제정신을 차린 뒤 다음 날부터 나는 '살아가고자' 부단히 애를 썼다. 그리고 그런 내게 며칠이 지나지 않아 돌아온 말은 참 슬프게도 "안 슬퍼요?"였다. 아직은 슬퍼해야 할 때 같은데 생각보다 안 슬퍼 보여서 어색하고 안쓰럽다는 말이었는지, 참 대단하고 비결이 뭘까 궁금하다는 말이었는지 그 의미를 알 수 없어 오랫동안 되새김질해 보았다.

그러나 그와 같은 상황에서 슬픈지 안 슬픈지 대답을 요구받는다는 건 아무리 좋게 해석해 보아도 듣는 사람에게 상처가 될 것이 분명한 말이었고, 실제로도 그랬지만 그때의 나는 그냥 대답 없이 어색하게 웃었다. 회사 동료들이 나의 슬픔을 위로하고 이해해 줘야 할 의무가 없듯이 일단 다정한 의도로 건넨 말이라면 그게 상대방의 마음에 어떻게 가서 닿든지 세세하게 알아야 할 이유는 없으니까.

나의 슬픔, 나의 어려움, 나의 문제는 결국 나눠 가질 수 없는 나의 몫이었다. 주변의 사람들이 보여 주는 공감과 배려는 유효기간이 내 감정보다 짧고 그마저도 있으면 행운이다. 퇴근길 지하철에서 마주치는 수많은 이름 모를 사람들에게 지난주에 내게 무슨 일이 있었는지, 현재의 내 속마음이 어떤지 이야기하지 않고 스쳐 지나가듯이 직장 동료들에게도 그렇게 해야 하는 까닭은, 지하철 속 군중에게나 동료들에게나 그것이 그들의 삶에 꼭 필요한 정보가 아니기 때문이다.

물론 들으면 한 번쯤 신경은 쓰이겠지만 또 금방 잊어버릴 수 있고 사실 애초에 몰랐으면 더 맘 편했을 그런 이야기겠지. 그리고 나 또한 타인의 일을 그 정도 마음가짐으로 대하고 있음을 부인할 수도 없다. 미적대며 시간을 죽이지 않아 다행이다. 어떻게든 현실감을 하루라도 더 빨리 찾는 게 도움이 되겠지. 나는 한동안 웃을 수도 울 수도 없는 마음을 그렇게 달랬다.

## 엄마의 생일에 내 선물을 샀다

엄마 것이었던 적은 없지만 엄마가 준 게 틀림없어서

⋮

부모상을 치른 지금도 장례 절차나 풍습을 잘 모른다. 잘 몰라서 제때 어떻게 하지 못했던 게 참 많다. 엄마의 물건을 정리하는 것도 그중 하나다. 어떤 이는 고인의 옷은 태우는 게 풍습이라 했고, 누군가는 엄마 물건이 있으면 자꾸 생각날 테니 어느 정도는 정리하는 게 좋지 않겠냐 했다. 돌아가신 분의 사연과 함께 유품 기증을 하는 사람들을 본 기억이 있어서 그럴까도 생각해 보았지만, 사실 딱히 어떤 것을 남기고 어떤 것을 치워야 할지 가려내기가 쉽지 않았다. 어떤 건 너무 새것이라서, 어떤 건 너무 오래돼서, 어떤 건 엄마랑 내가 공유하던 거라서 결국 나는 아무것도 치워 버리지 못하고 전부 있던 자리에 그대로 둘 수밖에 없었다. 이 모든 걸 유품이라고 한다면 우리 집은 그야말로 커다란 유품 창고라 해야 할 것이다.

내가 생각한 유품이란 엄마가 평소에 남모르게 간직해 오다가 딸에게 건네주는 귀한 물건이었는데, 안타깝게도 명품 패물에 아무 취미 없는 우리 엄마는 가락지 하나도 언니랑 나에게 남긴 것이 없었다. 모든 게 유품이면서도 딱히 유품이라 할 것은 없는 가운데, 엄마 것이었던 적은 없지만 엄마가 준 게 틀림없어서, 유품이라 하기에 더없이 잘 어울리는 물건이 하나 있다. 그것에 대한 이야기이다.

2019년 3월 20일 ※

저희 엄마는 3년 전 이맘때 돌아가셨고 그전에 2년간 투병 생활을 하셨습니다. 편찮으신 동안 추위를 많이 타셔서 한여름만 빼고 거의 사계절 내내 이 조끼를 입고 계셨습니다. 슬프게 이야기 할 마음은 없어요. 그런 이야기를 하려고 들고 온 물건은 아니고요, 이 조끼는 제게 시간에 대해 생각해 보게 해 줍니다.

저는 항상 바쁘게 지내는 편입니다. 그리고 엄마가 편찮으실 당시에는 지금보다 훨씬 더 바빴고, 지금보다 훨씬 더 '내가 중요한 일을 하고 있다'고 생각했어요. 실제로 출장을 많이 가기도 했고요. 의식적으로 엄마와 시간을 많이 보내야겠다 생각했던 건 좀 시간이 지나서의 일이었습니다. 저는 엄마가 암 진단을 받을 당시에도 에티오피아 출장 중이었고, 엄마가 아플 때도 무거운 마음으로 해외를 오가다 엄마의 마지막을 보지 못할 뻔도 했어요.

(엄마가 계시는 동안의) 마지막 출장을 가기 전에, 저는 열이 나고 몸이 아팠어요. 열이 39도에 가깝게 올라서 집 앞 가정의학과 병원에 입원했었고, 당시 치료 때문에 병원에 있던 엄마가 소식을 듣고 전화를 걸어 "가시나 너 그러다 죽어."라고 하시며 출장을 말렸습니다. 평소에 건강 체질이고 특히 현장 출장만 가면 펄펄 날아다니는 저라서 이렇게 아팠던 적이 한 번도 없었는데, 저도 너무 힘들기도 했고 맘 같아서는 당장 내일로 다가온 출장을 취소하고 싶었지만 그럴 수는 없었어요. 그래서 걱정하는 엄마에게 오히려 짜증을 내며 "어떻게 출장을 안가!"라고 버럭 하기까지 했습니다. 제 성격은 엄마가 제일 잘 아니까, 엄마도 거기까지였고, 다행히 차도가 좀 있어서 열은 떨어진

이필숙 씨 딸내미 참 잘 키우셨네요

상태로 케냐 가는 비행기를 타게 되었습니다.

공항에서 저녁밥을 먹어야 하는 저한테 '된장찌개 같은 밥 종류로 먹어라' 라는, 확인도 못 할 잔소리 같은 카톡을 보낸 엄마는 대화 끝에 갑자기 출장 갔다 오면 후리스 fleeced 조끼를 새 걸로 하나 사 달라는 말을 했습니다. 이만 원도 안 하던데 지금 입고 있는 걸 너무 오래 입었다며, 평소 좋아하는 곤색은 너무 칙칙하니까 안 되고 빨간 걸로 사 달라고요. 아주 구체적으로 말하는 엄마에게 저는 알겠다며, 어디서 파는지 모르겠는데 출장 다녀오면 같이 사러 가자고 답장을 보냈습니다.

하지만 제게는 그럴 기회가 없었습니다. 출장에서 돌아온 다음에 엄마의 상태가 부쩍 나빠진 걸 보고 걱정하면서도 '이제까지 그랬듯 좋았다가 나빠졌다 하는 과정이겠지' 하고 또 다시 비행기를 탔습니다. 하지만 제게 주어진 시간은 너무나 짧았습니다.

새벽 비행기를 타고 도착해서 집에 왔을 때 거실 소파에 앉아 주무시고 있는 엄마를 보며 퇴원했다고 안심했지 누워 있기 힘들어 앉아 있다는 건 상상조차 하지 못했습니다. 갔다 와서 보면 되겠지 하고 회사에 갔다가 돌아왔을 때 엄마는 다시 응급실에 갔다고 했고, 바로 따라가려는 나를 말리던 언니도 그게 엄마의 마지막 밤일 거라는 생각은 하지 못했을 것입니다. 저는 결국 집에서 밤을 보냈고, 퇴근길에 병원에 들를 생각으로 다음 날도 평소처럼 출근했지만, 회사에 도착한 지 채 한 시간이 되기도 전에 병원에 있는 아빠의 전화를 받았고, 불길한 느낌에 서둘러 병원에 도착한 시간은 10시, 엄마는 정확히 10시 47분에 임종하셨습니다.

저는 끝내 엄마에게 빨간 후리스 조끼를 새로 사 주지 못했습니다. 당시 출장 가는 길에 사 줄 수는 없었다 해도 어쨌든 시간이 있다고 생각했는데 제겐 시간이 없었습니다.

단지 이 일 때문만은 아니지만 저는 엄마가 떠난 이후로 더 바쁘게 살게 되었습니다. 분초를 쪼개어 살고, 내일은 없다는 생각으로 오늘을 살고, 오늘만 살고, 어떻게든 하고 싶은 일, 해야 할 일을 미루지 않고 살려고 애쓰게 되었습니다. 특히 좋아하는 사람에게 좋아하는 맘을 전하는 일, 그것을 될 수 있으면 돌리지 않고 직접 하는 일은 원래 성격이 그렇기도 하지만 보다 더욱 확고한 신념에 기반을 둔 습관이 되었습니다.

그리고 별 의미는 없지만 지난 엄마 생일에는 빨갛고 도톰한 후리스를, 이만 원보다 비싼 걸로 하나 샀습니다. 그 후리스 조끼는 엄마가 입던 것도 아니고 제가 입을 것 같지도 않지만, 제게 언제나 시간을 아껴야 한다는 사실을 상기시켜 줄 것입니다.

2019년 새해를 시작하자마자 정기적으로 글을 쓰는 소모임을 시작했었다. 정말 즐겁게 마음을 쏟았던 한 분기의 마지막 모임 날, 모두에게 주어진 글감은 '내게 소중한 물건'이었고, 나는 주저함 없이 빨간 후리스 조끼에 대한 글을 썼다. 나름 담담한 느낌으로 공유한 건데 낭독을 마치고 나니 몇몇 사람들의 눈시울이 붉어져 있었다. 그리 보편적인 경험은 아닌데도 사람들의 마음에 감동을 주는 무언가가 있는 걸까 싶었다. 곧 이 이야기는 수만 팔로워를 가진 그 소모임의 SNS 콘텐츠로 제작되어 내가 이전에 받아 보지 못한 주목을 받았다.

전에는 내가 너무 슬퍼서, 공감할 사람이 아무도 없을 것 같아서, 어디서부터 해야 할지 몰라서, 그 밖의 다양한 이유로 엄마의 이야기를 쉽게 꺼낸 적이 없었다. 막상 내놓고 보니 엄마와 나의 이야기에 불특정 다수의 사람들이 반응을 보며 것은 쑥스럽기도 하고, 부끄럽기도 하고, 기분이 이상하기도 했다. 하지만 동시에 우리 엄마가 여전히 이 세상에서 수백 명의 마음을 움직이고 있다는 사실이 적잖은 위로로 다가왔다.

그 모든 감정이 지나간 뒤에 나는 '읽히는 글'을 써야겠다는 생각을 처음으로 하게 되었다. 이 글은 그래서 내 글을 많은 사람들이 볼 수 있게 도와준 콘텐츠 에디터 K가 당시에 뽑은 제목을 그대로 붙었다.

베트남으로 출국하던 날 공항에서, 후리스 조끼를 너무 오래 입었다며 다녀오면 하나 새로 사 달라는 엄마의 카톡을 받았다. 나는 그러리라 약속하고 비행기에 올랐고, 며칠 후 퇴원했냐는 내 짧은 물음에 '집'이라는 단어만 남기고 엄만 다른 말이 없었다. 엄마와의 카톡은 이제 새 메시지 쌓일 일이 없게 되었고, 엄마 냄새가 가장 많이 배었을 것 같은 저 후리스 조끼는 이제 한 번 만져 볼 수도 없다.

집에서도, 환자복 위에도, 아프기 전부터도 제2의 피부처럼 늘 걸치고 있던 엄마의 조끼는 빈소를 차리기도 전에 누가 치웠는지 그 이후로 본 일이 없다. 얼마나 열심히 찾았는지, 찾다가 포기할 때는 또 얼마나 속상했는지 모른다. 하지만 지금 내게 있는 빨간 조끼는 엄마가 입었던 적은 없을지언정 분명히 엄마의 유품이다. 엄마로 인해 새로이 다짐한 날 샀고, 엄마에 관한 글을 엮어 내는 데 바늘귀 같은 역할을 했으며, 엄마가 남긴 그 어떤 옷보다 엄마를 생각나

게 하니까. 아니 유품이란 말은 안 할래. 엄마의 생일에 내가 산 선물, 사실은 엄마가 나에게 준 선물이다.

## 한 치 앞도 모르지만 다 안다

몰라도 되는 것은 여전히 모르지만 , 알아야 하는 것은 분명하게 안다

그 흔한 암보험 하나 없는 엄마가 암 치료를 시작하게 되었을 때 나도 이제 알아봐야겠다 생각했었는데, 그로부터 이 년이나 지나서 암보험 있느냐는 질문을 받은 뒤에야 가입하게 되었다. 아무래도 암보다는 실행력 부족이 가족력인가 보다. 설명을 해 주는 직원은 보험료 납입 기간 중간에 무슨 암이든 진단을 받게 되면 그 시점부터 납입 의무는 사라지면서 보장 기간은 유지되는 상품이라면서 나에게 15년 납입 플랜을 권한다. "고객님 나이를 보니까 제가 10년은 모르겠고, 15년 내에는 반드시 어떤 암이든 걸려요." 아니, 이게 무슨 망언인가 하고 좀 황당한 표정을 드러내니 바로 "저도

암 수술하고 휴직했다가 지난달에 복귀했잖아요."라고 덧붙인다.

그러시구나. 본인이 겪어 본 사람이니 이렇게까지 말하는 거겠지. 요새 뭐 완치가 가능한 암들도 있으니까. 근데 10년 내 발병 확률은 더 낮은가? 아니 당장 내년은? 건강검진 주기는 격년으로 돌아오는데 이번 해 검진을 받고 난 직후에 암세포가 생겨났다고 하면 다다음 해 검진 주기가 돌아오기 전까지 죽기 충분한 시간이지 않나. 우리 엄마가 그랬던 것처럼. 잊고 있었던 엄마의 저축보험 생각이 났다.

2016년 3월 27일 *

벌써 한 달이 넘는 시간이 지났고 언니가 풀타임으로 여러 가지 정리를 해 왔는데도, 아직도 여기저기 남겨진 자잘한 은행 보험 업무를 보는 게 보통 일이 아니다. 언니가 없었으면 내가 휴가 내고 했어야 할 일들. 몇 만 원 받고 계좌 정리하려고 한 시간 넘게 기다려야 하는, 했던 말 또 하고 또 하고, 엄마가 더 이상 없다는 걸 계속해서 확인해야 하는 그런 일. 정말 하기 싫으니까 빨리 해치우고 싶은

데, 이 모든 게 과연 끝이나 나는 일인지 창구에 앉아 있을 때마다 막막하기만 하다. 농협 직원은 해지하기 전에 엄마 계좌에서 언니 계좌로 돈을 송금하게 해 줘서 통장에 엄마가 보낸 것처럼 찍혔다던데, 오늘 간 시티은행 직원은 센스 없게 그런 것도 할 틈을 안 주고 상속 처리를 해 버렸다. 내가 눈물이 찔끔 날 정도로 답답함을 느낀 건 서울의 공기질 때문인가, 사망인 계좌를 상속하러 온 사람은 처음이었는지 출력된 매뉴얼을 계속 읽던 그 직원의 느린 손 때문인가, 아무래도 둘 다 아닌 것 같다.

엄마가 노후자금 한다고 2012년도에 들었던 외환은행 저축성 보험은 채 4년이 되기도 전에 유산으로 우리한테 돌아오게 됐다. 아침에 언니 연락을 받았는데, 사망보험금 신청하려고 했더니 명시된 보장금액의 60%밖에 지급이 안 된다는 안내를 받았다고 화를 내고 있었다. 이유인즉슨, 엄마는 혈압약을 복용 중인 질병 고위험군이었기 때문에 가입 당시에 지정된 기간 이내에 질병으로 사망 시 사망보험금이 전액 지급되지 않을 수도 있다는 안내에 동의하고 가입을 했다는 것이었다.

순간 화가 뻗쳤다. 아니 나이 육십에 고혈압약 영양제처럼 흔하게 다 먹는데, 게다가 우리 엄마 사망 원인이 고혈압도 아니고 전혀 다른 질병인데, 돌아가신 것도 억울하고 서러운 우리 엄마 사인 가지고 돈을 주니 마니 하면서 장난을 치는가 싶었다. 예전에 〈식코〉라는 다큐멘터리에서 사보험 회사가 보험금 지급을 어떻게든 안 하려고 수 쓰던 내용이 떠오르면서 우리 엄마가 우리 없을 때 무슨 말을 듣고 무슨 동의를 했는지 어떻게 알고 그 말을 믿냐고 소리를 빽 질렀다. 서면 동의서나 약관이 있을 테니까 찾아서 자세히 설명해 달라고 했더니 자기네는 지급에 대한 것만 안내하니까 보험계약을 했던 은행에 문의해야 한다고 하니 정말 어이가 없었다.

엄마는 물론이고 우리 가족은 정말 너무 순진하고 재산이나 돈에 아무 생각 없이 살았다는 생각이 든다. 분명 너무나 복잡한 일들이 막 쏟아지고 있고, 언제 어떻게 그런 일과 맞닥뜨릴지도 모르는데, 돈을 매달 모으고 붓고 하면 다 되는 것처럼 아무것도 따져 볼 생각을 하지 않았구나 싶어서, 참 우리 가족 같은 호갱이 없다는 생각에 억울함이 복받쳐 올랐다.

근데 그런 생각을 막 하고 있다 보니, 우리 엄마가 무슨 대 자산가도 아니고 보험금 챙겨서 한몫 챙기겠다는 것도 아닌데 이딴것 가지고 열 올리고 싸워야 하는 이 상황에 화가 나기 시작했다. 우리 언니도 무슨 돈에 환장한 사람처럼 하루 종일 서류 챙기고 상담원이랑 싸우고, 은행 다니고, 컴퓨터 두드리고…. 그냥 자동으로 뭐가 다 처리되면 얼마나 좋을까. 유산 때문에 치고받고 싸우는 사람들이 있어서 안 되나. 모르겠다. 엄마를 추억하고 그리워하고, 슬퍼하고 싶은데 현실의 삶은 그런 여유를 주지 않는다. 우리 엄마는 우리한테만 엄마일 뿐이고, 다른 사람에게는 아줌마 정도도 아닌 그냥 이 지구 위에 매일 죽고 태어나는 70억 인구 중의 한 사람인 거지.

흥분을 가라앉히고 은행에서 관련 근거 문서를 찾아 달라 했더니, 이 보험은 고혈압 환자는 가입이 안 되는 상품이었는데, 5년 이내에 질병 발생 시 보험금 지급이 일부만 되거나 안 될 수 있다는 조항이 있었고, 거기에 엄마가 서명한 서류가 있었다. 애초에 2012년에 엄마가 이걸 보장받으려고 보험으로 가입한 게 아니고, 유산으로 하려고 가입한 것은 더더욱 아니고, 그냥 이율이 좋아서 나중에 쓸 목돈으로 묶어 놓은 거였으니까 그런 조항쯤 신경 안 쓰고 사인한 게 당연하다는 생각이 들었다. 그로부터 2년 뒤에 발병한다는 사실만 알았더라도 전혀 다른 선택을 하지 않았을까.

어렵고 복잡한 일, 짜증 나고 힘 빠지는 일들이었지만 조용히 차근차근해 왔고, 이제 곧 마무리되어서 언니네 가족은 수 주 내에 떠날 것도 같다. 그럼에도 뭔가 해결되었다는 개운함은 전혀 없다. 바쁘고 신경 쓰이는 일들이 끝나고 나면 이다음에는 어떤 감정들이 오는 걸까. 치열하게 사는 날 동안 언제 가장 엄마 생각이 나는지, 아직도

이필숙 씨 딸내미 참 잘 키우셨네요

살과 피를 가지고 어딘가에 있을 거 같은 우리 엄마에게 물어보고 싶은데, 엄마는 그런 것에 대한 힌트를 전혀 주지 않았다.

세상사 한 치 앞도 모른다는 관용적 표현을 이렇게 생생하게 체험하는 게 나와 우리 가족의 일이 될 줄은 전혀 몰랐다. 교통사고나 심장마비처럼 하루아침에 사랑하는 사람을 잃는 경우에 비하면 그래도 많은 시간을 허락받지 않았나 하고 애써 감사할 거리를 찾을 때도 있었다. 하지만 그때마다 억울한 생각이 고개를 쳐들었다. 백세시대에 왜 우리 엄마에게 허락된 시간은 겨우 환갑 정도였을까. 상대적이면서도 절대적인 시간의 속성은 언제나 슬픔을 겪는 이에게 불리한 쪽으로 드러나는 거였다.

드니 빌뇌브 감독의 〈컨택트〉라는 영화에는 우리와 시간 개념이 달라서 과거와 미래를 동시에 인식하는 능력이 있는 외계 생명체가 나온다. 그 능력이 딱 한 번 내게 주어진다면 나는 영화와 달리 우주 전쟁과 인류의 비극을 막지 못하는 한이 있더라도 나와 엄마를 위해 쓰고 싶다 생각했다.

결과를 바꾸겠다는 욕심이 아니라 어떤 미래가 기다리고 있는지 아는 상태에서 현재 혹은 과거에서 더 나은 선택을 하는 것, 그저 상상일 뿐이지만 나는 길게도 아니고 2016년 3월의 단 며칠만 주어졌으면 했다. 나도 다른 누구도 엄마의 마지막이 될 줄 몰랐던 그 며칠간.

2016년 3월 18일 ※

출장 다녀와서 입원해 있던 엄마를 보러 간 2월 29일 저녁, 나 먹으려고 사간 패스츄리 스틱이었는데 하나 권했더니 초콜릿 딥을 푹 찍어서 세 개나 먹는 엄마를 보면서, 무엇이든 먹어서 힘을 내겠다는 의지를 느꼈다. 그때 안 찍겠다던 엄마를 잘 꼬셔서 찍었던 사진이, 엄마랑 찍은 마지막 사진이 되고 말았다. 그날 저녁이 어땠는지, 마지막 항암을 했던 그다음 날이 어땠는지, 자세히 기억은 안 나는데, 이 사진에 이렇게 웃고 있으니 아주 나중에는 그저 좋은 기억으로 남겠지 싶다. 3월 1일 병원을 떠나서 다시 엄마의 웃는 얼굴을 보지 못할 줄 알았더라면, 다시는 대화를 주고받지 못할 줄 알았다면, 다시는 함께 사진을

262

찍을 기회가 없을 줄 알고 있었다면… 아무 데도 가지 않고 밥도 안 먹고 잠도 안 자고 엄마 곁을 지켰을 텐데. 정말 그랬을 텐데. 이런 게 다 필요 없는 가정이라는 걸 알지만….

2016년 3월 14일 ❋

아침거리 찾으려고 냉장고를 뒤지는데 엄마가 마지막으로 절반 먹고 남긴 도라야끼랑 황도가 나온다. 앞으로 이 냉장고 비울 때까지 몇 번을 더 울게 되겠지.

태국에서 엄마 주려고 사 온 실크 스카프, 봄날에 한다고 아직 엄마 목에 한 번 감아 보지도 못했는데 고스란히 나에게로 돌아왔다. 엄마를 추억하고 싶은 이모들에게 나눠 줄 옷가지나 장신구 하나하나 정리하다 보니, 내가 갖고 싶은 건 앞으로 나이 들어 입을 옷도 아니고 지금 쓸 만한 괜찮은 정장도 아닌 엄마가 마르고 닳도록 입어 꿈에 나올까 무서울 정도로 지겨운 낡은 옷이라는 걸 깨닫게 되었다.

어릴 때부터 최근까지 사진마다 등장하는 엄마 옷 몇 벌은 끝내 버리지도 누구한테 주지도 못하고 그대로 걸어 놓았다. 첫 월급 받아서 같이 사러 갔던 옷, 그해 엄마 생일 때 선물한 옷, 엄마랑 같이 가서 산 모자, 엄마 가까운 산 등산 갈 때 입으라고 사 드린 옷⋯ 하나하나 추억이 안 서린 옷이 없는데, 그렇게 생각하면 버릴 옷이 하나도 없다.

엄마가 너무 아프고 힘들 때 입어서 엄마 냄새가 많이 밴 후리스 조끼는 내가 꼭 갖고 싶었는데, 베트남 가던 날 나한테 연락해서 다녀오면 새 조끼 하나 사 달라고 하고는 바로 버렸다고 한다. 그게 없으니 엄마 냄새나는 옷은 어디에도 없는 거 같다. 냄새는 그 사람과 함께 이렇게 홀연히 가 버리는 건가.

엄마의 장례를 마치고 돌아와 집을 정리하는 일은 추억을 하나하나 곱씹게 하면서도 엄마 자신에게도 죽음이 얼마나 예측 불가능한 일이었는지 확인하는 일이었다. 엄마가 세상에서 가장 마지막으로 씹어 삼켰던 음식의 절반이 냉장고

이필숙 씨 딸내미 참 잘 키우셨네요

에 여전히 들어 있는데, 나머지 절반을 가지고 우리 엄마가 땅속에 있다는 게 아무래도 현실로 느껴지지 않아서 많이 울었다. 영 소화가 안 되니까 밥 대신에 열량이 높은 걸 억지로 먹겠다며 엄마가 사다 달라고 했다는 음식은 팥이 들어간 도라야끼와 당절임 한 황도였다. 장기에 물이 차서인지도 모르고 가슴이 답답해서 이런 것밖에 안 들어간다며 깨작깨작 먹다가 그마저도 씹어 삼키기 힘들어 절반만 먹고 냉장고에 넣어 두라고 했다고 한다. 힘든 시간에도 엄마 곁에 있어 줄 수 없었던 나는 반쪽짜리 도라야끼를 붙들고 대성통곡하는 언니에게 그 모든 이야기를 뒤늦게 전해 들었다.

2016년 3월 23일 ＊

점심시간에 밥을 먹는데 셀프 바에 황도가 나왔다. 엄마가 마지막으로 먹고 남긴 황도를 못 버리고 냉장고에 넣어 둔 게 생각나서 엄마 얘기 또 한 번 하고, 그렇게 고개 돌릴 때마다 이것저것 생각나는 게 많다, 아직은. 이런 것들이 다 희미해진다고 하고 나중엔 기억들도 사라지고 엄마 얼굴도 가물가물해질때가 온다고 하니, 사람이 그렇게 살아가나 보나 싶으면서도 너무 슬프다. 우리 엄마도 아직 너무 젊고 나도 젊은데, 내가 늙어 갈 때까지만 선명한 기억이 잘 남아 있으면 좋겠다. 집에 와 보니 언니는 몸살이 났다고 하고 냉장고는 많이 비워져 있었다. 황도 통은 어디로 갔는지 사라졌지만 어떻게 했는지 물어보지는 않았다. 언니가 도라야끼 붙잡고 찡찡 울던 게 떠올라서.

사람은 자기 죽음의 때를 직감한다는 속설도 엄마에겐 전혀 해당되는 게 아니었다. 만약 그랬다면 수요일 천국에 간 엄마가 돌아오는 주일날 교회 갈 준비를 하면서 헌금봉투 위에 자기 손으로 글을 써 둘 일은 없었을 테니. 하지만 역시나 장례 후에 발견한 그 마지막 헌금봉투 위에는 말끔한 글씨로 모든 일에 감사한다는 엄마 삶의 마지막 기도문이 적혀 있었다.

2016년 3월 14일 ※

어제 엄마가 미리 준비해 뒀던 헌금봉투를 보는데 7월분까지 넣어 둔 여전도 회비랑 3월 13일 날짜로 '범사에 감사합니다'라고 적어 둔 감사헌금 봉투랑 주일헌금 봉투가 나와서 또 한 번 눈물바다가 되었다. 언제 준비해 뒀는지 몰라도 엄마는 3월 13일까지는 살고 싶었던 걸까. 엄마도 이때는 전혀 몰랐겠지.

범사(凡事), 모든 일. 이미 몸은 망가질 대로 망가져 있었던 상태에서 엄마는 모든 일에 감사하고 있었다. 가슴만 안 아프면 좋겠다, 숨만 제대로 쉬면 좋겠다 하면서도 그것만 빼고 감사한 게 아니었다. 정확한 날짜만 몰랐을 뿐 세상에서의 날이 다해 가는 것도 알고 있었지만 그래서 부디 생명을 연장해 달라고 부탁하지도 않았다. 그저 짤막한 여덟 글자의 말로 엄마가 믿고 있는 게 무엇인지 요약해서 말해 주었고, 나는 그 헌금 봉투를 보았을 때 잠시 슬펐지만 이내 기쁜 생각이 들었다. 우리 엄마가 지금 어디에서 뭘 하고 있을지 분명히 알 것만 같아서.

삼일장을 치르는 동안 조문객들을 맞으며 전혀 울지 않는 나를 보고 대부분 '지금은 정신이 없어서 그런 것'이라고 말했다. 하지만 그렇게 말한 사람들은 몰랐다. 슬플 겨를이 없는 것도 일부 맞는 말이긴 했지만, 그 와중에도 내가 분명히 인지했던 것은 우리 엄마의 고통이 끝났다는 사실이었음을. 그 끝에 무엇이 기다리는지 확신이 있으니까, 모두의 괴로움이 절정으로 치달았던 임종의 순간이 지나고 드디어 엄마가 아버지의 품에 안겼다는 생각에 오히려 마음이 기뻤다. 회피도 아니고 자기 최면도 아니었다. 그건 투병 기간뿐 아니라 엄마의 삶 전체로 보여 주고 나에게로 유전된 확신이었다.

아주 작은 막연함이라도 있었다면 죽음을 목전에 둔 사람이 어떻게 모든 것을 감사할 수 있었을까. 한 치 앞을 몰랐기 때문에 봉투에 적어 남긴 그 짧막한 문장은, 역설적이게도 엄마가 모든 것을 다 알고 있다는 사실을 말해 주었다. 나 역시 그렇다. 몰라도 되는 것은 여전히 모르지만, 알아야 하는 것은 분명하게 안다. 매일의 삶에서 울고 짜고 실수하고 후회하지만 커다란 삶의 여로에서 갈팡질팡하지 않을 수 있는 이유이다. 우리는 다시 만날 것이다. 그게 전부고 유일한 진리이다.

이필숙 씨 딸내미 참 잘 키우셨네요

마지막에 엄마는 통장이랑 돈도, 남편이랑 자식도 아닌

하나님 아버지를 불렀다. "아버지, 아버지, 빨리 데려가

주세요."라고 헐떡이며 말하던 그 기도에 하나님이 너무

신속하게 응답하셔서 그렇게 서둘러 갔나 보다. 하나님이

너무 사랑하는 딸이라서 지금은 아버지 품에서 너무 행

복하겠지. 아프지도 않고, 속 썩을 일도 없고, 소화 안 돼

서 괴로울 일도 없겠지. 사촌 오빠가 그랬다. 엄마는 지금

너무 잘 있어서 하나님이 "혜빈이 걱정되면 다시 내려갈

래?"라고 물어보셔도 "아뇨, 여기서 기다릴게요."라고 할

거라고. 그 말이 정말 맞다.

✳

## 망가지고 부서지고 엉망이 되어 버린 것들이 주는 메시지

우리집 냉동고만큼이나 오랫동안 잔고장이 났던 내 논리적 사고

엄마가 돌아가시기 직전에 집에서는 이상한 일들이 일어

났다. 그중 한 가지는 멀쩡하던 현관문이 뚝 하고 부러진 것이었다. 평소에 경첩이 약하다던가 삐걱대는 것도 전혀 아니었는데 엘리베이터를 타려고 나오는 순간 우지끈하며 문이 떨어졌고, 나는 반사적으로 그 육중한 문이 넘어지지 않도록 붙잡은 뒤 벽에 비스듬히 세워 문구멍을 막았다. 삼월의 첫날, 언니 가족이 엄마를 보러 잠시 귀국한 지 한 달쯤 지나 학업 때문에 형부 혼자 돌아가기로 한 날이었고, 우리 엄마가 처음이자 마지막 항암 주사를 맞은 날이었다.

우리 아파트는 이천 년대 초반에 지어지긴 했지만, 그때까지도 노후로 인한 불편을 경험한 적은 없었기 때문에 무너진 문과 맞닥뜨린 모두 그저 당황스러울 따름이었다. 서서히 균열이 가거나 충격과 함께 뭔가 망가지면 몰라도 가만히 있던 문짝이라니, 성인 혼자서 받치기도 버거운 저 무거운 쇠문이. 미신을 믿는 건 아니지만 당황 다음에는 불안감이 엄습했다. 가족 중 아무도 입 밖으로 내지는 않았지만, 언니를 한달음에 달려오게 할 만큼 급격히 나빠진 엄마의 상태와 연관 짓지 않기가 더 어려웠다.

두 번째 이상한 일들은 그로부터 며칠 후 일어났다. 갓난

쟁이 조카와 함께 집에서 잠을 자고 있던 언니가 바닥에 물이 찰랑찰랑한 느낌을 받고 일어나 보니 온 집안이 물 천지였다고 한다. 너무 놀라서 아빠에게 연락하고 대체 어디서 이 물이 온 건지 정신없이 찾아보니 싱크대에 붙어 있는 정수기 직수관이 원인이었다. 한 번도 사용한 적이 없어서 거기 있다는 사실조차 인지 못 하고 있었는데 무슨 이유였는지 혼자 터져 버린 것이다. 관리사무소에서도 이 아파트가 지어진 이래 전 세대에서 처음 있는 일이라고 했다.

집 전체에 문지방 높이까지 찬 물을 빼내고, 말리고, 못쓰게 된 물건들을 처리하느라 며칠이 걸렸고, 손을 빌려주신 분들은 계셨지만, 형부도 없이 돌이 막 지난 아기를 혼자 보고 있던 언니가 몸과 맘고생을 많이 했을 것이다. 당시 해외에 있던 나에게는 알릴 정신도 없었는지 내가 집에 돌아와 방문을 열 때가 돼서야 언니는 그간의 난리를 설명했고, 죄다 물에 푹 젖었다 말린 것처럼 보이는 내 방 물건들을 보면서도 나는 그저 엄마가 아직 퇴원하지 않았을 때 일어난 일이라 다행이라는 생각뿐이었다.

생각해 보면, 모든 징조와 상황들이 그렇게 엄마의 마지막을 이야기했었다. 형부가 돌아가던 날 문짝이 떨어졌고, 엄마가 마지막 퇴원을 하기 직전에 물난리가 났다. 하지만 남은 치료 계획이 순조로울 거라는 데 한 치 의심도 없었기에 캐나다에 있는 이모들이 엄마의 상태를 물을 때 괜찮다고만 했다.

항암 1차 후 집에 돌아와 마지막 시간을 보내던 엄마는 꼼짝하지 못했고, 조카는 홍수 때문에 리듬이 틀어져서 유난히 빽빽댔다고 하고, 나는 세상모르고 집을 떠나 있었고, 그 모든 난리 통에 엄마 수첩 주소록은 날아갔고, 아침에 집에서 링거를 맞고 있던 엄마의 모습이 내가 볼 수 있는 마지막 엄마의 평안한 모습인 줄 꿈에도 몰랐고, 언니는 응급실에 데려다 달라는 엄마의 목소리를 못 들었고, 그날 저녁 퇴근했던 나는 앰뷸런스를 따라 병원에 가는 걸 다음 날로 미뤘다. 그렇게 잠자고, 깨고, 퇴근 후에 엄마를 보러 갈 생각을 하며 출근을 했고… 단지 아빠가 나보다 빨리 병원에 가야 한다는 내 직감과, 그날 일이 급해서 회사 아침 예배에 들어가지 못하고 휴대폰을 눈앞에 두고 있었다는 우연만이 겨우 나를 도와주었을 뿐이다.

열흘 사이에 문짝이 떨어지고 정수기관이 터지는 일을 겪은 후 3월 9일 엄마는 돌아가셨고, 먼 가족 친지들에게 부고를 전하기 위해 엄마가 늘 잠자리 밑에 두던 수첩을 찾아야만 했다. 왜 하필 수성펜으로 쓴 건지 물에 젖어 거의 다 날아간 글씨를 보면서 언니는 울었고 나는 생각했다. '엄마가 자기 부고가 멀리 알려지는 걸 원치 않는 건가'. 정수기관이 터질 당시 멀쩡하게 병원에 있던 엄마가 그런 의도로 일으킨 물난리라는 게 말도 안 되는 가정이지만, 바보같이 그런 생각이 들었다. 모든 이상한 일은 징조였고, 누군가는 계속해서 메시지를 보내고 있었는데 둔하고 무신경한 내가 다 놓쳤다는 자책을 한참이나 했다.

별자리점이나 오늘의 운세 같은 것도 심심풀이로 보면서, 미신이나 징크스, 해몽 같은 것들은 기독교적이지도 이성적이지도 않은 것이라며 일부러 무시해 온 내가 한심하고 싫었다. 사실 알고 있었다. 설사 내가 그런 징조에 민감한 사람이라 한들 크게 바꿀 수 있는 상황이란 없었다는 걸. 어쩌면 망가지고 부서지고 엉망이 되어 버린 상황에 미처 내마음을 이입하지 못했던, 슬픔이 몰아치기 직전까지 평상심을 누리고 살았던 나 자신에게 죄책감을 느꼈던 것일지도 모른다. 알면서도 저 이상한 일들은 오래오래 마음에 남았다. 단 한 번 꾸었지만 지워지지 않는 나쁜 꿈처럼.

2016년 4월 3일 ＊

시간을 되돌려 3월 1일 엄마가 마지막 항암을 하던 날로 돌아가서 엄마의 마지막 시간이 얼마큼 남았는지 알게 된다면 난 무엇을 할 수 있었을까. 첫째, 비행기표를 취소했을 것이고, 둘째, 미국과 캐나다에 있는 이모들에게 연락했을 것이고, 셋째, 엄마 수첩과 휴대폰에 있는 친척과 친구들의 연락처를 좀 더 유심히 보고 정리했을 테고, 넷째, 회사는 가지 않고 엄마 옆에 딱 붙어서 더 이야기하고 얼굴 보고 엄마의 손발이 되어 주고⋯ 먹지 못할지언정 내 손으로 엄마의 밥을 차려 줄 것 같다.

엄마가 떠나고 몇 달 후에 언니마저 미국으로 가 버리고, 갑자기 단둘이 남은 아빠와 내가 평화롭게 사는 방법을 찾는 데 한참이 걸렸다. 엄마 없는 가족이 된 게 처음인 모두가 어쩔 줄 몰랐고, 예민했고, 아빠의 관심은 갑자기 나에게만 집중되는 통에 갈등은 종종 파국으로 치달았다. 많은 사람이 나의 우울함을 걱정했지만 난 오히려 기민했고, 날이 서 있었다. '삶이 주는 작은 신호를 놓치지 말아야지.', '뭐든지 이상한 일이 있으면 멈춰 서서 생각해야지.' 같은 다짐을 한 적은 없었지만, 그해 삼월에 일어났던 일련의 일들은 '이상한 일'에 대한 내 대응 체계를 바꾸어 놓은 듯했다. 무언가 망가지고, 부서지고, 사라지고, 수명을 다해서 소멸하는 사건은 막연히 뭔가 나쁜 일을 불러올 것만 같았고, 아쉬움과 안타까움을 넘어서는 정체 모를 불안감은 '다음에 일어날 일'에 대해 자꾸 생각하게 하면서 감정의 진폭을 크게만 키웠다.

2016년 4월 21일 *

양파가 박테리아를 끌어당겨 감기를 예방하는 효과가 있

다는, 근거 없지만 그럴듯한 기사가 유행하던 때가 있었다. 2013년 즈음이 아니었을까. 잦은 감기 치례를 하던 사람이 머리맡과 방 귀퉁이에 양파를 놓아둔 후로 병원 갈일이 없어졌다는 글을 읽고 난 뒤 엄마는 양파를 한 자루사서 하나는 내 침대 머리맡에, 하나는 엄마가 자는 방에놓아두었다. 오래 두고 잊어버린 채 생활하다 보면 어느순간엔가 시꺼멓게 속이 썩어서 냄새가 나기 시작하는데,분명히 방의 온도와 습도 때문일 텐데도 엄만 그때마다박테리아를 잡아먹어서 그런다며 양파를 갈아 주었다.

어느 정도까지는 나도 효험이 있는 게 아닐까 싶었는데,양파와 박테리아는 전혀 관계없다는 기사를 읽고 난 뒤부터는 엄마의 맘에 위안이 되라고 그냥 양파를 내버려 뒀던기억이 난다. 그리고, 지금 내 머리맡엔 언제 갈아 두었는지 모를 양파 한 개가 고이 놓여 있다. 이 양파는 언제쯤썩어서 냄새를 피우게 될까. 내 감기 바이러스를 걱정했던엄마의 가장 마지막 손길이 묻어 있는 이 양파를 방 안에서 내보내야 할 때는 또 얼마나 슬플까. 영원히 썩지 않게

이필숙 씨 딸내미 참 잘 키우셨네요

하는 처리 방식이 있다고 한다면 이 양파에 쓰고 싶다.

2016년 8월 25일 ☀

전혀 맥락 없이 양파 생각이 나서 방을 들여다봤더니, 달큰한 썩은 물을 고약하게 내뿜으며 양파가 썩어 있었다. 책 한 권에 썩은 물이 배어 들어가기까지 용케도 꽤 안 썩고 버틴다 했더니 기어코 버릴 때가 온 것이다. 엄마 머리카락이 있는 빗을 버렸을 때, 엄마가 냉장고에 넣어 놓은 음식을 다 해치웠을 때, 엄마가 정리해 둔 옷장을 다 헤집었을 때, 그 모든 때보다 더 큰 허전함이 밀려왔다. 아침에 아빠한테 음식물 쓰레기를 버리라고 해 놓고 차 타고 가면서 엄마가 내 머리맡에 둔 양파였다고 말했다. 아빠는 "엄마도 다 그렇게 썩었다."라고 했다. 나도 안다. 그래도 짜증이 났다. 그래서 아무 말도 안 했다. 엄마가 점점 세상에서 사라져 간다.

2016년 6월 25일 ☀

(유통기한 다해 가는) 치약은 또 왜 이렇게 많은지. 나 혼자

서는 10년 지나도 다 못 쓸 것만 같다. 이래저래 이 장을 열어 본 게 잘못. 집에 있는 모든 서랍과 찬장과 장롱에 엄마가 너무 깊이 남아 있어서 뭐 하나 열어 보기가 겁난 다. 그냥 정신없이 바쁘게 살면 모르고 지내는데. 빨리 주 말 맞이 청소나 해야지.

2016년 8월 20일 ❋

살펴보다 보니 화장대에 엄마가 쓰던 화장품이 하나 가득 하다. 많이 버렸는데도 작년 태국 갔다 오면서 내가 사 줬 던 시세이도 선 스틱이라든지 엄마가 누군가에게 선물 받 고 모셔 둔 기초 세트라든지 그대로 다 있다. 언제 이걸 다 바르노. 당분간 화장품은 살 생각도 말아야겠다. 그치 만 하나도 쓰지 말고 영구보존을 할까 하는 멍청한 생각 도 한편에 있다. 아직도 집 곳곳에 있는 엄마 손길 닿은 물건들을 다 치워 버리면, 그때는 정말 엄마랑 영영 멀어 지는 것 같아서, 아무것도 정리하기 싫다. 아무것도 버리 기 싫고 하나도 써 버리기 싫다. 시간을 되돌릴 수 없다면 지금에라도 멈추면 좋겠다.

느지막이 석 달 전에서야 정지했던 엄마 휴대폰의 정지 기한이 어제로 만료되었다. 방전된 지 오래인 기기를 어제 밤새 충전해서 아침 되자마자 다시 켰는데, 웬일인지 몇 번을 시도해도 모바일 고객센터 로그인이 안 되는 거였다. 아침에 꽤 오래 실랑이를 한 끝에 이상한 생각이 들어 엄마 번호로 전화를 걸어 보았다. 정지된 번호면 "사용자의 요청으로~ " 이런 멘트가 나와야 정상인데 "지금 거신 번호는 없는 번호입니다."라는 간명한 안내가 흘러나왔다. 아빠가 나 모르는 새 해지했나 물어보니 전혀 그런 적이 없다고 하고, 할부 원금이 절반 넘게 남아서 미국에 있는 언니가 할 수 있을 리도 없는데. 도대체 무슨 조화인지. 사망 신고하더라도 명의는 남아 있다고 언니가 분명히 말했었는데, 그새 무슨 법이나 제도가 바뀐 건가.

포털 사이트에 닥치는 대로 검색해 보니 사망 같은 사유가 발생 시에는 할부원금을 안 갚아도 되는 경우가 있다고는 한다. 그래도 상속 포기를 해야 그렇게 처리되는 거랬는데, 도대체 무슨 일인지 난 모르겠다. 나도 당장 어떻게 하면 될지 몰라서 일단 석 달 정지시켜 둔 거였기도 했고, 언제까지고 그 상태로 둘 수도 없으니까 해 넘어가면 뭐든 해결을 해야한다고 생각하긴 했던 터였다. 그러나 이런 상황에 맞닥뜨리면 좀 당황스럽다. 세상에 있는 어떤 숫자와 정보로도 엄마의 존재를 확인할 수 없다는 게 갑자기 너무 사실적으로 와 닿는다. 이런 식으로 당황스럽게 확인 시켜 주지 않아도 될 텐데. 무용지물이 되어 버린 기계가 마치 생명이 끊어진 것 같은 생각이 든다.

집에 있는 거의 매 순간이 수명이 다한 물건을 들어내는 일의 연속이었고, 남들이 청소 또는 정리라고 표현하는 그 일이 갑자기 어려워질 때 집이든 마음이든 둘 중 하나는 난장판이 되고 만다. 그래도 마음을 한 번 헤집고 치워 버리는 쪽을 택했다. 쉬운 게 하나도 없었던 한 해가 거의 끝으로 향해 가고 있던 어느 날 저녁이었다. 냉장고를 열었는데 갑자기 불이 들어오지 않았다. 기기 문제인지 전기 문제인지도 모르는 상태로 괜히 냉장고를 여닫으면서 반사적으로

이필숙 씨 딸내미 참 잘 키우셨네요

이 사건이 주는 메시지를 찾으려 했다. 괜히 아빠한테 알려서 더한 난장판을 만들고 싶진 않았다. 그냥 조용히 혼자 수습하면서, 이 불길한 일 다음에 올 게 무엇인지 상상해야만 했다.

2016년 11월 17일 ※

소리를 지르고 싶은 걸 꾹꾹 누르고 일단 뭐부터 해야 하는지 차근차근 생각했다.

김치냉장고 있으니까 냉장고에 있는 건 일단 다 빼내고, 실온 보관 가능한 것들 따로 담고, 고칠 때까지 꽤 시간 걸릴 걸 고려해서 당장 먹을 것과 아닌 것들을 분리해 담았다. 김치냉장고 자리 확보하려고 안에 뭐 있는지 보는데 초마늘이며 매실 오미자 같은 게 와르르 나온다. 엄마 솜씨 아닌데도 종이에 엄마 손글씨로 라벨 붙여 놓은 걸 보니 맘이 왈칵한다. 지난여름에 한 번 처분하려다 그래도 쓸모 있을 거 같아서 다시 넣어 둔 포기김치는, 오늘이야말로 버릴 때인 것 같아 큰 봉지에 옮겨 담은 뒤 미련 없이 떠나보내고, 그런 비슷한 종류의 것들을 다 버리기로 작정했다. 콩가루, 귀리가루, 강황가루, 들깻가루…. 종류도 어찌나 많은지 각종 가루만 해서 또 큰 거 한 봉지.

도대체 서울 하늘 아래 땅값이 얼만데 이런 하찮은 가루에 가용 면적을 내어 주고 있어야 하나 성질이 팍 났다. 내가 넣어두지 않은 음식들로만 가득 찬 냉장고, 지긋지긋해서 진절머리나는 이 쓰레기들을 다 비워야지. 꺼내고 버리는 일을 몇 달 전에도 한나절 내내 했던 거 같은데, 그때 손도 못 댔던 것들이 계속 나온다. 오늘은 몸도 아프고 일도 안되고 컨디션도 바닥을 쳤는데 이게 웬 날벼락인가. 생각하니 정말 울화가 치민다. 겨우겨우 몸을 추슬러 나가려는 순간 왜 이렇게 흔치도 않은 일이 일어나서 난린지.

고장 난 냉장고와 김치냉장고를 정신없이 오간 지 두 시간쯤 지났을 때, 이제는 냉동실을 어떻게 해야 하나 고민하면서 집 안 곳곳으로 눈을 돌리다가 놀라운 사실을 발견했다. 베란다 한쪽에 냄비와 그릇들을 올려놓은 허리춤 높이

이필숙 씨 딸내미 참 잘 키우셨네요

의 받침대가 그냥 받침이 아니었다. 모서리에 붙어 있는 스티커에 선명한 글씨 'ㅇㅇ 냉동고'. 그간 있다는 것도 몰랐던 냉동고가 저기에 서 있었고, 전원부 불이 꺼져 있다는 사실은 경악스럽기까지 했다. 문을 열기가 매우 꺼려졌지만, 어차피 대신해 줄 사람은 없었다. 눈 딱 감고 문을 열자마자 역겨운 냄새가 코를 찌르고 머리가 띵해서 순간적으로 뚜껑을 닫았다. 엄마는 투병 말기에 거의 집안일을 놓은 상태였으니까 언제부터 전원이 꺼져 있었는지 알 길이 없었다. 늦가을임에도 냉기가 거의 없는 것과 내용물 부패 상태로 봐서는 이 상태로 해를 넘긴 게 거의 분명해 보였다.

2016년 11월 17일 ＊

이게 언제부터 여기 있었고, 언제부터 전원이 꺼져 있었는지 전혀 모르겠는데, 오늘 메인 냉장고 고장이 아니었으면 이대로 일 년이고 이 년이고 더 썩을 수도 있었다고 생각하니 너무 무섭고 또 괴로운 생각이 들었다. 서리태, 고춧가루, 우거지, 홍시, 멸치… 기준도 없고 공통점도 없어 보이는 이상한 조합의 식품들이 어디서 나왔는지 모를 물에 반쯤 잠겨서 악취를 풍기고 있고, 가장 많은 수분을 함유했었을 홍시 수십 개에는 곰팡이가 피어 있었다. 손을 더럽히기 싫고 자시고 할 게 없었다. 어떻게든 이 쓰레기를 집에서 내보내야 했고, 냉동고 청소가 끝나지 않으면 그럴 수 없으니까. 그 와중에 포장재는 또 왜 이리 꽁꽁 싸맸는지 하나하나 뜯는데 서러움인지 짜증인지 눈물이 줄줄 났다.

지금 엄마가 있었어도 이건 내 몫이었겠지. 그 생각하면 엄마가 스트레스받을 일 없으니까 이것도 괜찮다. 그런데 만약 엄마가 건강했었다면? 우리는 같이 냉장고 청소를 했겠지. 엄마는 나한테 계속 나가서 쓰레기 버리고 오는 일을 시켰을 테고. 둘이 있었으면 뭘 버리고 뭘 남겨 둘지 계속 의견 충돌이 있었을 거다. 그렇지만 아픈 엄마든 건강한 엄마든 이런 상황에 엄마가 있었으면 했다. 뭐가 뭐인지도 모르는 내가 이렇게 당황하고 헤맬 때, 엄마가 저기 저 거실에 누워서라도 나한테 이래라저래라 잔소리해 주면 지금의 이 허망한 마음은 좀 덜했을 텐데.

이필숙 씨 딸내미 참 잘 키우셨네요

사실 냉장고를 비워 내고 쓰레기를 버리는 건 하나도 힘들지 않았다. 퇴근 후 이렇게 황당하고 당황스러운 일을 혼자 겪어 내야 한다는 것 그리고 생각보다 내가 이 집의 살림에 대해 아는 게 없고, 아직 이 집에 남아 있는 엄마의 흔적이 많다는 것, 그리고 오늘 수없이 많은 식재료들을 버리며 내 손으로 그 흔적들을 지워 버렸다는 사실이 오늘의 저녁을 너무나 슬프고 괴롭게 만들었다. 걸레를 가지고 냉동고의 썩은 물을 퍼내고 또 퍼내고 하면서, 이것들이 이렇게 썩을 만큼 우리 엄마도 세상에 흔적도 없이 사라졌겠구나 하고 또 청승을 떨었다.

마침 그 타이밍에 아빠가 들이닥쳐서 또 모든 게 삐걱댔다. 냉장고 고장 난 것도 몰랐냐는 말도 안 되는 비난부터 시작해서 한밤중에 냉장고를 옮기겠다는 황당한 고집, 집 안 쓰레기를 들고 나가 대신 버려 주겠다는 내가 질색하는 아빠 방식의 배려 때문에 한밤중에 고성이 오고 가고, 나는 엄마와 나의 추억이 담긴 냉장고 자석들을 엉엉 울면서 뗐다. 모든 게 꿈같았다. 지옥 같은 꿈. 이게 뭔가 싶었다. 왜 오늘 이런 재앙이 왔을까. 엄마가 마지막 퇴원하기 전날 집에 물난리 났을 때 이런 느낌이었을까. 그렇다면 지금 이것도 어떤 암시의 사건일까….

자연스럽게 떠나보내고 싶어 미뤄 두었는데, 가만히 내버려 두면 오래오래 있을 수 있는 건 줄 알았는데, 세상사 다 그런 게 아니었는지 그럴 수밖에 없는 상황을 만들어서 결국 이 요란을 다 떨고 내 손으로 모든 걸 정리하게 되었다.

오늘따라 감정이입이 겁나게 잘 된다. 상한 음식에, 망가진 냉장고에, 버려진 음식쓰레기에. 다 그냥 쓰레기통에 처넣으면 좋겠다. 다 썩어 버리면 좋겠다. 나갔다 들어오니 냉장고가 되는 것 같다. 그게 더 뭐 같은 기분. 오늘은 뭘 해도 다 엿 같다.

한계였다. 내 몸뚱이만 한 종량제 봉투 몇 개에 썩은 내 나는 쓰레기가 가득 찼는데도 아직 끝나지 않았다. 냉동고에 닿은 내 몸도 같이 썩어 들어가는 듯한 환각마저 느껴졌다. 미룰수록 더 엉망이 되고, 결국엔 내 손으로 마무리해야 할 것도 알았지만 미치지 않으려면 당장은 손을 놓을 수밖에 없었다. 청소하던 그 모습 그대로 밖으로 튀어 나갔다. 오늘 엄마가 죽은 것처럼 서럽게 울면서 갈 곳을 정해 놓지 않고 걷다 보니 눈물이 마를 때쯤 지하철역 한 정거장을 지나 있었다. 냉장고 때문에 이 난리를 치르지 않았더라면 초저녁에 이 근처에 와 있었을 텐데 하고 장소를 인지하는 순간 낯익은 동호회 친구 N 얼굴이 눈앞에 나타났다.

아무 일 없었더라면 지금 이 시각에 여럿이서 만나 형식적인 안부 인사 나눴을 그 친구 앞에서, 나는 인사도 설명도 뒤로하고 다짜고짜 울음을 터뜨렸다. 영문 모르는 친구가 당황해하는 사이, 길을 가던 또 다른 친구 Q가 애매하게 서 있는 우리 둘을 발견했고, 그 둘에 의해 나는 인파 가득한 길 한복판에서 근처 멀티플렉스 영화관 한적한 복도로 옮겨졌다. 둘은 내가 울음을 그칠 때까지 그 어떤 설명도 요구하지 않았다. 충분한 시간이 흐를 때까지 나를 가만히 두었다가, 내가 말할 준비가 되었을 때 역시 가만히 들었고, 두서없이 주절주절하고 있어도 그 말을 끊지 않았다.

충분한 시간이 흐르자 내 하소연은 자연스럽게 셋의 대화가 되어 있었다. 냉장고가 고장 난 원인이 무엇일지, 지금 서비스 신청을 하면 언제쯤 받을 수 있을지, 수리가 완료될 때까지 음식은 어떻게 해야 할지에 대한 아주 실제적인 이야기들을 나누었고, 텅 빈 위로의 말보다 그 시간 그 대화는 훨씬 더 많은 위로가 되었다. 호들갑을 떨지 않는 친구들 덕분에 이 냉장고 사건은 사실 아무 메시지도 아니고 그저 해결해야 할 과제일 뿐이라는 현실감을 되찾았다.

무엇이 잘못되었는지 아주 어렴풋이 알 것 같았다. 지난 몇 개월간 무언가 고장 나고 버려질 때마다 그건 그저 그렇게 되었을 뿐이라고 말해 줄 사람이 없었던 것이었다. 더 정확하게 말하면 뭔지 모를 불길함과 상실감을 느끼면서도 아무에게도 표현하지 않고 차곡차곡 쌓아 온 나 자신이 그날의 그 통제 불가능한 감정 폭발을 만든 거였다. 무언가 잘못되었다 해도 그게 반드시 연쇄적으로 나쁜 일을 가져오는 게 아니고, 사라지는 물건에 엄마의 존재를 대입시키지 말라고, 그런식으로 애써서 연결된 감정을 느낄 필요는 없다고 때때마다 누군가가 말해 줄 수 있게 털어놨더라면, 타고난 기질 자체가 이성적인 나는 조금씩 마음의 균형을 맞춰 갈 수도 있었을 것이다. 우리 집 냉동고만큼이나 오랫동안 잔고장이 났던 내 논리적 사고가 오늘 냉장고와 함께 완전히 터져 버렸고, 전혀 근거 없는 이 비합리적 상실감을 아무렇지도 않게 다뤄 주는 친구들 덕분에 내 고장의 원인을 알았다. 어떻게 고쳐야 하는지도 자연스럽게 알 것 같았다.

불현듯 엄마가 아프기 시작했을 때 함께 시작했던 춤 동호회를 엄마가 계속해서 지지해 주던 이유가 여기 있었던 건가 하는 생각이 들었다. 회사 일에 너무 스트레스를 받은 날도 땀에 푹 절도록 열심히 춤추다가 들어와서 씻으면 즐거운 마음으로 하루를 마무리할 수 있다는 내 말을 듣고 엄마는 꼭 춤을 계속해서 추라고, 그렇게 스트레스도 풀고 운동도 하면서 신나게 살라고 여러 번 신신당부했었다.

삶이 주는 불길한 메시지에 집중하는 사람이 아니었던 엄마는 잘될 것 같은 일, 좋은 신호를 주는 일, 이다음에 기쁜 일을 불러올 일을 더 크게 여겼기에, 언젠가 춤추며 만난 친구들이 내게 힘이 될 거라 생각했는지도 모른다. 그리고 그 말 대로 한 덕분에 혼자서 더 큰 고장이 나는 걸 막아 냈다. 삶이 주는 메시지가 언제나 부정적일 리 없다고 엄마가 말하는 것 같았다. 엄마는 고장 난 냉장고를 홀로 서럽게 청소할 나까지도 예측했던 게 아닐까. 그렇게 울음이 터진 내가 이 친구들을 만나서 정신 차릴 것까지도.

　망가지고 부서지고 엉망이 되어 사라져 가는 모든 것들이 주는 메시지는 분명히 있다. 그게 불안함을 준다면 딱히 피할 수 없고, 그 감정을 숨길 필요도 없다. 하지만 그 반대의 메시지도 분명히 있다. 곰곰이 생각해 보면 그런 일들은 사실 훨씬 더 많다. 그냥 기분 좋은 느낌 정도로 평범하게 흘러가서 다 기억하지 못할 뿐. 삶의 사건들은 지구 대기의 순환 만큼이나 균형 맞춰져 있다. 기분 좋은 일들에 더 집중하면서 내가 그 균형감을 잃지 않는 것이 중요하다.

　　2016년 11월 12일 ✳

　　지난 3월 엄마가 입원하던 날 내게 맡겨졌다가 간데없이

　　사라졌던 엄마의 손목시계. 8개월 만에 꺼낸 코트 주머니

　　에서 요술처럼 나타났다. 병실에 놓을 물티슈와 크리넥스

를 사고 남은 돈 이천 원도 함께. 다른 시계를 차면서도 꽤 오래 아쉬워하는 엄마의 모습과 이 모든 일이 시작되었던 3월의 기억들이 겹쳐 마음을 짓누르고 있었는데, 시계를 본 순간 너무 기쁘고 체중이 내려간 듯 마음이 시원해져서 출근길에 엉엉 울었다.

주머니 속에 소중하게 넣은 시계와 이천 원을 만지작거리며 걷는데 마치 다시 시작하는 기분이 들었다. 모든 게 새로워진 것만 같았다. 분명히 좋은 일이 생길 것만 같았다. 하루 정도 모두에게 넉넉하게 굴어야지 하고 다짐했다.

✳

## 드디어 사바아사나를 제대로 할 수 있게 되었다

가만히 누워 긴장을 풀지도 못하던 내가 나를 떠났구나

일 년의 반이 훌쩍 넘도록 지속되는 코로나의 여파는 천성이 밖순이(집순이의 반대말)인 나에게 더욱 크게 나타났다.

일과 후 늘 있던 저녁 약속이나 다른 일정이 최소화된 지 몇 개월째, 재택근무도 오래 하다 보니 익숙해져서 업무 능률을 높이고 집에서 마냥 뒹굴지만은 않는 루틴을 만들었지만, 좀 더 애써서 움직일 일을 만들지 않으면 둔해진 몸을 감당할 수 없겠다는 생각이 들었다. 물론 집 앞 개천가를 뛰어다니는 것으로 충분하겠지만 내 성향과 의지를 고려해서 요가와 필라테스를 함께할 수 있는 곳에서 운동을 시작하기로 했다. 등록하자마자 사회적 거리 두기 단계가 상향되는 바람에 시작일이 미뤄지기를 몇 주째, 퇴근 후 첫 수업을 들으려고 집을 나서는데 분명한 가을바람이 느껴졌다.

운동과 거리가 다소 먼 보통 사람의 시선으로 볼 때 요가와 필라테스는 둘 다 비슷한 복장으로 비슷한 공간에서 한다는 공통점이 있지만, 결정적으로 요가인은 수련을, 필라테스는 운동을 한다고 말하는 데 차이가 있는 것 같다. 말 하나가 주는 느낌이 참 달라서, 거창하게 수련을 통해서 뭔가 이뤄 내고 싶은 사람도 있겠지만 나는 그저 덜 무겁고 덜 진지한 운동으로 접근하고 싶었다. 그래서 일부러 하타, 아쉬탕가, 빈야사 같은 인도스러운 이름을 피해서 소도구

이필숙 씨 딸내미 참 잘 키우셨네요

필라테스 수업을 선택했는데, 들어가자마자 합장하고 나마스떼로 인사를 하고 시작한다. 아, 결국엔 필라테스 동작을 응용한 요가 수련인 건가. 여전히 잘 모르겠다.

사실은 삼사 년 전, 꼭 이런 방식으로 운동했던 적이 있다. 엄마를 떠나보내고, 몇 달간 한국에서 이것저것 정리하던 언니네 가족도 다시 미국으로 돌아가고, 아빠와는 아직 생활 영역과 방식을 합의하지 못한 상태라 부딪치는 일이 잦았던 때였다. 차분하게 생각하고 정리하는 시간이 너무 필요했지만, 아무것도 하지 않는 시간은 사실 머리가 가장 빠르게 돌아가는 시간이니까 혼자서는 불가능하다는 걸 알고 있었다. 그렇다고 시끌벅적 누군가를 만나서 떠들고 기분을 풀거나 잊고 싶은 것도 아니었다. 뭘 하고 싶은 건지 정확하게 알지도 못했다. 그러니까 내가 무슨 생각을 하고 싶은지 생각하기 위해 생각할 시간이 필요했던 것이다.

집에서 십 분 정도는 걸리는 요가원에서 중간중간 출장도 가고 휴가도 가며 일 년쯤 게으르게 운동을 지속했다. 물론 그동안 사람들과 왁자지껄 어울리기도 했고, 원래 하던 춤 동호회 활동도 그 어느 때보다 열심히 병행했다. 하지만 일주일에 두 번 보내는 그 고요한 시간은 지금 생각해보니 내겐 수련이었고 치유였다. 내 타고난 근육형 몸이 왜 좋은 건지 알게 되고, 정적인 운동도 나랑 꽤 잘 맞는다는 의외의 사실을 발견하는 건 덤이었다. 너무 좋았는데 왜 그만뒀는지 지금은 이유도 생각나지 않는다. 아마도 삶의 속도를 높이면서 차차 우선순위에서 밀렸을 것이다. 의도하지 않았지만 코로나 때문에 삶의 속도가 다시 느려진 것은 좋은 점도 있었다.

실컷 소도구로 근력 강화한 뒤 마무리할 때쯤 불이 꺼진다. 요가 수련할 때 거의 늘 마지막 취하는 사바아사나shavasana자세다. 오십여 분 동안 갖은 자세를 취하고 움직이는 게 결국에는 온몸을 이완시키고 편안히 눕는 이 자세를 취하기 위함이라는 말을 당시에 들었던 기억이 난다. 가장 편하고 쉬운 자세가 아닐까 싶겠만 몇 년 전에는 가만히 눕는 이 자세만큼 어려운 게 없었다. 사바아사나가 송장처럼 눕는 자세라는 말을 듣고 나서, 불만 끄면 머릿속에 필름이 촤르르 지나가는 듯했기 때문이었다.

평상심을 가지고 요가를 하러 갔다. 마지막 십 분 동안 사바아사나 자세로 눈감고 쉬었는데, 그 자세가 우리말로 송장 자세라는 말을 듣고 난 이후로는 누울 때마다 엄마의 가장 마지막이 생각난다. 물 떠 가지고 와서 마주쳤던 숨이 떠나간 직후의 엄마 얼굴. 이모들 보여 준다고 그 정신에 사진을 찍었던 생각도 나고. 사진 찍어 놔서 이후에도 계속 봤던, 자는 것 같은 모습이 요가매트에 누울 때마다 머릿속에 생생하게 펼쳐진다. 생각을 다 떠나보내야 하는 자세 같은데 그래 본 적이 없다. 그것도 다 잠시 잠깐 머릿속의 생각이니까 괜찮은데, 오늘은 희한하게 눈물이 났다.

몸을 스트레칭 한 상태로 몇 분간 홀딩하곤 할 때는 아무 생각도 안 하는 게 답인 것 같은데, 그때마다 나는 늘 엄마의 마지막 그 순간들이 떠오르곤 한다. 아주 싫거나 끔찍하다거나 가슴 아픈 그런 부정적인 감정만은 아니다.

마치 영화를 보듯 그때의 장면들이 순차적으로 지나가고, 어느 시점에 엄마가 느꼈을 감정들과 생각들, 그리고 어느 정도(내가 상상할 수 있을 만큼)의 신체적 고통에 나를 이입하는 순간이 있다. 그때 정말로 내 의지와는 상관없이 눈물이 난다. 그래서 오래 누워 있다든가, 고개를 젖힌다든가, 몸을 굽혀 얼굴을 어딘가에 대고 오래 있다가 동작을 풀고 나면 늘 울다 일어난 얼굴이 돼 있어서 선생님을 갸웃하게 하곤 한다. 좋은 건지 나쁜 건지 모르겠지만 작년 8월에 요가를 시작한 이래 줄곧 그래 왔으니까 이제는 당황스럽지도 않고 이게 자연스러운 건가 싶다. 요가가 정말로 정신 수련인지 모르겠지만 어느 정도 발산과 치유의 효과가 있는지도 모르겠다. 물어볼 사람도 없고. 물어서 답을 얻는다 한들 어쩌겠어.

삼사 년의 시간은 내게 자세히 봐야 알아볼 수 있을 정도의 노화를 선사했지만, 정신적으로 얼마나 달라졌는지는 크게 가늠해 볼 기회가 없었다. 바쁘게 잘 살고 있는 것 같으니까 굳이 가늠할 필요도 없었다. 하지만 몇 년 만에 사

이필숙 씨 딸내미 참 잘 키우셨네요

바아사나를 시도해 보니 분명히 알겠다. 가만히 누워 긴장을 풀지도 못하던 내가 나를 떠났구나. 성장했구나. 단지 시간이 흐르니까 잊히는 게 당연하다고 말하는 사람들은 내가 자라났기 때문에 가능한 일이라는 걸 모른다. 하지만 내 마음이니까 내가 잘 안다. 이토록 티 안 나게 꼬박꼬박 자라나는 내가 새삼 기특하다는 생각이 들었다.

코로나의 직간접적인 영향으로 나를 포함한 많은 사람들의 삶은 크게 변했다. 모든 중요한 것의 순서가 바뀌었고, 삶의 절차와 형식이 크게 달라졌고, 많은 것을 떠나보냈고, 놓친 것만큼 새로운 경험과 결심들이 그 자리를 채워 간다. 완전하진 않지만 어차피 삶은 불완전하니까 이 불완전함이 더 살아 있는 모양새에 가까울지도 모른다. 하지만 누워서 생각을 비워 내지도 못하던 나의 불완전함이 다그친 적 없는데도 흔적도 없이 사라졌듯이, 언젠가 지금 느끼는 이 불완전함도 사라질 것이라 생각한다. 물론 그때엔 아주 높은 확률로 또 다른 불완전함을 발견하게 될 수도 있다.

그러니 앞으로도 뭔가를 애써서 해내려 하거나, 떨치려 하거나, 어떤 방식으로든 완전함을 추구하려는 노력은 버리는 게 좋겠다. 삶의 본질은 불완전함이고, 그래서 완전함을 추구하는 삶은 결코 우리에게 이완될 여유를 허락지 않으니까. 지금의 여러 가지 불완전함을 안고 가도 괜찮다. 삼년여 만에 얻은 완전한 사바아사나를 다시 잃고 싶지 않고, 결국 계속해서 자라날 힘 있는 나의 마음을 믿으니까.

✳

## 치과의사 선생님 같은 사람 만날 수 있을까

선생님이 우리 가족의 과거를 다 알고 있는 사람처럼 가깝게 느껴졌다

얼마 전부터 찌릿찌릿 신경에 거슬리던 왼쪽 윗어금니를 더 참을 수 없어 치과를 찾았다. 날 괴롭히던 치아는 가로로 금이 가 상아세관이라는 일종의 신경관이 드러나 있었다고 하니, 정말로 신경을 건드렸던 셈이었다. 치과의사 선생님 처방대로 매일 양치할 때마다 시린이 전용 치약을 썼다. 왠지 나이 든 사람들의 전유물 같은 느낌이었는데, 이를 코팅해 주는 효과가 있다고 하니 나이에 관계없이 좋은

거 아니겠냐며 아침저녁으로 나를 위안했던 시간도 벌써 한 달, 경과를 확인하러 다시 치과에 갔다. 근본적인 치료는 없었으니까 그간 느꼈던 불편함의 정도가 참을 만한지가 중요했다. 이가 시린 것은 확실히 덜하지만 이가 약해진 느낌이 든다는 내말에 의사 선생님이 답해 주셨다.

"사실 이가 갑자기 이렇게 된 건 아니고, 치아에 금이 간 상태가 1에서 3까지 있다고 하면, 지금 1과 2의 중간 정도 단계라고 보면 돼요. (차트를 뒤적이며) 기록을 보면, 처음 이쪽 이가 시리다고 왔을 때가 2011년이야."

'2011년이면 대학원을 졸업하고 사회생활을 처음 시작했던 해였구나. 이 치과에 다닌 지도 참 오래됐네.' 라고 생각 중이던 내 마음을 읽기라도 한 듯 선생님은 차트를 앞쪽으로 계속 넘기셨다.

"보자… 사랑니를 뽑았던 게 2003년, 17년 전이고 금니를 해서 박은 게 2007년이고요…"

역사책을 읽듯이 손으로 짚어 가며 읽어 내려가시던 의사 선생님은 가만히 듣고 있던 나를 안경 너머로 흘끔 보시더니 다시 말씀하셨다.

"이 기록들이랑 다 연관이 있는 건 아니고, 그냥 있어서 읽는 거야. 참 오래도 다녔죠, 치과를?"

내가 몇 초 전 했던 생각이랑 똑같은 말을 입 밖으로 내시는 선생님 얼굴을 한 번 쳐다보았다. 기껏해야 일 년에 한두 번, 그것도 마스크로 절반은 가린 채 거의 누워서만 봐 왔지만 그렇게라도 근 이십 년 꼬박꼬박 보다 보니 익숙하고 친근해진 얼굴이었다. 어릴 때부터 다니던 동네 치과에서 새로 생긴 이 치과로 옮겨 보자며 엄마 손을 잡고 처음 갔을 때 "선생님 얼굴이 부리부리 잘생겼다.", "아니 예전 치과 선생님이 더 잘생긴 것 같다."라고 요샛말로 선생님을 '얼평' 했던 엄마와의 대화가 떠올랐다. 그 부리부리 잘생겼던 '젊은' 치과 의사 선생님은 이제 눈썹까지 희끗희끗하셔서는 본인도 얼마 전 처음으로 신경치료를 받았는데

이필숙 씨 딸내미 참 잘 키우셨네요

너무 힘들었다며 아무리 의사라도 나이 들면 고쳐 써야 한다는 말을 하셨다. 이전에 들어본 적 없는 농담을 하시는 치과의사 선생님을 뚫어져라 쳐다보다가 나도 모르게 눈물이 그렁그렁해졌다. 치료 받다가도 아니고 설명 듣다가 눈물이 터지는 황당한 환자로 기록될 수는 없다는 생각에 선생님과 눈 마주치기 전에 필사적으로 눈물을 호로록 집어넣어서 다행히 들키진 않았다.

이 치과는 지난 20여 년간 우리 가족 모두가 치과 치료를 받는 병원이었다. 내가 영구치를 갖고 나서 생겼던 모든 말썽이 다 그 차트에 기록되어 있는 것을 보면서 유난히 이에 문제가 많았던 엄마가 이 병원에서 임플란트를 했던 생각이 났다. 치과 보험도 하나 없었던 엄마의 시술비는 보통 비싸게 아니었지만 그래도 아픈 엄마가 치아만이라도 좀 건강할 수 있길 우리 가족 모두는 바랐다. 사실 임플란트 시술이 어떤 건지, 얼마나 오랜 시간이 걸리고 얼마나 아픈 건지 난 아직도 잘 모른다. 엄마는 늘 혼자서 치과에 갔고, 나는 엄마가 하는 말을 늘 흘려들었기 때문이다.

시술해야 하는 이가 한 두 개가 아니어서 기간도 오래 걸

렸고 분명히 "엄청 아프다." 비슷한 말을 들었던 것도 같은데, 정확하게 기억이 나진 않는다. 나는 정말로 대수롭지 않게 들었으니까. 이제와서야 엄마가 아프다고 할 때, 화가 나거나 짜증이 난다고 할 때 조금만 더 귀를 기울이고 마음을 썼더라면 어땠을까 생각해 본다. 분명 내 스트레스 지수는 높아졌겠지만 엄마의 스트레스는 조금이나마 덜어 낼 수 있지 않았을까. 다른 사람에게 어느 정도의 신경을 써야 하는지 조절하는 내 본능이 너무나 잘 기능한 탓에 우리 엄마는 자기 몫을 그대로 질 수밖에 없었을 것이다. 치과의사 선생님이 그 사실을 알 리도 없을 텐데 나는 우리 엄마를 치료한 선생님 보기가 참 부끄러웠다.

이 병원에 엄마의 차트가 아직 있다면 아마 임플란트 시술 완료가 마지막 장에 적혀 있을 것이다. 엄마가 남기고 간 잡동사니들 속에 있던 임플란트 시술 환자 주의사항 안내책자는 정말 새것이었고, 그 책을 버리면서 나는 '마지막에 거의 음식도 못 먹었으면서 이는 왜 그 고생을 하면서까지 새로해 넣었냐'며 허공에 대고 짜증을 냈다. 한 번 써 보지도 못한 것처럼 보이는 관련 용품들도 울면서 다 버렸지만 엄마의 이를 그대로 본뜬 마우스피스만큼은 엄마의 일부인 것 같아 차마 버리지 못했다.

왈칵 눈물이 날 뻔했던 것은 어느덧 나이 지긋해지신 치과 의사 선생님이 엄마의 마지막 치과 치료를 포함해 우리 가족 모두의 역사를 함께하면서 늙으셨구나 하는 생각이 들어서였다. 물론 꽤 큰 치과병원이기 때문에 우리 네 식구라고 해 봤자 그렇게 의미 있는 환자가 아닐 가능성이 크지만 선생님의 생각과는 상관없이 나는 이 선생님이 우리 가족의 과거를 다 알고 있는 사람처럼 가깝게 느껴졌다.

가끔 '엄마를 모르는 사람과 어떻게 결혼하지?' 같은 생각이 들 때가 있다. 엄마는 나의 일부이자 내 삶의 삼십 년을 구성하는 가장 큰 부분인데, 그 실체를 경험해 보지 못한 사람이 나를 사랑하고 나와 같이 사는 일이 가능할까 하는 의심이다. 엄마와 내가 보낸 모든 시간은 우리 둘에게만 있지만 그 오랜 세월의 장면 장면이라도 공유하고 떠올릴 수 있는 사람이어야 하지 않을까 하는 생각을 엄마 떠난 뒤로 가끔, 사실은 줄곧 해 왔었다.

그래서 이 치과의사 선생님이 그런 사람이니까 결혼해야

겠다 그런 말은 물론 아니다. 다만 우리 가족이 지난 이십 여 년간 치과에서 보낸 점 같은 시간을 공유했음에 이렇게 반응하는 나 자신을 보면서, 결혼할 사람이 이만큼만이라 도 접점이 있는 사람이면 좋을텐데 이만큼이라도 있는 사 람이 있을까 하는 생각이 들었다. 엄마와의 시간은 멈췄고 시계는 자꾸 움직이니까 살수록 더 힘든 일이 되어 가는데 나는 이렇게 말도 안 되는 생각을 한다. 그래도 있을 수도 있지 않을까. 인생 모르는 거니까.

　이런저런 생각이 들었지만 당연히 티는 내지 않았는데 선 생님은 "오늘 말을 너무 많이 했네."라고 하시면서 금세 다 른 진료실로 가 버리셨다. 야간 진료에는 퇴근한 직장인들 이 북적이는 게 보통인데 이상하게도 오늘은 대기 중인 환 자가 별로 없었다. 결국 신경 치료해야 할 때가 올 테니 그 시기를 최대한 늦출 수 있게 이를 조심히 쓰고 일 년 뒤에 오라는 안내를 받았다. 엄마가 있을 때는 치과 예약도, 치 과 가라고 알려 주는 것도 다 엄마 몫이었는데 이제는 당연 히 내 몫이다. 어려운 일도 아니고 내가 이렇게 꼼꼼히 잘 하는데 왜 그걸 늘 엄마한테 맡겨 두기만 했었을까. 잔소리

한마디도 추억이 될 줄 알고 그랬었나 보다. 내가 어릴 때부터 그렇게 현명했나 보다. 치과의사 선생님은 나의 현명함을 눈치 못 채셨겠지? 앞으로도 모르셨으면 좋겠다. 멀리 이사 가지 않는 한 치과는 옮기지 않고 계속 여기로 다닐 거니까.

✳

## 몇 살에 겪어도 처음일 수밖에 없는 일
누구나 항체 없이 바이러스와 맞서 싸우는 몸처럼 스스로 이겨 내야 한다

밤 아홉 시 반이 넘었는데 국제전화가 걸려왔다. 캐나다에 계신 큰이모였다. 일흔 중반을 훌쩍 넘기신 이모는 지병으로 통증이 심해져서 올 한 해를 응급실로 시작하셨다고 했다. 벌써 몇 해 전부터 거동이 힘들어지신 큰이모부 수발도 모자라 이제는 몸도 아프고 아무것도 못 하는 신세가 되었다고 한탄하던 이모는 '내가 몸이 아프니까 우리 애들이 집에 와도 뭘 해 주지도 못한다' 며 오십 줄에 들어선 당

신의 세 자녀를 걱정하셨다. 맛있다고 소문난 건 다 찾아다니는 나를 잘 모르는 우리 아빠가 늘 내 끼니 걱정하는 것과 비슷한 것이려니 했지만 어쩜 엄마란 존재는 자기 자식도 나이를 먹는다는 걸 모르는 사람처럼 생각하고 행동할까 싶었다.

법적 성인이 두 번은 될 나이인 지금, 확실히 세상살이는 어릴 때보다 더 쉬워졌다. 모든 걸 잘할 수는 없지만 여태 못하는 건 대부분 앞으로 안 해도 사는 데 지장 없고, 그런데도 해내고 싶은 건 도전해 볼 수 있는 여유도 생겼다. 돈 걱정이 전혀 없진 않지만 갖고 싶은 걸 살 수 있을 만큼의 돈을 벌고 있고, 가끔 '이러려고 돈 벌지' 하며 눈 질끈 감고 지르는 횟수도 해가 갈수록 늘어 간다. 새로운 경험들로 꾸준히 성장하고 있어서 시간 지나 돌아보면 좀 더 쉽고 가벼워지는 일들이 많다. 숫자로 표현하는 나이보다는 이런 성장의 징표들이나 자신을 어른이라고 느끼게 한다.

'어른'이라는 단어가 주는 무게감은 '어른다운 어른'이라는 말 앞에서 항상 멈칫하게 만들지만 그럼에도 내 몸과 마음은 어른이라는 말에 꽤 잘 들어맞게 컸다. 그러나 동시

이필숙 씨 딸내미 참 잘 키우셨네요

에 그게 얼마나 별것 아닌 말인지도 나는 가끔 생각한다.

엘리베이터에서 내리면 두 세대가 마주 보고 있는 아파트에 살지만 이웃과의 교류는 거의 없다시피 한 내가 앞집 아주머니와 딱 한 번 길게 대화를 했던 적이 있다. 엄마를 보낸 그 해 어느 날엔가 현관 앞에서 마주친 나에게 아주머니는 당신의 친정어머니도 얼마 전 세상을 떠나셨다는 소식을 전하셨다.

'아… 가끔 굽은 허리를 하고 오르락내리락하시던 그 할머니가 어머니셨구나.'

그때 처음으로 앞집 이웃의 얼굴을 분명히 식별할 수 있게 되었다. 다정한 말이었지만 속에 있는 생각은 입 밖으로 꺼내지 못한 채 듣고 있다는 식의 반응만 겨우 할 수 있었다.

'그래도 아줌마네 엄마는 꼬부랑 할머니였잖아요. 우리 엄마는 기껏해야 아줌마랑 비슷한 나이었다고요.'

내 생각에 차마 마침표를 찍기도 전에 아주머니는 머리 위로 엄마 생각을 둥실 띄운 게 분명한 표정으로 한마디 덧붙였다.

"나는 우리 엄마가 아흔 다 돼서 돌아가셨는데도 너무 보고 싶어. 아가씨는 참 얼마나 보고 싶을까."

순간 죄송한 마음이 들어 그 말에도 별다른 대꾸를 하지 못했다. 그렇게 평범하게 인사를 하고 집으로 들어와 현관문을 닫았다.

나보다 나이가 많은 어른이라면, 엄마와 보낸 세월이 더 긴 사람이라면 이 슬픔과 그리움을 좀 더 능숙하게 다룰 수 있을 거라는 생각은 무슨 근거로 했던 걸까. 그렇게 따지면 갓 스물에 암 투병하시던 엄마를 떠나보냈던 S의 슬픔은 나보다 몇 배는 컸을 테니 그때 그 친구를 더 많이 위로했어야 했다. 하지만 당시 나는 그 친구의 감정보다는 친구 어머니가 돌아가셨을 때의 조문 예절을 누군가에게 물어보는 게 더 급했던 것 같고, 얼마 뒤에 친구를 만났을 때는 멀쩡하게 직장 잘 다니는 걸 보고 안심하며 참 '어른스럽다'라고 생각했었다.

2016년 4월 8일 ⁕

아픔을 겪어 보지 못한 사람에게 아픔에 대해 말하는 게 무슨 소용 있을까. 이해할 수 없을 뿐만 아니라 오히려 실

이필숙 씨 딸내미 참 잘 키우셨네요

컷 말해 놓은 내 맘만 상할 게 당연하다. 엄마의 아픔을 절대로 이해할 수 없었던 나였고, 이십 대 초반 언젠가 엄마를 여읜 S의 아픔을 전혀 몰랐던 나였다. 그러하기에, 사람들이 전혀 몰라준다 해도 아쉬울 것이 없다. 당연한 거다 그건. 그러니까, 아무 상관도 없고 아무것도 모르는 사람들 앞에서 내가 얼마나 슬픈지를 증명해 보일 필요도 없고, 구구절절한 스토리를 설명할 필요도 전혀 없으며, 축 처진 모습으로 다니며 정형화된 위로를 준비하는 이들의 기대에 부응할 필요는 더더욱 없는 것이다. 내가 앞으로 새로 관계 맺게 될 사람들에게 우리 엄마의 이야기를 길게 할 일이 있을까? 그렇게 생각하면, 앞으로는 친해지고 싶은 사람이 과연 있을까 싶다. 내 삶에서 너무 중요한 일부인 우리 엄마를 본 적도 없고 그 이야기를 알지도 못하는 사람이 나랑 깊이 있게 만날 수 있을 리 없다.

  엄마의 상을 치른 뒤, 아니 치르면서도 나는 다른 누구보다 S의 생각을 많이 했다. 엄마의 부고를 전하지도 못했는데 장례를 마치고 정신을 채 추스르기도 전에 이 친구에게 가장 먼저 연락했다. 연락해 주지 그랬냐고 하는 친구에게, 직접 말하지는 않았지만 마음속으로 '그때는 그게 어떤 의미인지 정말 몰라서 미안했다'고, '이제 와서 생각해 보니 그때 네가 오랫동안 너무 힘들었을 것 같다'고, 십 년 가까이 늦은 사과를 가득 담아서 평범한 안부를 전했다. 그리고 그로부터 몇 달 뒤에 우리는 정말 오랜만에 얼굴을 보았다. 오후 내내 시간 가는 줄 모르고 지난 세월을 업데이트하면서 내가 먼저 자연스럽게 그때의 이야기를 꺼냈다.

내 경험 밖의 일이라서 듣지도 보지도 못했던 지난 몇 년간의 친구의 삶이 상상도 못 했던 넓이와 깊이로 펼쳐졌다. 어떤 대목에서는 둘 다 눈물이 터지기도 했고 어떤 대목에서는 내가 친구보다 더 울컥해서 당황스러웠지만 아직 감정이 불쑥불쑥 올라오곤 하는 내 상황을 친구는 누구보다 잘 이해해 주었다. 서른 살의 어른인 나를 스무 살의 S가 위로하고 앞으로 내가 겪을 감정의 파도와 맞닥뜨릴 현실의 문제들도 이야기해 주는 것만 같았다. 대부분의 사람들이 인생에서 한 번 이상 겪는 부모의 죽음이라는 사건은 사실 나이가 많다고 덜 슬플 수도, 더 능숙할 수도 없다는 것을,

나는 그 자리에서 확실히 배웠다. S보다 십 년이나 더 늦게.

어떤 사람들은 부모의 죽음이든 자녀의 출산이든 사업의 실패든 어떤 특정한 일을 겪어야 어른이 된다고 주장하기도 하지만 내가 엄마와 헤어지기 전에 불완전한 어른이었던 것도 아니고 그 이후에 딱히 더 완벽해진 것도 아니다. 다만, 이 특별하면서도 보편적인 인생의 사건은 개인이 얼마나 어른인지에 상관없이 상처를 입힌다.

나를 낳아 준 엄마의 죽음을 두 번 겪는 사람은 없기에 어른의 무기인 '경험'이나 '노련함'은 나를 보호하지 못한다. 인생에 처음이자 단 한 번 경험하는 이 사건 앞에 누구나 항체 없이 바이러스와 맞서 싸우는 몸처럼 스스로 이겨 내야 한다. 개인의 내구성에 따라 충격의 정도와 결과는 다를 수 있지만 그 누구에게도 결코 쉽지 않은 일이고, 누군가에게 무척 쉬워 보인다면 그 역시 나름대로의 싸움을 하고 있는 중이라고 이해하면 될 것이다.

그런 생각에 이르자 부모님의 상을 치르게 된 사람에게 하는 한 마디 한 마디가 조심스러워졌다. 우리 엄마가 떠난 뒤에 나는 결혼식보다 더 많은 장례식에 갔다. 기쁜 일보다는 슬픈 일일 때 꼭 얼굴을 비추고자 하는 내 의지도 있지만 생의 주기상 자연스러운 일인 것 같기도 하다. 지인의 부모님이나 가족들이 돌아가신 것도 무척 슬프지만 가끔은 내가 직접 알던 어른들이 너무 갑작스럽게 돌아가시고 나보다 어린 그 자녀들이 상복을 입고 선 모습을 보는 일도 여러 번 있었다. 아직 대학생인 삼 남매가 몇 달 만에 갑자기 돌아가신 엄마 앞에서 펑펑 울고 있는 것을 봤던 언젠가는 마음이 타는 듯이 비통하고 누군가 원망하고 싶은 마음이 차올랐지만, 그 앞에서도 나는 절대 "아직 어린데 얼마나 슬플까."라는 말은 하지 않았다.

사고사는 가족과 이별할 시간도 주어지지 않으니까 병사보다 더 슬프다느니, 그래도 부모님 돌아가시기 전에 결혼을 하고 자기 가족을 꾸렸으니 덜 슬프겠다느니 하면서 슬픔을 상대화하는 주제넘은 말도 감히 하지 않는다. 몇 살에 겪어도 어떻게 겪어도 그 이유 때문에 슬픔이 누구보다 더하거나 덜하지 않는다는 걸 알고 있으므로. 지금보다 더 나쁜 상황을 쥐어짜내서 하는 그 비교가 당사자에게 콩알만큼의 위안도 되지 않는다는 것을 너무 잘 아니까.

이필숙 씨 딸내미 참 잘 키우셨네요

내가 확언할 수 있는 건 한 가지뿐이다. 장례식을 치르고 물리적으로 떠나보내는 시간에 어느 정도의 슬픔을 겪었든 그 이후에 올 감정이 훨씬 더 크다는 것. 한편으로는 누구든 돌아가신 부모님을 마음 한구석에 모셔 두고 그 뒤로 한 평생 살아가야 하는 거라면 마음속의 방이 조금이라도 덜 복잡할 때 가장 편안한 위치에 가지런하게 잘 배치해 두는 게 오히려 나은 것은 아닌가 조심스럽게 생각해 본다. 이런 말도 지금 힘든 일을 겪어 내는 누군가에겐 상처가 될 수 있을 것 같아 그냥 생각만 해 본다.

## ✳ 우리 가정이 무너진 건 아니지

이제야 다른 사람에게도 이 깨어짐이 느껴지는구나 싶었다

요가 마지막에 불 끄고 가만히 누워 있는 사바아사나 동작을 하다가 오랜만에 눈물이 나서 좀 당황스러웠다. 얼굴 근육이 마비돼서 내가 하품을 해 놓고도 눈치를 못 챘던

것이 아닐까 의심해 보았지만 그런 건 아닌 걸로 확인했고, 딱히 무슨 생각을 골똘히 한 것도 아니었기 때문에 아무래도 나는 생각을 비울 때 저절로 눈물이 나는 체질인가 싶다……는 순 뻥이다. 사실 하루 종일 바빠서 잊고 있었던 아빠와의 카톡 대화 내용이 마음에 떠올라서 고요히 누워 있는 중에 계속해서 생각했다. 그 생각의 연장선상에서 계속 벗어나지 못하고 있는데 별안간 눈물이 났다.

지난해부터 한참 허리가 아파서 꼼짝 못 하던 아빠는 그새 또 사다리에 올라갔다가 뼈에 금이 가서 누워 있는다더니 오늘은 또 교회 기도원인가를 짓고 있는 홍천까지 내려갔다고 했다. 칠십 줄에 들어선 노인이 혼자 무리하다가 다쳐 놓고는 괜찮은지 묻는 사람 하나 없다고 침울해하길래, 순간 화가 치밀어서 이제 가만히 좀 있으라고, 어디 다치면 낫지도 않으니까 사다리에 올라갈 사람 없으면 공사고 뭐고 때려치우라고 쏘아붙였다. 그러나 그렇게 해서 먹힐 말이었으면 애초에 이런 식으로 못되게 말하지도 않았을 것이다. 신경은 쓰일지언정 절대 가서 들여다보지는 않기로 독하게 마음먹은 내 속을 들여다본 것처럼, 아빠는 확인하지도 못

할 신파조의 엄살을 피우다 뜬금없이 질문인지 뭔지도 모를 말을 했다.

"우리 가정이 무너진 건 아니지."

그러나 여기에는 대꾸를 하지 않았다. 나에게도 확신이 없는 까닭이다. 아빠가 생각하는 가정이란 뭘까. 가족을 구성하는 사람들이 세상에 존재하는지로 판단하는 거라면 우리 가정은 있다. 누구를 중심으로 가족관계 증명서를 발급받든지 복수의 성원이 존재하고, 언니가 분가해서 만들어진 가정도 원가족인 나와 아빠와의 유대가 분명히 있으니까. 하지만 언제나 울타리가 되어 주는 편안한 쉼터 같은 곳을 말하는 거라면 그런 가정은, 적어도 내 삶에서는 무너진 지 꽤 오랜 시간이 흘렀다. 엄마가 곧 가정 그 자체는 아니었지만 마치 마디마디 연결시킨 구조물에 박힌 나사처럼, 엄마가 지탱했던 많은 것들이 지난 몇 년간 도미노처럼 무너져 내렸다. 외가와의 관계, 친가와의 관계, 교회 속의 관계, 아파트 이웃들, 심지어 시장 상인이나 요구르트 아줌마

이필숙 씨 딸내미 참 잘 키우셨네요

와의 관계까지. 아빠와의 관계, 언니와의 관계도 엄마가 유지해 주던 것일 뿐이었다. 그 관계들이 엄마라는 나사를 대체할 수 없다는 사실을 알면서도 몇 년이나 모른 척하고 있었다. 엄마를 대신할 수 없는 것들로 지탱하면서 그 이전보다 몇 배나 애를 써 온 것이다. 나는 정말로 애썼다.

하지만 알면서도 부정하는 상황에서 나오는 게 분명한 말 "우리 가정이 무너진 건 아니지."라는 말을 듣자 느낄 수 있었다. 그동안 나는 엄마 같은 역할을 해 오려고 부단히 애써 왔구나. 내 가정은 이미 무너졌지만, 내 가정을 구성하는 사람들에게는 '아직 무너지지 않은 가정'을 지켜 주고자 했었구나. 각자가 생각하는 가정에 대한 기대와 정의가 다르니까 누군가 애쓰고 있는 한 가능할 수도 있었지만, 내가 그 역할을 놓아 버리자 이제야 다른 사람에게도 이 깨어짐이 느껴지는구나 싶었다. 어쩌겠어. 깨어진 건 다시 붙일 수 없고, 무너진 건 다시 세울 수 없다. 관계는 그렇잖아. 가족이라고 다를 게 하나 없다니까.

말은 아주 간단하다. 그래 봤자 불 끄고 누워서 생각할 시간만 주어지면 찔찔 짜는 주제에.

# ✳

## 애도를 완성하는 나름의 방식

아마도 내가 다 못 치른 애도의 값은 분노와 미움일 것이다

⋮

"너의 행복을 위해 기도할게. 그게 널 위한 나의 가장 큰 바람이야. 내가 생각하는 너의 행복이라는 건 네가 가진 모든 슬픔, 외로움, 실망, 후회, 분노, 그리고 의심이 사라진다는 의미야. 그러니까 그걸 위해 기도할게."

일 년 넘게 만나지 못하고 있는 사촌오빠의 생일이 기억나서 자기 직전에 생일 축하 메시지를 짤막하게 보냈는데 아침에 일어나 보니 답장이 와 있었다. 말미에 쓰여 있는 문장 때문에 휴일 아침부터 눈물을 쏙 뺐다. 친가 외가 통틀어 명절이라고 만나는 친척은 하나 없지만, 때때로 안부 묻고 이유 없이 만나는 사촌오빠는 가끔 저런 류의 말로 감동의 폭격을 날리곤 한다. 우리가 혈연인 까닭보다는 오빠가 원래 선하고 다정한 사람이기 때문이라고 생각한다. 그래서 소설이나 영화, 드라마에서나 나올 법한 감성의 말이지만 결코 빈말은 아니라는 걸 알고 있다. 하지만 이 고마

운 진심의 말을 읽고 곱씹어 볼수록, 오빠가 말하는 행복에서 내가 아주 멀리 있다는 생각이 들었다. 언제부턴가 내 마음 한구석을 채우기 시작했던 용서할 수 없는 분노와 환멸, 거기서 오는 슬픔과 실망, 그리고 후회와 모든 어두운 감정들이 결코 사라지지도 어딘가로 치워지지도 않을 것임을 거의 확신하기 때문이다.

## 1.

엄마가 아플 때 찾아와 언제 한번 흑염소를 사 준다고 말했다는 그 사람을 나는 용서하지 않기로 했다. 그게 흑염소를 달여서 가져온다는 뜻이었는지 같이 먹으러 가자는 뜻이었는지 직접 듣지 않은 나는 이제와 정확하게 알 길이 없다. 하지만 그 사람이 언제나 자기 기분 날 때 공수표 던지는 사람이란 걸 알면서도 엄마가 종종 그 약속을 기다리는 말을 했던 건 평생 먹어 보지도 않은 흑염소 욕심이 나서가 아니었다. 한번 정도는 자기 말에 책임지는 신의를 보일 마지막 기회를 주었던 것이다. 결국 지켜지지 않을 빈말을 끝까지 기다리다가 천국 간 엄마에 대해 그 어떤 책임 있는 말도 행동도 보여 주지 않은 그를 떠올리는 것만으로 화가 치밀어 올라서 나는 여전히 그 사람이라면 꼴도 보기 싫고 누군가 그를 언급하는 것조차 듣고 싶지 않다.


2.

엄마의 발인 날 아침에 자기 성질에 못 이겨 빈소를 뒤집어 놓고 난리를 피웠던 그 사람도 나는 결코 용서하지 않을 것이다. 아흔아홉 가지 잘한 일 속에 단 한 가지 실책이라고 한다 해도 그날 아침에 내가 느꼈던 비통함과 불안함, 그를 넘어선 공포, 엄마의 마지막마저 조용하고 평화롭게 만들어 주지 못한 것에 대한 미안함, 이런 날까지 엄마를 주인공으로 만들어 주지 않는 사람에 대한 분노와 증오심은 아직까지 다른 것으로 상쇄되지 못했다. 충격으로 엉망진창이 된 몸과 마음으로 어깨를 떨며 울고 있던 나에게 와서는 울음을 그쳐야 발인예배를 드리지 않겠냐며, 마치 이 모든 소동의 원인과 자기가 상관없는 것처럼 위로와 화해의 몸짓을 하던 소름 끼치는 순간도 너무나 생생하다. 주변 사람들이 오히려 상황을 수습하려고 애썼지만 지울 수도 없고 다르게 생각해 볼 수도 없는 기억은 너무나 분명한 트라우마로 남아서 나는 그 이후 몇 번이나 계속되는 플래시백을 겪었다.

2017년 5월 2일 ※

엄마는 자주 "내가 죽어야 모든 게 끝나."라고 말하곤 했었다. 그리고 엄마가 없자 진짜 모든 게 끝났다.

절대로 잊지 않을 것이다. 이 모든 것을 엉망으로 만든 사람과, 그 사건과, 그 장면 하나하나와 그 모든 말의 정확한 토씨 하나까지도. 용서하게 되는 날이 온다 할지라도 절대 잊지 않을 것이다.

**3.**

엄마가 떠나고 육 개월 남짓 지난 아빠 생일, 중년 남자들만 모인 식사 자리에 굳이 나를 불러내서는 하루라도 빨리 사모님을 달라는 말을 내뱉은 사람과 거기 모여 있던 남자들을 나는 용서하지 않는다. 그 의도와 맥락이 뭐였든 간에 내가 들을 필요가 없는 말이었지만, 혼자 조용히 바라기엔 너무 간절했는지 아직 아물지 않은 내 마음에 상처를 내면서 내 면전에 대고 사람들은 잘도 그런 기도를 했다. 아빠의 재혼을 반대했던 것이 아니다. 그때나 지금이나 '아빠가 누구를 새 파트너로 삼을지 내가 간섭할 일이 아니다'라는 생각에는 변함이 없다. 다만 우리 엄마의 빈자리를 새 사모님이 대신할 수 있는 양 그 둘을 구분하지 못하고 멋대로 지껄이는 사람들 앞에서 당시의 나는 일어나서 자리를 떠나기는커녕 듣기 싫은 티조차 낼 수 없었다. 그 뒤로 나는 우리 엄마를 그저 대체 가능한 존재로 여겼던 사람들과 엄마 이야기를 한 적이 없다. 그리고 모멸감 비슷한 감정을 느끼면서도 받아치지 못했던 그 시간과 그때의 내가 지금 생각해도 너무 싫다.

엄마 장례 후 얼마간의 시간이 지나고 만난 H언니는 내게 억누른 감정은 언젠가 병리적으로 나타나더라는 말을 했다. 이십 대 초 아버지를 떠나보낸 직후에도 아무렇지도 않게 일상을 살았던 자신과 엄마의 경험을 이야기한 것이었다. 작은 덜컹거림도 없이 잘 회복되는 줄 알았던 언니네 모녀는 얼마 지나지 않아 몸과 마음의 병을 얻었고, 그제야 알았다고 한다. 애도도 최소한의 몫이 있어서 그 값을 치르지 않고 넘어갈 수는 없다는걸. 결국 세월이 그 못다 한 애도를 뒤늦게 받으러 올 때는 이자까지 두둑이 쥐야 한다. 언니의 애도에 부족했던 건 울고불고 떼쓰는 구질구질함이었다면 아마도 내가 다 못 치른 애도의 값은 분노와 미움일 것이다.

꾹꾹 참고 억누르는 성격은 아니지만 정말 싫은 것과는 이별하지 못한 채 견디며 살았던 나는 아직도 애도를 완성하지 못한 것 같다. 화내야 할 것에 충분히 화내지 못하고, 미워 마땅한 것을 죽도록 미워하지 못했던 까닭이다. 내가 자라 온 환경과 내가 속한 가장 친숙한 집단에서 기대하는 역할이 정작 우리 엄마에 대한 나의 애도를 막은 것이나 다름없다. 그걸 깨달은 순간부터 조금씩 더 화내기 시작했다. 위에 언급한 사람 이야기를 자꾸 전하는 이 앞에서 '그 사람은 나랑 상관없고 평생 보고 싶지도 않으니 얘기 꺼내지 말라'는 말도 뱉었다. 한 당사자에게는 그때 당신이 한 일은 엄마가 살아 돌아와서 나한테 용서를 부탁하지 않는 한 잊이비리는 것도 용서도 어림없다는 말을 직접 하기도 했나.

이렇게 나는 여전히, 내 나름의 방식으로 엄마를 애도하는 중이다. 그래도 부족하다. 분노하고 미워해야 할 사람과 사건들을 되도록 많이 떠올려서 하나하나 실행에 옮기고 싶다. 제때 그렇게 하지 못했으니까. 이걸 안 하고 넘어간다고 성숙하거나 훌륭한 사람이 되는 것은 아니라는 말을 몇 년 전으로 돌아가서 나에게 꼭 해 주고 싶다.

2017년 5월 16일 *

생각보다 마음이 헛헛한 것은 단지 사람 난 자리가 티 나기 마련이라는 뻔한 이유 때문만은 아니리라. 가까운 시일 내 예상되는 삶의 변화들과 그 때문에 파생될 또 다른 변화들, 그리고 또 한 번의, 어쩌면 여러 번이 될 수도 있을 밸런스의 깨어짐, 지난 일 년여간 꾸준히 만들어 온 나의 이 자연스러운 일상이 다시 흔들릴까 두려운 마음, 또 이제는 그 어느 때보다 진지하게 생각하고 있는 삶의 계획이, 내가 통제할 수 없는 이유로 저지당하거나 틀어질 것 같은 불안감, 그로 인한 좌절과 분노, 가장 중요하게는, 용서하기가 어려울 것 같은 사실을 어쩔 수 없이 그냥 덮고 가야 한다는 사실에 살면서 처음 느껴 보는 부정적 감정들이 복받친다. 헛헛함이라고 하기에는 너무나 큰 감정이었구나. 인생의 2막이 이제야 시작될 것 같은 생각이 든다. 가장 크고 무서웠던 변화는 벌써 예전 일 같아졌는데, 뒤에서 이렇게 밀려오는 건 쓰나미와 같은 원리인가.

다정한 오빠에게는 정말 미안한 말이지만 나는 절대 분노를 버릴 수는 없을 것이다. 아직도 슬픈 일이 참 많고, 기대가 별로 없음에도 여전히 사람에게 실망할 일이 남았고, 그래서 애초에 의심이 많다. 후회나 외로움은 상대적으로 덜한 편이긴 하지만 그래도 오빠가 생각하는 행복에 도달하는 길은 한참 멀었다. 허공으로 날아간 오빠의 기도가 아까울 만큼. 하지만 나에게 있어서 행복은 오빠가 생각하는 그것과는 많이 다르다. 나의 행복은 내 마음속에 있는 모든 어두움들을 직면하겠다는 결단 없이는 찾을 수 없다. 어쩌면 오빠가 말하는 행복의 상태는 어두움을 불살라 버린 뒤에야 오는 것일 수도 있지만, 이 단계를 건너뛰고자 했던 모든 시도는 상처와 트라우마가 되어 내게 돌아왔고 이제는 그런 실책을 더하고 싶지 않다.

"오빠, 정말 내 행복을 위한다면 그 모든 감정이 소리 없이 사라지게 기도하지 말아 줘. 엄마가 해야 할 용서를 내가 대신해 줄 수는 없듯이 엄마 몫의 분노도, 미움도, 실망도 내 마음대로 없앨 수는 없어. 우리 엄마는 나한테 이 모든 걸 다 참아 내라고 할 리 없어. 그러니까 내 행복은 애도를 완전히 끝낸 뒤에서야 찾을 수 있다는 내 말의 뜻을 오빠는 부디 이해해 줬으면 좋겠어."

✳

## 우리 엄마의 하나뿐인 손녀니까

그 존재 덕분에 우리 모두 다 할 수 있는 것보다 더 많이 웃었다

독일에 사는 조카는 올해 9월 초등학생이 된다. 입학 선물로 뭘 사 주면 좋겠느냐고 제 엄마에게 물어보니, 말하는 캥거루인가 뭔가 전부터 사 달라는 인형이 있는데 보나 마

나 한 번 가지고 놀다 말 게 뻔해서 안 사 주고 있다고 한다. 그 예비 초딩은 이 대화를 들었는지 벌써부터 기대감에 부풀어서는, "초등학생이 인형 같은 걸 사 달라고 하면 안 되지."라며 옆에서 훈수 두는 자기 아빠에게 "그럼 (이모한테) 아빠가 갖고 싶은 거 사 달라고 해."라고 쏘아붙였다고도 한다. 지지 않고 바른말로 따지는 걸 보니 외탁을 한 게 분명하다.

이 나이 되도록 인형을 안고 자는 이모로서 다른 건 몰라도 인형 갖고 싶은 마음은 너무나 공감돼서 그 즉시 현지 아마존에 가입해서 배송시켜 버렸다. '인형 그거 얼마 한다고. 그럼 초등학생이 인형 갖고 놀지 마흔 살이 가지고 놀겠어. 우리 엄마가 지금 있었어 봐, 길가에서 하는 바자회에 들어갔다가도 서른 살이 넘은 딸 인형 좋아한다고 토끼 인형 사서 들려 줬던 우리 엄만데, 손녀딸이 캥거루 갖고 싶다고 졸라 댈 때까지 내버려 두겠어. 벌써 동물원을 만들어 줬겠다.' 몇 달간 그 인형을 갖고 싶어서 졸랐다는 조카 얘기에 나는 괜히 이모가 됐다가 할머니가 됐다가 했다.

엄마에게 둘도 없는 손녀딸이었던 우리 조카의 태명은

'노월'이었다. 엄마의 암 진단 소식에 당시 엘에이에 살던 언니는 놀라서 형부랑 귀국을 했고, 경치 좋은 데서 요양해야 한다며 엄마랑 함께 한 달짜리 제주살이를 시작했다. 아예 이주하면 어떨까 하고 부동산을 좀 기웃거리다가 접고 다시 서울로 돌아왔는데 오자마자 아기가 생긴 걸 알았다. 씩씩이, 까꿍이, 토깽이 등 태명은 된소리로 짓는 게 좋다는 말도 있고 제주에서 생겼으니까 (한)라봉이가 될 뻔도 했지만 결국 노월이no worry가 된 것에는, 엄마와의 제주살이에서 잉태된 이 아이가 모두의 근심을 덜어 주길 바라는 소망이 담겨 있었다.

이듬해 2월, 아침에 갑자기 외마디 소리를 지르는 엄마에게 놀라서 달려갔더니, 언니가 방금 아기를 낳았다며 동영상도 아닌 사진 한 장에 시선을 고정하고 기뻐하던 엄마를 기억한다. 출산하는 딸 옆에 같이 있어 주지 못한 친정엄마의 애잔한 속마음도 있긴 했겠지만 엄마는 그때 정말로 폴짝 뛸 것처럼 기뻐했고 그런 기쁨의 비명은 그 이전에도 그 이후에도 엄마에게서 들어 본 적이 없었다. 일 년 후 손녀딸의 돌잔치 날에는 식을 마치고 집에 돌아가는 길에 긴급 입원을 할 정도로 상태가 좋지 않았지만 엄마는 얼굴이 퉁퉁 붓고 숨도 제대로 못 쉬면서도 그런 것쯤 티도 나지 않게 활짝 웃으며 아기를 들어 올렸다. 지금 생각해 보면 믿을 수 없는 일이다. 그 아이가 우리 엄마를 그렇게 힘 나게, 열흘 뒤면 숨이 다할 우리 엄마가 그야말로 죽을힘을 다해 기뻐할 수 있게 했던 것이다.

2016년 3월 28일 ※

엊저녁에 감기 기운이 있다고 했던 조카가 밤새 열이 39도까지 올라서, 간밤에 잠도 거의 못 잔 언니랑 형부가 오늘 하루 종일 깽깽대는 애기 옆에 붙어서 병원 가고 열 내리느라 진땀을 뺐다고 한다. 퇴근하고 집에 오니 그 활동적이던 녀석이 기운이 다 빠져서는 퍼져 누워 있다. 아무것도 못 먹고, 좋아하는 딸기랑 치즈 앞에서도 무반응인 조카를 보고 언니는 "우리 엄마 생각난다."라고 말한다. "우리 엄마 마지막에 꼭 이랬잖아. 기운 없어서 움직이지도 못하고 꼼짝 없이 누워 가지고 좋아하는 음식도 하나도 못 먹고." 다시 조카를 내려다보는데 어쩐지 엄마 생각이 난다. 우리 엄마. 착한 우리 엄마.

장례 끝나면 상주가 병이 난다고 하더니 나를 제외한 가족 모두가 크게 한 번씩 앓았다. 돌을 갓 지난 조카는 입원까지 하느라 온 가족의 정신을 또 한 번 쏙 빼놓았다. 너 나 할 것 없이 조카를 걱정하고 간호하면서 자연스레 엄마 생각을 많이 했다. 모든 것이 다 엄마 생각으로 귀결될 때였지만 아파서 아무것도 못하고 누운 조카가 마치 할머니 때문에 슬퍼서 병이 난 것인가 싶었다. 저 천진한 것이 아직 그 정도 사리도 분별 못한다는 것을 알면서도.

2016년 4월 8일 *

언니는 몸살이 났다고 하는데 자기 몸이 아프니까 애기한테 한번 웃어 주기도 힘들다면서, 아픈 몸으로 마지막으로 응급실 실려 가기 전까지도 아기를 안고 웃어 준 우리 엄마는 참 대단한 사람이었다고 그랬다. 돌아볼수록 우리 엄만 대단한 사람 같다. 아니면 아주 무딘 사람이든지. 다른 사람은 병중에 성격이 포악해지거나 신경질적이 되거나 가족들을 힘들게 한다고 하던데 우리 엄마만 끝까지 아빠나 언니나 나 때문에 스트레스받기만 했지 우리한테 짜증 내거나 화내거나 한 적이 없었다. 만사 귀찮아진 엄마가 최대한으로 짜증 냈던 게 "몰라, 아무것도 하기 싫어." 정도였으니까.

어느덧 돌잡이가 초등학생이 될 만큼의 세월이 흘렀다. 그때 본 할머니가 기억이라도 난다는 듯 조카는 자라면서 가끔 할머니 이야기를 하곤 했다. 그렇게 한 번씩 가족의 울타리 안에 할머니를 넣어 주는 게 엄마와 이모를 기쁘게 한다는 걸 눈치로 알 만큼 영특하고, 조금은 여시 같기도 하다. 이제 정말 부모도 감당 못하는 나이에 접어들었는지 유치원 갈 때 뭘 입을지 생난리를 쳐서 죽겠다는 언니를 보면서 나는 희미하게 엄마를 그려 본다. '엄마가 봤으면 저 말도 안 되는 떼쟁이 손녀도 어르고 달래 줬을 텐데. 그러면서 꼭 저 같은 딸 낳았다고 언니를 또 얼마나 놀릴까.'

가끔 혼자서 아침밥을 차려 놓고 엄마를 깨운다는 얘기를 들으면 '쪼끄만 게 나보다 훨씬 더 효도하네. 네 엄마가 딸내미 이쁜 짓 하는 거 반만큼만 했으면 우리 엄마 속 썩을 일이 없었을 텐데.' 같은 생각도 한다. 모든 부모들이 축복과 그 반대의 마음을 미묘히 섞어서 '너 같은 자식 낳아 봐라'라고 하지만, 부모가 무엇인지 알수록 내 깜냥엔 어렵겠다는 생각이 드니까, 조카 덕분에 고통이나 희생 없이도 조금이나마 그런 체험을 해 볼 수 있다는 점이 고맙다. 물론 부모로서 느끼는 바에 비할 수는 없겠지만.

2017년 9월 5일 ∗

집에는 들어오지 않지만 매일 카톡으로 내 거취는 꼭 묻는 아빠를 위해서, 어디에 있든지 저녁 10시쯤 되면 집이라고 답한다. 그냥 모두의 마음을 편하게 하는 거짓의 한 수. 일찌감치 집이라고 대답해 놓고 그로부터 세 시간은 훌쩍 넘은 시간에 들어와 냉장고 문을 여니 어느새 선반 위 아이템이 바뀌어 있다.

아침에 밥 안 먹는다고 어제 아빠가 사 온 비빔밥을 그대로 두고 출근했는데 그사이에 그걸 해치우고 샐러드가

이필숙 씨 딸내미 참 잘 키우셨네요

놓여 있었고, 며칠째 우유 사기가 애매해서 그냥 버티던 내 맘을 읽었는지 900ml가 안 되는 쪼그만 한, 그러나 비싼 우유 한 병이 들어 있었다. 빵 사 올까 해서 사 오라고 하면 일주일 지나도 다 못 먹을 만큼 채워 넣는 아빠의 손을 누가 당할까.

개인의 씀씀이와 통도 있겠지만, 우리 엄마를 가만 생각해 보면 손 작다고 아빠한테 타박받으면서도 나한테만은 유독 끊임없이 뭘 먹으라고 해서 내가 타박한 적도 많았다. 세월 지나면 그게 그립다더니 정말 이럴 줄 몰랐네. 내가 왜 그때 "그만 주란 말이야!"라며 엄마한테 소리 질러서 샐쭉하게 했을꼬. 부모란 무엇일까. 정말 끝도 없다. 부모는 정말… 난 이런 게 무서워서 부모가 못 될 것 같아.

만 육년 반 정도 되는 조카의 인생에서 우리가 얼굴 맞대고 지낸 시간을 다 합친대도 일 년이 채 되지 않지만, 그야말로 랜선 이모인 나에게도 이 아이는 "이모, 너무 사랑해. 내가 너무너무 사랑하는 거 알지?"라며 사랑을 퍼부어 준다. 모든 게 나랑 상극인 언니랑은 조카가 있어서 말이라도 자연스럽게 섞고, 사사건건 부딪치는 언니와 아빠가 평화를 유지할 때는 조카 영상이 오고 갈 때다. 그렇게 나와 우리 가족은 이 아이에게 많은 사랑의 빚을 지고 있다. 이 아이를 통해서 배우고 깨닫고 어른다워졌으며 탄생 때부터 지금까지, 그 존재 덕분에 우리 모두 다 할 수 있는 것보다 더 많이 웃었다.

그래서인가 싶다. 아이를 그렇게 좋아하는 편이 아닌 내가 조카의 억지에 유독 너그럽고 필요보다 더 챙기려고 하는 것이.

나는 종종 이모이면서도 할머니의 마음이 되어, 우리 엄마가 주려고 했던 사랑이 무엇인지 헤아려 보려 한다. '할머니가 있었으면 너를 얼마나 이뻐했을 건데. 너희 엄마가 잔소리하게 두지도 않았을 거야.' 내 조카라서가 아니라 우리 엄마 손녀니까 다 괜찮아. 춤추고 노래하고 먹는 데만 진심이라는 내 조카의 입학을 축하하면서, 새롭게 시작될 조카의 새날들에 무조건적인 긍정적 지지를 보낸다. 하고 싶은 걸 하는 게 잘되는 거야. 넌 무조건 잘될 거야. 우리

엄마도 하늘나라에서 그걸 바랄 테니, 이모는 언제나 할머
니 몫까지 널 응원하고 또 사랑해.

## ✳

# 너희 어머니가 오래오래 건강하시면 좋겠어

우리 엄마랑 하나도 닮은 구석이 없으신
아줌마에게서 우리 엄마를 느꼈다

가족의 형태와 관계는 다양해서 단순하게 말할 순 없지만, 가족 중에서 딸과 엄마 사이만큼이나 친구란 이름이 걸맞은 관계도 없을 것이다. 상점이나 병원, 여행지 등에서 딸이 엄마랑 티격태격하고 있는 걸 볼 때 더욱 그런 생각이 든다.

엄마들의 반응은 제각각 다르지만 대부분의 경우 그런 의사소통이 처음은 아니라는 걸 짐작할 수 있고, 그런 장면 앞에서 항상 나는 엄마와 나의 케미를 떠올린다. 친하지만 다정하지만은 않은, 자주 같이 다니지만 늘 사이좋지만은 않은. 그냥 엄마랑 딸 같아 보이는 사람들만 있어도 그 가족의 이야기는 뭘까 상상해 보면서 자연스레 엄마와 나의 에피소드를 떠올릴 때도 있다.

딸내미 둘이랑 같이 들어와서 탕에서 셋이 이야기하는 아줌마 가족을 보는데, 자꾸자꾸 눈길이 갔다. 특별히 엄마 생각이 난다던가 엄마, 언니, 나 세 사람 생각이 나서도 아닌데 그냥 자꾸 쳐다보게 됐다. 엄마랑 목욕탕에 다시 못 오는 건가, 정말. 우리 엄마는 홋카이도 료칸이 그렇게 좋았다고 발 동동 굴렀는데. 흰 눈 쌓인 노천온천에서 몸을 누이고 너무 좋다고 계속 말했었는데. 다시 한번 못 가는 건가, 정말. 목욕탕에서 이런 생각을 하고 있는데 갑자기 바보 같게도 천국에 사우나 찜질방 같은 게 있을까 궁금해졌다. 우리 엄마 고생 많이 했으니 좋아하는 때도 밀고 황토방에서 지지고, 자다가 아파서 깨는 일 없이 푸욱 잠도 자고 했음 좋겠는데. 천국에는 그런 거 없어도 좋겠지만, 그래도 가능한 거라면 꼭 좀 사우나 했음 좋겠다. 그리고 이십 년 가까이 꾸준히 해 오던 수영도 숨 쉬는 걱정 없이 맘껏 했으면 좋겠다.


모녀의 이야기를 들을 때마다 엄마와 나의 관계를 생각나게 하는 친구 중에 Y가 있다. 두 엄마들 사이에 크게 공통점이 있는 건 아니다. 몇십 년간 직장 생활을 하셨던 Y네 어머니와 달리 우리 엄마는 아빠를 내조하는 게 일이었고, 그 밖에 다른 건 자세히 알지도 못한다. 비슷한 점이 있다면 두 분 다 2014년에 암 진단을 받으셨다는 점, 우리 엄마가 돌아가시기 전까지는 Y와 나 둘 다 암 환자의 가족으로서 힘겨운 시간을 공유했다는 것.

꼭 일 년 간 직장 동료였던 우리는 회사 곳곳에서 틈날 때마다 엄마 이야기를 나눴다. 엄마의 투병과 그걸 지켜보는 딸의 마음을 서로만이 이해할 수 있다는 걸 알았기에 다른 사람에게는 말하지 못할 이야기도 더 깊이 할 수 있었다. 우리 엄마보다 몇 개월 늦게 대장암 진단을 받으셨던 Y네 어머니가 치료를 위해 회사를 그만두고 짐을 싸서 나오셨다는 말에 나는 울었고, 얼마 써보지도 못한 약에 내성이 생겨 기대 여명이 줄어든 우리 엄마 얘기에 Y도 자기 일처럼 마음 타 했다.

전이가 진행된 4기로 발견된 우리 엄마는 초반 일 년 동안 먹는 약으로 치료를 하면서 몸에 큰 무리 가는 일이 많지 않았지만 Y네 어머니는 수술이 가능한 단계였기 때문에 진단 초기부터 버텨 내야 할 일이 많으셨다. 원발 암이 생긴 장기가 다른 만큼 치료법도 많이 달라서 우리 엄마는 마지막에야 시도했던 독한 항암주사도 몇 번이나 계속해서 맞으셨고, 그때마다 구토에 오심으로 식사도 제대로 못 하고 힘들어하신다는 이야기를 전해 들었다. 직접 뵌 적은 없지만 우리 엄마 기도를 할 때는 항상 같이 기도했고, 어느 한 분에게 차도가 있을 때마다 두 분 다 같이 건강해질 수 있다고, 그래야만 한다고 믿었다.

투병 두 번째 해에도 Y의 어머니는 입퇴원을 반복하며 항암을 계속하셨고, 너무나 고통스러운 시간들을 힘내서 이겨 내셨다. 가족들 모두가 함께 싸워야 했던 그때, 친구는 "이렇게 계속하다가 내가 지쳐서 엄마를 포기하게 될까 봐 너무 무서워."라며 나에게 안겨 울었다. 그러나 힘든 거 싫어하는 우리 엄마는 마치 본인이 원해서 그렇게 된 것처럼 화학 항암요법으로 인한 괴로움을 거의 겪지 않고 그 싸움을 끝낼 수 있었다.

시름시름 기운이 없었던 우리 엄마로서는 같은 치료를 했더라도 아마 체력이 받쳐 주지 못했을 것이다. 하지만 엄마의 병이 아무래도 더 나아지지 않는 것 같은 날에는, 'Y네 엄마는 이것저것 할 수 있는 건 다 해 보는데 우리 엄마는 왜!'라고 원망하기도 했고, 그렇게 비교할 수 있는 게 아니라는 걸 알면서도 '우리 엄마는 응급실 갈 일이 너무 잦아서 Y네 엄마처럼 공기 좋은 데 요양도 못 가고!'라는 아쉬움을 느꼈다. 친구에게는 절대 말할 수 없었지만.

친구는 우리 엄마의 부고를 듣자마자 달려와 마지막 발인 예배 때까지 사흘 내내 빈소에 다녀가며 나를 챙겼다. 그때는 몰랐지만 이후에 내가 가까운 지인들의 장례식을 여러 번 다니면서 보통 정성으로는 그럴 수 없다는 걸 실감하기도 했다. 하지만 그때에도 나는 Y의 얼굴을 보며 '왜 우리 엄마만'이라는 생각을 했던 것 같다. 더 힘든 치료를 많이 받은 친구의 어머니는 아직도 버텨 내고 있는데 왜 우리 엄마는 여기서 끝나 버렸나 하는 생각이 자꾸만 들었고, 그 생각이 말도 안 된다는 걸 알기에 누구보다 고마운 Y의 얼굴을 보는 마음이 미안하고, 그래서 더 어려웠다.

이필숙 씨 딸내미 참 잘 키우셨네요

누가 그랬다. 엄마의 인생의 많은 부분은 나로 구성되어 있다고. 그래서 내가 내 삶을 잘 살아 나가는 것이 엄마를 이 땅에서 계속 숨 쉬게 하는 거라고. 진부한 이 말을 곱씹게 되리라곤 생각도 못했었는데…. 마지막까지 자기 할 일 다 하고 포기하는 게 없었던 내가 너무 칼같이 나와 엄마를 분리했던 것 같아 죄스러웠던 그 마음을 Y가 위로해 주었다. 평상시처럼 내 삶을 흔들림 없이 잘 살아나가고 있었기 때문에 엄마가 안심할 수 있었을 거라고. 엄마가 나에게 했다던 '걱정 없다'는 그 말뜻을 다시 생각할 때마다 울다 웃다 했는데, 걱정 없이 회사 가고 출장 가고 그렇게 평소와 다름없는 시간들을 보내는 날 보며 엄마도 아주 조금은 걱정을 놓을 수 있었던 거겠지 싶다.

오늘은 그냥 넘어가나 싶었는데 막판에 Y 보고 말문이 터져서 또 (지겨울 법도 한) 엄마 얘기 잔뜩 하고 펑펑 울었네. 언제 이런 게 다 담담해지는 걸까. 얼마나 걸릴까. Y네 어머니를 꼭 보러 가고 싶은데 눈치채실까 봐 그러질 못겠어서… 시간이 조금 지 난 뒤에 웃으며 찾아뵈어야지. 그러고는 우리 엄마가 얼마나 행복하셨고 지금 얼마나 편하신지 말씀드려야지.

장례를 치른 뒤 몇 주 만에 Y를 만났다. 서로의 엄마를 위해 같이 기도했던 만큼 Y의 마음도 무척 힘들 수 있었을 텐데 자기 엄마 얘기는 하나도 꺼내지 않고 내내 우리 엄마에 대한 이야기, 그리고 나에 대한 이야기만 하는 친구를 보면서, 이 친구와 함께 달려온 길이라서 다행이라는 생각이 들었다. 다른 사람들 앞에서는 하지 못한 이야기를 하면서 펑펑 울다가, 친구가 이제 홀로 가게 될 길을 함께 걸어 주어야겠다는 생각이 문득 들었다. 언젠가 우스갯소리로 결성했던 암 투병하는 엄마를 둔 딸 모임, '암딸모' 회원의 자격은 이제 없어졌지만 그래도 그 심경을 가장 잘 이해할 사람이 나니까.

2016년 4월 5일 ＊

내 지나온 힘든 시간을 너무나도 잘 아는 친구에게 그간

이필숙 씨 딸내미 참 잘 키우셨네요

의 업데이트를 하느라 또 한바탕 눈물 잔치를 했지만, 그게 또 나를 힘들게 하지는 않았다. 그래도 우리는 빈 곳을 메꾸어야 하는 사이니까. 친구는 고생 많았다며 함께 견디어 가자는 말을 남겼다. 그렇지만 나는 이왕 함께 할 거 견디지 말고 즐기고 싶다. 지나온 시간들이 말해 주듯, 힘든 일은 또 올 것이고, 올해가 최악인가 하면 그 기록을 깨는 상상 이상의 일들이 어김없이 다가올 것이다. 그럼에도 불구하고 사람은 쉽게 무너지지 않고, 끈덕지게 살아남아 더 강해져서, 보다 큰 시련을 맞이할 준비를 하고야 만다. 나는 그 혹독함을 재미나게 이겨 낼 월동 준비를 하고 싶다. 좋아하는 사람들이랑 함께. 또 한고비 넘겼다. 다음 고비도 우리는 함께 넘을 것이다. 그다음 고비도, 그 다음다음도.

친구는 그해가 다 지나가도록 우리 엄마가 돌아가셨다는 말을 자기 엄마에게 하지 못했다. 틈틈이 혜빈이네 엄마는 좀 어떠시냐고 물어왔던 어머니의 희망을 꺾는 일이 될까 봐 나도 부디 이야기하지 말아 달라고 신신당부했다. 그 후로 또 얼마간의 시간이 지나고, 완치는 아니지만 어느 정도 일상을 유지할 수 있는 상태가 되신 어머니께 비로소 친구는 "엄마, 사실 혜빈이네 엄마 돌아가셨어."라고 말했다고 한다. "알아. 그런 것 같더라."라고 대답하신 어머니가 대체 어느 시점에 어떻게 알아채셨는지는 아직 미스터리다.

2016년 12월 27일 *

Y네 어머니의 투병도 가을 지났으니 이제 2년이 넘어간다. 우리 엄마보다 훨씬 경과가 빨리 나빠지셨던 것 같지만 기저질환이 없고 원 체력이 좋으시니 그 힘든 항암을 몇 번이나 하시고도 배겨내시는 것. 엄마를 떠나 살면서 매주 걱정을 달고 살았을 친구의 한 해가 새삼 그려졌다. 너도 나 못지않은 어려운 시절을 보냈구나. 잘 싸웠다, 친구. 오늘 날 만나러 나온다니까 혜빈이 엄마 감기 조심하시라고 전하셨다는 이야기를 듣는데 코가 찡했다. 꼭 잘 이겨 내시기를. 그리고 병을 이기는 것뿐 아니라 그 가족이 평안함과 화목함 가운데 이 시간을 잘 이겨 내고 승리하기를 조용하고 간절하게 기도했다.

이필숙 씨 딸내미 참 잘 키우셨네요

친구는 재작년 겨울 결혼을 했고, 병색 하나 없이 분홍색 한복을 곱게 차려입으신 친구의 어머니를 그때 처음으로 뵙게 되었다. 마주치자마자 "혜빈이구나." 하고 나를 알아보신 어머니가 다른 말없이 끌어안아 주셨다. 나도 마음으로만 말했다. '뵙고 싶었어요. 오래오래 건강하세요.' 우리 엄마랑 하나도 닮은 구석이 없으신 아줌마에게서 우리 엄마를 느꼈다.

2016년 2월 19일 ※

팔도 사투리를 자유자재로 구사하던 김지영 배우가 별세했다는 기사를 접했다. 투병 사실조차 몰랐지만 급성폐렴으로 2년의 투병 생활을 끝내게 되었다는 소식에 가장 먼저 몇 년생이신지부터 찾아보게 되었다. 38년… 우리 엄마보다 16세 더 많으셨고, 79세시라니까 나이로는 만 18년 더 오래 사신 셈. 고인의 소식은 그것대로 안타깝지만 그와 별개로 우리 엄마는 정말 젊었었구나 하는 서운함과 억울함과 그 밖의 복잡한 부정적 감정들이 또 한 차례 몰려온다. 다 쓸데없는 것. 우리 엄마가 배우보다 못하게 살아서 걸린 병도 아니고, 배우가 아니어서 못 받은 치료가 있는 것도 아니고… 그저, 엄마가 처음 표적 치료를 시작할 때 '이레사를 투약한 환자의 평균 생존 기간이 22–24개월'이라고 들었던 것에서 김지영 씨도 벗어나지 못했구나 싶다. 떨쳐야지. 앞으로 살면서 보고 듣고 마주할 더 많은 슬픔 속에서도 읽어 내야 할 것은 단 하나, 질병 앞에서 인간의 노력과 성취들이 얼마나 덧없고 허무한가 하는 것이다.

우리 엄마뻘 되는 아줌마들의 부고를 접할 때마다 늘 엄마랑 비교하면 어떤지부터 생각하게 되는 건 이제 어쩔 수 없는 습관이 되어 버렸다. 그래도 그 사람보다 우리 엄마가 더 못 누린 점을 생각하며 안타까워하는 마음은 점차 줄어들었다. '엄마는 그래도 나 같은 딸이 있으니까 성공한 인생이지!' 처럼 뻔뻔하게 생각해 볼 때도 있지만, 그렇다고 애써 긍정적으로 생각해야 한다, 슬픔을 거두어야 한다는 다짐도 한 적이 없다. 엄마랑 딸의 관계가 보통 그렇듯이 엄마 생각을 하는 마음도 좋았다 나빴다 하는 게 자연스러운 거니까. 다만, 누군가의 부고 뒤에 있는, 가족들의 힘들었던 시간과 마음, 그 눈물과 기도까지도 이제는 어렴풋이 상상할 수 있다. 다 안다고는 말 못 하지만.

2016년 4월 23일 ※

모두가 울지 말라고 할 때, 오히려 외로움과 슬픔을 느낄 때마다 함께 계실 테니 울음을 그치지 말라고 하는 너의 그 위로가 좋다. 참 진실된 너의 말이기 때문에 힘이 된다.

사랑하는 사람을 보낸 가족에게, 투병의 힘든 싸움을 하고 있는 모두에게, 특별히 더 애정이 가는 암딸모 회원들에게, 모두 몸과 마음 건강하시길, 힘든 일이 있을 테지만 마음을 붙잡고 잘 이겨 내길 바라는 진심 어린 응원을 보낸다.

## 마치며

| 우리는 결국 다 잃어버릴 것이기에 |

엄마가 소천하신 지 오 년이 지났다. 조각조각 썼던 글을 모아 보기로 마음먹고 난 뒤에도 출간이 꼭 필요한 것인지, 왜 지금인지에 대한 질문을 여러 번 했다. 에세이는 자기 삶의 일부를 파는 거라고 누가 그랬는데 지인들에게 보여 줘도 괜찮은 내용일까 하는 두려움도 아직 마음 한편에 있다. 하지만 그간의 세월을 보내면서 가까운 이들에게 전하고 싶었던 생각과 마음은, 한 권의 책으로 엮어 내지 않으면 어디에도 닿지 못하고 흩어져버릴 것 같았다. 그래서 책을 쓰기로 했다. 편지를 부치기 위해 편지 봉투의 벌려진 한 끝을 봉하는 것처럼.

엄마를 보낸 이후에도 여러 가지 상실을 겪었다. 단지 멀어진 이도, 이 땅에선 다시 볼 수 없게 된 이도 있었고, 서서히 잃기도, 갑작스럽게 잃기도 했다. 황망할 때도 있었지만 무덤덤할 때도 있었다. 그러나 상실의 때마다 나는 글을 썼고, 시간이 지난 후 읽으면 언제나 성장한 내가 과거의 내 마음을 보듬어 주는 경험을 했다. 때로는 써 내려가는 그 행위 자체로 위로받기도 했다.

우리 모두는 곁에 둔 소중한 것들을 잃게 될 것이다. 누구나 겪는 일이지만 뒤따라오는 슬픔과 후회에서 자유로울 사람은 없다. 상실은 남겨진 사람들의 삶 속에 크고 작은 상처를 남긴다. 상실이 더해 갈수록 상처는 더 많아지지만 혼자만 겪는 일이 아니기에 다들 이렇게 살아가나 보다 할 뿐이다.

그래서 나는 당신이 잃어버릴 때마다 생생한 감정들을 기록하는 사람이 되었으면 한다. 글을 쓰는 게 너무 힘들다면 몇몇 문장이라도, 단어 몇 개 만이라도, 그림이나 낙서라도. 소중한 것들이 언제 떠날지 모르기 때문에 지금 더욱 소중히 여기라는 말은, 그렇게 하지 못했던 내가 할 수 있는 조언은 아니다. 하지만 결국 떠나보낸 뒤에 홀로 남을 자신을 위해서, 누구도 알지 못하고, 그래서 제대로 위로받지도 못할 자신의 마음을 스스로에게 맡겼으면 한다. 시간이 흐른 뒤의 자신에게 털어놓는 마음으로 상실의 경험을 쓰는 당신이, 언젠가 추억이 된 자기 삶의 궤적을 읽어 내려가며 스스로 위로할 날이 오기를 진심으로 바란다.

인생의 막은 엄마가 세상을 떠나기 전과 후로 나뉠지라도 삶의 어느 시기에나 다정하고 고마운 이들에 둘러싸여 있었다. 오래도록 내 곁에서 용기와 영감을 주고 있는 사람들과, 삶에 뚜렷한 흔적을 남기고 떠난 사람들, 그리고 책으로 만날 새로운 인연들, 특별히 첫 글을 쓰게 해 준 광석, 첫 독자인 국화, 마음을 담아 삽화를 그려 준 지희, 막연한 출간 계획을 완성하기까지 격려하고 이끌어 준 팀 이·딸·참·키의 실질적 리더 선화에게 살면서 계속될 감사의 마음을 전한다.